胡敏 著

两个太阳

天津出版传媒集团
天津人民出版社

果麦文化 出品

根据真实故事改编

目录

第一章	我们走在透析的大路上	001
第二章	你让我有点尊严好不好	021
第三章	该来的总要来	030
第四章	木桶理论	036
第五章	合作才能双赢	048
第六章	天上掉下大馅饼	058
第七章	折腾一下又何妨？	064
第八章	你死我才能活	070
第九章	让葱兰花和你的生命一起绽放吧	078
第十章	杀富济贫	086
第十一章	假戏真做	092
第十二章	我要声明我不是色狼	100
第十三章	王霄有护花使者了	107
第十四章	《斯卡布罗集市》	115
第十五章	一杯子就是一辈子	120

第十六章	福星还是灾星	127
第十七章	我们还会来	134
第十八章	我不再演那个戏了	140
第十九章	我被炒鱿鱼了	147
第二十章	遗愿清单	155
第二十一章	我就是那5%的圣人	166
第二十二章	这才是生活的味道	172
第二十三章	我们谈场恋爱行不	188
第二十四章	《爱的生死与共》	194
第二十五章	雅西高速	204
第二十六章	葱兰花开	214
第二十七章	让我理性？我做不到	221
第二十八章	政审老孟	230
第二十九章	上帝安排预演了	236
第三十章	随时随地	243
第三十一章	老黎的网络课	249

第三十二章	相识半周年纪念日	256
第三十三章	我才是他的第一监护人	265
第三十四章	因为它是永生花	273
第三十五章	我黎大明今晚是你的人了	280
第三十六章	不要赌这个概率	287
第三十七章	你没有遗憾	295
第三十八章	OPO全票通过	301
第三十九章	婚礼	308
第四十章	方晓棠失踪了	319
第四十一章	我知道你们会来	327
第四十二章	这是无法改变的规律	343
第四十三章	我的眼睛看不见了	350
第四十四章	他会不会痛啊？	354
第四十五章	原谅我防了你一手	361
第四十六章	你在有限的时间里，给了我永恒	365

第一章

我们走在透析的大路上

深秋的乌桕树在阳光下格外惹眼，叶子血红血红。

王霄一袭咖色长裙，踩着高跟鞋，"噔噔噔"走进血液透析室，透析室里黑压压一片，聚集着几十个前来透析的病人和家属。

"姐，你来了，坐我这边。"何首乌小鸟般飞了过去，接过王霄手里的文件包，"你看，咱俩不预约都能在这儿碰上，真是太巧了，有你在，这几个小时就不用那么难熬了。"

"不对。"王霄在她的耳朵上狠拧了一把，质问道，"你一直比我早一天，应该昨天透析才对，是不是你算准我今天该来，故意偷懒推了一天？"

"我这不也是为了省钱吗？我算过了，推一天相当于省一百零五块。"被识破后，何首乌咧着大嘴笑了，露出一对泛黄的小虎牙。

"何首乌"原名叫何凝，和王霄是"透友"，两人都是尿毒症患者，在血液透析室相识。"透友"这个名称是何凝起的。"一起当兵叫战友，一起打牌叫牌友，一起喝酒叫酒友，一起旅游叫驴友，咱们一起透析就叫透友啦。""透友"这个称谓就这样在透析室广泛使用了。

何凝二十四岁，普通大学毕业，毕业后工作的第二个月便查出肾功能衰竭，父母想给她捐肾，但配型率过低，只能一边透析，一边在医院排队等待肾源。因为说话贼污，透友们给她起了个外号叫"何首乌"。王霄，二十八岁，名校工科硕士，是一家外资企业策划部的主管，企业精英，半年前查出尿毒症。

由于何首乌提前做好了工作，她和王霄同时上了并排靠窗的27号、28号机，护士娴熟地在她们的手臂上插上管子，鲜红的血液快速涌进床头冷冰冰的机器里，两人扫了一眼透析机显示器上的数据，见一切正常，便开始聊起来。

"你是不是透析完了有约会？"何首乌狡黠地眨着她色眯眯的小眼睛。

"没有。"

"那干吗穿高跟鞋呀？"

"我透析完直接去公司，项目会过后要做预算的。"

"什么黑心公司啊，周末还要折腾人，而且是病人，我告他们违反劳动法！"何首乌情绪激动，她表达愤怒时历来手舞足蹈，但现在胳膊上有管子，她也只能蹬蹬脚。

"不就周末加个班，你至于吗？"

"我都和晓棠姐约好了，透析完一起去看4D电影，下午1点30分那场，你请客。"

"凭什么我请客？"

"因为你比我们有钱呀。"

看何首乌理直气壮的样子,王霄"扑哧"笑了:"我要是不同意,是不是就为富不仁了?"

何首乌撇着嘴说:"别自作多情了,你算不上富人,仅仅比我和晓棠姐富,而已。"王霄想了想说:"下午4点吧,3点我应该能处理完。"

"好,那说定了,我通知晓棠姐改时间,下午4点,新华电影院,不见不散。"

"OK!"两人拉了钩。

"现在,养精蓄锐,睡觉!"王霄下了命令。

王霄给妈妈岳明坤打了个电话,告诉她自己已经透析十分钟,一切正常。王霄是不耐透体质,容易发生透析液反应,所以每次透析十分钟后给妈妈报平安是她透析过程中的一个必有程序。挂了电话,王霄把手机调成免打扰模式,闭上眼,很快陷入半昏睡状态。

透析室虽然人多,但很安静,有人在小声交流,有人自顾自盯着天花板,有人戴着耳机看手机视频,大部分人都铁青着一张脸,气氛略显压抑。一个年轻的小护士在查看每台透析机的运转参数,见王霄和何首乌睡着了,为了保证她们在熟睡状态下的心脏安全,动手调低了机器上的血液流速。

两小时后,王霄醒来。

她想伸个懒腰,无奈左胳膊上插着管子,便摆出一个炸碉堡的姿势,舒展了一下。

王霄打开手机，这一看不要紧，她差点跳起来！手机里有二十个来自领导和同事的未接电话，微信群里也是炸开了锅，这才知道由于自己的大意，公司并没有收到她昨晚几乎通宵完成的文件，耽误了今天上午公司和客户的项目决议会。

王霄当即按铃，护士赶来问她怎么了，她说："我有要紧事，能不能现在下机？"护士觉得不可思议："不行。"

"我真的有急事！"王霄几乎哀求。

"那也不行，除了透析液反应，透析不能中途停止。"护士说。

"我真的情况紧急，如果你不帮我停，那我就自己拔。"王霄说着就把手伸向瘘管。

"你不要命了？你以为是输液呢，这可是动脉！"护士大叫，"要拔也得血液回流之后我来拔。"王霄说："求你现在就给我回流。"

实在犟不过王霄，气得脸色铁青的护士只得给她停止透析，回流血液。被吵醒的何首乌说："你不是开玩笑吗，什么事比透析更重要？电话里解决就行了呀。"王霄看着她，摇了摇头。

护士把针拔下来，刚包扎好止血带，王霄便将挎包背带往脖子上一套，用大拇指紧紧摁住针眼处，箭一般冲出透析室。透析室立即沸腾起来，何首乌急得如热锅蚂蚁，想去追她，身上有管子，又动弹不得，只得一遍遍打她的电话。当得知王霄停止透析是急着回家拿电脑给公司发文件时，她气得对着手机大骂："王霄，你就拿自己身体作吧！你要是因为这个死了，我哭都不哭，花圈都不给你送！"

王霄匆匆赶到家，打开电脑，查看邮件，果真：文件没发出去！她立即重新发送，然后打电话给助手索思思，没人接！犹豫片刻，她又拨通孙经理的电话，还是没人接！

两人都没接电话，有两种可能：一是会议正在进行，都静音了；二是，索思思正在被孙经理骂。

王霄急匆匆赶回公司，同事们齐刷刷把目光扫向她，王霄心想：完了！看来这事闹的动静还不小。

硬着头皮来到经理室，王霄向孙经理连连道歉："孙经理，对不起，我昨晚发送完文件后没有检查上传进度，可能没有上传完成就急着关机了，当时太困了。"

孙经理并没有发火，起身给王霄倒了一杯水，体贴地指着椅子说："你先坐，事情都过去了，不要急了。"王霄坐下，满脸愧疚地望着他，孙经理的温和一反常态，不是好事。

"最近身体怎么样？维持得还行吗？"

王霄说："还好，已经习惯了，您不要担心，其实拔了透析管，就和正常人一样，有一个病友四十多岁，做的是搬水泥的体力活儿，他都没问题，我这么年轻，更没事。"

孙经理咳嗽了两声，说："我不是这个意思，你知道，咱们这个行业竞争太激烈，一不留神就可能被挤垮了，你的能力自然不用说，年轻人里没人能比，可这不是病了吗？再怎么努力，精力上也总会受影响。我想，还是以身体为重，办个病休，这样于你于公司都最好。"

王霄的表情僵住了，半天才缓过来，说："那我手里的这个项目怎么办？"

孙经理故意不与她对视："我觉得，可以考虑让安迪接手。"

王霄没有让泪水涌出眼眶，但语气不再是刚才的柔顺："这个项目我整整跟了两年，投入了那么多精力，那些周末、节假日都为它泡汤了，现在马上就要修成正果，您却突然间这样安排，这不是故意排挤我吗？"

见她态度变了，孙经理的态度也变了，看着她，正色道："你生病，我们特别同情，但你不能利用病情对公司进行道德绑架，否则，你的身体和公司的业绩将两败俱伤，何必呢？比如今天的事件，要不是我一再和客户解释你的特殊情况，不断赔礼道歉，这么大的单子就泡汤了。而且，上层领导怎么处理这事还不知道呢。"

"这事高总也知道了？"王霄惊问。

"不上报能行吗，出了问题谁负责？我也担不起啊！"孙经理两手一摊，一副无可奈何的样子。

王霄无言以对，默默起身离开。在公司里，这样的工作失误，可大可小，孙经理选择上报，很明显，想让她让贤。

虽然经常请假透析，但工作一点没少做，甚至比以前做得更好更多，可在领导眼里，你就是个随时会给公司带来麻烦的定时炸弹。虽然今天是自己失误在先，王霄仍然觉得万分委屈。

走出公司的大门，王霄远远看见一个人——她爸爸王旭生。

王霄上初中时父母离婚，她跟随妈妈岳明坤一起生活。爸爸王旭生离婚后不到两个月便和同事邵丽结婚了，岳明坤认定他俩在离婚前就勾搭在一起，但王旭生矢口否认，对这事，岳明坤耿耿于怀很多年。王旭生和邵丽结婚后，两人从单位辞职，共同创业，做汽车装潢，目前已有了两家分店。婚后一年他们生下儿子贝贝，现在已经十四岁了。

　　王霄虽然和妈妈一起生活，但从初中到大学，爸爸王旭生在她身上并没少花钱，算是尽到了一个父亲的义务。但毕竟离婚是爸爸提出的，在抚养权上，他也没征求王霄的意见便主动放弃了，这在王霄心里一直是个解不开的结，所以多年以来，王霄和爸爸的关系都是淡淡的，很少主动联系。

　　王霄生病后，岳明坤和王旭生坐下来商谈女儿治疗的问题，两人商定，要给女儿做肾移植，谁配得上就用谁的肾，要是都配得上，谁的肾质量好就用谁的，费用平摊。结果，岳明坤的血型是B型，王霄和爸爸都是A型，王旭生配上了。可邵丽坚决不同意王旭生捐肾，理由是她自己患有糖尿病，万一王旭生捐肾后身体垮了，这个家也就垮了。王旭生偷偷对女儿说："王霄，你放心，肾，爸爸一定会给你，但你得给我两三个月的时间，我得做通她的工作。"王霄当时感动得泪花飞溅，多年的阴霾一扫而光。

　　"爸爸，你怎么在这里？"王霄问。

　　王旭生搓着双手，满脸堆笑说："我在这儿等你有一会儿了，最近身体保持得怎么样？"

　　"挺好的，上午刚做完透析。"中途拔管的事，她自然没说。

　　"那有好胃口了，找个地方吃饭吧，去海底捞怎么样？"

　　"好。"王霄看得出爸爸有话要说，心里有种不祥的预感。

果然，饭吃到一半，王旭生从口袋里摸出一张单子，叹了口气，说："王霄，爸爸对不住你，爸爸的肾血管查出问题，没法给你肾了。"那是一张区医院的肾脏检查单，上面清晰地写着"双侧肾动脉血管狭窄"。

或许从一开始就猜到了结果，王霄异常平静，接过单子看了看，说："爸，我没事，我可以等医院的肾源，倒是你，年纪大了，器官一天天老化，更得注意保护身体。"

"你放心，我会注意的，我打算多找几家医院给你排队等肾源，争取早一天移植。"

"好的爸爸。"王霄说。

收起单子，王旭生又从口袋里掏出一张银行卡，放到桌子上，推到王霄面前："这是我给你准备的治疗费，一共是一百二十万，密码是你的生日，如果不够，爸爸再给你筹。"

"我不要，我自己有一些积蓄，妈妈也为我准备了。再说，也不需要这么多呀。"王霄把卡推了回去。

"王霄，不能把肾给你，爸心里难受，就算为了让爸爸好受些，你也得把钱收下。"王旭生又把卡推了过来。

"要不，你先收着？等我需要时，再向你要。"王霄说。

"王霄，算爸爸求你了，好吗？"王旭生突然哽咽起来。这是有记忆以来，王霄第二次见爸爸哭，第一次是在奶奶的葬礼上。

"爸你别这样，我收下就是。"王霄说。

"好，好，店里还有事情要处理，我先走了，你慢慢吃，我去把单买了。"

王霄知道爸爸此刻很煎熬,便不再挽留,说:"你开车慢点。"

"我知道,你也慢点开。"王旭生没有回头,王霄猜,他应该不想让她看到他哭的样子。

为什么放着权威的大医院不去,舍近求远去小小的区医院做检查?原因不言而喻。目送爸爸的车汇入车流,王霄转身去了医院的肾移植门诊,以前都是听别人说等肾源有多难,现在,她想亲自见识一下。

王霄到的时候,前面已有十多个病人及家属在排队,她凑过去想听听医生怎么说,一个病人叫住她:"你往前走也没用,要叫号,你看看你是多少号?"王霄说:"我没号,我就随便听一听。"

诊室的门未关,她挤到门前,看到一个医生,鬓角灰白,正和一个身背军绿挎包的矮个男子交流,男子双手抖着一摞单子,就要哭出来:"再不做,人就没了呀。"医生说:"你以为我们不想给她做?我们也巴不得有肾源!"男子说:"可是您知道,她这个情况,等不得了。"医生摇头:"你跟我说这些没用。"同时示意助理医生,"下一个。"助理医生做出手势把男子往外赶,男子还是不愿意走,双方僵持住,助理医生劝男子不要无理取闹,男子声音放大:"排了八年了!还要让我们排多久?"

被推出来的矮个男子坐在长椅上哽咽,一个戴口罩的高个病人走过去,安慰他说:"大家都一样,有什么办法呢,僧多粥少……"

王霄站到高个病人的对面问:"大哥,你也在等肾?等了多久?"

"大哥"抬起头瞟了她一眼,说:"五年半了。"

王霄问:"除了等就没有办法了?"

高个病人反问她:"还能有什么办法?"

王霄沉默了。

"你什么血型?"高个病人问王霄。

"A型。"

"A型啊,A型前面排六十七个人,这医院每年两三例A型肾源,你自己算一下吧,要排多少年。"

王霄愣在那里。

诊室门口墙上的宣传栏都是尿毒症患者的日常饮食、注意事项和有关透析的知识介绍,王霄麻木地望着墙上的文字和图片,心一点点往下沉。

王霄失魂落魄地离开移植门诊,在转弯处和一个人撞了个满怀,她一个趔趄差点倒在地上,对方手里的病历、检查单和手机都被撞落在地。王霄抬起头,发现撞她的是个年轻男人,小眼睛,长头发,牛仔外套上一排纽扣只扣了中间的一个,一副吊儿郎当的样子。

"走路不长眼睛啊?"心情不好加上鼻子被撞得生疼,王霄脱口而出骂了一句。

"是你撞的我好吧,转弯让直行的规矩不懂吗?"小伙子刚想发火,抬头看见王霄眼含泪光,到嘴边的难听话又咽了回去,改了口吻,"怎么哭了?查出问题了?"毕竟这是在医院,在医院里哭的人不是自己生了重病就是亲人生了重病。

王霄摸着自己酸痛的鼻子,没好气地说:"跟你有什么关系?多管闲事。"

"撞了人你还有理了,你撞到鼻子是你咎由自取,我手机要是坏了怎么办?"小伙子自己捡起了病历、检查单和手机,查看了一下,说,"还好,我手机没坏,算你今天运气好。"

好个鬼!王霄觉得今天的运气糟糕透了,先是被领导批,接着爸爸告诉她肾移植不成了,现在又被撞得鼻子疼,虽然大概率责任在自己,但王霄仍然一肚子火,她破天荒说了一句不讲理的话:"你手机就算坏了也是活该!"说完头也不回地扬长而去。

小伙子气得对着她的背影大叫:"什么人啊?要不是急着去做检查,我是不会放过你的。"

王霄的火气还没消,何首乌的短信不识趣地来了:"我们在影院售票处了,你何时到?"王霄没有心情回,没理。五分钟后,何首乌的短信又来了:"小气鬼!果果来了。"

何首乌发来一张小女孩啃玉米棒的照片。

王霄一看,果真是果果。

果果是透友方晓棠的女儿,六岁半。方晓棠六年前患上尿毒症,一年半以前,丈夫程乾提出离婚,并通过法院夺得了女儿的抚养权。离婚时本来谈好的,方晓棠可以随时探视,可自从程乾再婚后,前公公和前婆婆为了培养果果与后妈的感情,找各种理由阻止方晓棠接孩子,每次接果果都是王霄和何首乌出谋划策,果果和她们俩也混熟了。

果果豁着大门牙认真啃玉米的样子让王霄觉得好笑又可爱。方晓棠原是一名体制内中学物理教师，生病后办了离职，每月只有三千元补助，平时靠在教育机构给学生辅导赚点补课费，维持生活与治疗。何首乌是标准的啃老族，父母都是工薪阶层。三个人里，王霄的经济条件是最好的，月薪两万多，母亲岳明坤多年经营床上用品生意，有些积蓄，所以，她是何首乌眼里的小富婆，花钱的事都讹她。

"等我，二十分钟后到。"王霄给何首乌发出短信后，从包里掏出小镜子补了个妆，确定脸上没有了泪痕，便走向停车场。

因为去玩具店给果果买了一架遥控飞机，王霄迟到了十分钟。

"漂亮阿姨，我想你了！"看见王霄，果果飞奔过去，抱住了她的腿。王霄弯下腰，亲了亲她的额头："阿姨也想果果了。"

"她是漂亮阿姨，我呢？我是什么阿姨？难道我不漂亮吗？"何首乌不满意了。

"你是胖胖阿姨，果果在我面前一直是这么叫你的。"方晓棠一脸坏笑地看着何首乌。

"我胖怎么啦？不可爱吗？你妈妈也胖，你怎么不叫她胖胖妈妈？你这个小没良心的，要不是我把她拐来，你哪来的飞机？"何首乌开始扭果果的屁股，果果赶紧躲到了王霄身后。

王霄奇怪方晓棠这次是怎么把果果接到手的，一问才知，果果后妈生了个儿子，今天办满月酒，无人顾及果果，所以主动把果果送给方晓棠照顾几天。

几个人打闹一番后去买票,却发现下午 4 点 30 分的票已经卖光了,下一场要等到一个多小时以后。果果吵着要去放飞机,何首乌提议:"天气这么好,咱们干脆去郊外兜风吧,也能找到空旷的地方放飞机。"

"咱们还要再买一个风筝。"果果兴奋地补充道。

"这个可以有,我来买,只要你能以后不叫我'胖胖阿姨'。"

"好,那就'瘦瘦阿姨'。"果果满口答应。

"不错,就叫'瘦瘦阿姨'吧。"王霄上下打量着何首乌说。

"那也不行,有点讽刺。"何首乌摸摸自己粗壮的腰,说,"算了吧,等我想好了再告诉你。"

"再买个小铲去挖野菜。"方晓棠建议。

三个人一起把目光投向王霄,就等她表态了。

王霄看看她们,手一挥:"Let's go!"

一行四人驾驶着红色的雪佛兰疾驶在空旷无人的乡间路上,何首乌把头伸向窗外,说:"哇!好爽啊!蓝天白云,青青麦浪,霄姐,你做了移植以后,不能忘了我们啊,要经常带我们出来兜风,咱们可是难兄难弟啊。"

"我做不了移植了,得和你们一起永远透析下去了。"王霄尽量让声音不那么低沉。

"为什么?不是说你爸爸的血型和你一样,能给你捐肾吗?你们家又不缺钱。"何首乌大吃一惊。

"王霄,出什么问题了?你快说呀。"方晓棠也连忙问,细心的她早就发现了王霄的情绪不对劲。王霄说:"我爸查出双侧肾动脉血管狭窄,移不成了。"

"啊?"

三个人一起沉默了。

果果用疑惑的眼神看着她们三个,嘴里咕哝道:"你们三个可真奇怪,刚刚还高高兴兴的,现在都不说话了。"

方晓棠先打破了沉默:"王霄,你想过吗?肾动脉狭窄是很少见的病,发病率很低,会不会是你后妈为了阻止找的理由呢?亲属不愿移植,会找各种各样的理由推脱,这种情况我见得太多了。"

"一定是假的,一定是你后妈搞的鬼。"何首乌也义愤填膺。

王霄苦笑一声:"真原因还是假理由并不重要,我也不想知道真假,重要的是结果,移不成了。不过这样也好,我心里踏实了,省得老担心他移了之后身体出问题,毕竟,他年龄也大了。"

"那就排队等吧,咱俩血型一样,如果我先排上,我让给你,反正排上我也没钱做。"方晓棠说。

王霄心里感动,她对方晓棠说:"你要真先排上了,我借钱给你。"

"霄姐,我要是先排上,我也让你。"何首乌也信誓旦旦。

"叫你假!"方晓棠一把扭住了何首乌的耳朵,说,"你要是和王霄一样的血型也敢说这样的话吗?"

"竟然被你识破了,不过,你要是有钱你也不敢说这样的话呀。"何首乌肩一耸,嘴一噘,"金钱诚可贵,友谊价更高,若为生命故,二者皆可抛。'生命第一位'的理念可是你教我的。"

"你们俩别掐了,我爸虽然给不了肾,但给我钱了,将来你们俩无论谁需要钱都可以向我借,但仅限治病,买房买车不借。"

"你爸给你多少钱?"

"一百二十。"

"万?"两人异口同声补充道。

"是的。"

按理说,一百二十万应该能镇住她俩的,王霄很奇怪,两人没有一个兴奋的。方晓棠说:"王霄,你不该收这个钱,你不缺钱,你缺的是肾。只要你不收这笔钱,你爸给你移植的希望还有,你收了这笔钱,他就没有压力了,就不会再考虑给你移植的事了。"

"我也这样认为。"何首乌说,"总觉得这一百二十万是你失去了一颗肾换来的,再缺钱我也不想用,用了心里难受。"

王霄说:"强扭的瓜不甜,我爸说出那句话之后,我就决定不要他的肾了,我就是为了让他心安才收下这笔钱的。别管你们怎么看待我后妈邵丽,但从我爸的角度考虑,我还是很欣慰的,一百二十万对他们来说不算是小数目,为了保住我爸的一颗肾,她竟然舍得拿出来,可见,她对我爸是有感情的,如果有一天我死了,我也不用担心我爸以后的生活了。"

何首乌说:"排肾遥遥无期,我排两年半了,晓棠姐排六年了,一个肾影都没见到,所以我还是建议你把这一百二十万退回去,再求求你爸爸。"

两人意见一致,都劝王霄退钱要肾。

"不，我还是加入你们的排肾大军吧，在排到肾源之前，好好透析，以后，透一半就跑的事情不会再干了。等习惯了，也就不觉得透析有多难了，不是有人靠透析活了三十年吗？"王霄说着，腾出一只手，伸向坐在后排的她俩，"亲爱的朋友们，给我些力量和鼓励吧，以后我们同舟共济，同甘共苦，一起努力，好好透析，好好活着。"

"一起努力，好好活着。"三人的手紧紧叠握在一起。

"还有我。"对她们的话半懂不懂的果果也放下手里的飞机遥控器，把自己的小手压在三只大手上。

果果郑重又豪爽的样子逗得三人大笑起来。

方晓棠感慨说："我们好好活着，活着就有希望。"

"此刻应该高歌一曲。"何首乌说，"霄姐，打开天窗。"

王霄打开了天窗，何首乌站立起来，把头伸向窗外，满头秀发立即飞扬起来，随之飞扬起来的还有何首乌激昂的、五音不全的歌声。

我们走在透析的大路上，
意气风发斗志昂扬，
方晓棠领导我们的队伍，
披荆斩棘奔向前方。
向前进，向前进，
求生气势不可阻挡。

向前进，向前进，

朝着生命的方向。

"哈哈哈哈……"方晓棠笑喷了，"瞧这歌词被你改的，何首乌，原来你是个大才女。"

何首乌得意地说："这是我以《我们走在大路上》为基础，为我们透析室的室歌作的词，怎么样？"

王霄也大受感染，眼里含泪。

三个人一起唱起来：

革命红旗迎风飘扬

我们三个奋发图强

同舟共济努力透析，

誓把生命无限延长。

向前进，向前进，

求生气势不可阻挡，

向前进，向前进，

朝着生命的方向……

三人一路哭，一路笑，一路眼泪，一路歌。

疯玩了一个下午，把何首乌和方晓棠母女送回家，王霄回到自己家已经是晚上7点多了。在楼下停好了车，她迟迟没有上楼，因为她面临着一个棘手的大难题：如何把爸爸移植不了肾的事告诉妈妈岳明坤。这事还不能往后拖，妈妈一直在为手术做着准备工作，越晚告诉她，她越接受不了。

做好了充分准备后，王霄推开了家门，妈妈早已坐在餐桌旁等她了，今天是她的透析日，晚餐比平时丰盛。

"怎么这么晚？饭菜都要凉了。"岳明坤接过女儿手里的包，叫她赶紧洗手，准备吃饭。看着妈妈关切的眼神，王霄捏着口袋里的那张卡，没忍心开口，她知道，听了这个消息，妈妈会好几天吃不下饭的。

可这枚炸弹总得落地啊，晚饭后，王霄正躺在床上辗转反侧，想着如何让妈妈接受这个事实，岳明坤推门进来："既然你没睡着，那我给你说件事。"

"正好，我也有事要和你说。"王霄鼓起勇气说。

"那你先说。"

"那，我先说，"王霄顿了顿，"妈，我说了你别生气，爸爸的肾查出了问题，移不成了。"

"你说什么？"仿佛猛然间一盆冰水从头浇下，岳明坤浑身打了个激灵！

"爸爸被查出肾动脉狭窄。"

"在哪儿查出的？"

"省人民医院。"王霄撒了谎。

"什么时候的事？"

"上周查出来的,爸爸今天才告诉我。"

"你亲眼看到检查单了?"

"是的,爸爸今天拿给我看的。"

岳明坤脸色苍白,呆坐在床上,十分钟没说一句话。

有人说,比得癌症更可怕的事是自己的孩子得了癌症,尿毒症虽然不是癌症但也比癌症好不到哪里去,何况她又是不耐透的体质,王霄深知妈妈心里的苦,她很心疼但又无可奈何,她安慰妈妈说:"别担心,我们还可以等医院的肾源,一边透析一边等,还有,爸爸给了我一笔钱,一百二十万呢。"王霄从抽屉里拿出那张卡,递到了妈妈面前。

"假的,一定是假的!他不愿给肾,想用一百二十万买一个心安。"岳明坤突然明白过来,激动地说,"霄,把钱退给他,咱不要他的钱,咱要肾!甚至,咱们可以补给他钱,只要他愿意给肾,把咱家的房子和店面都卖了,我也愿意!"

"妈,爸的肾真的有问题,他捐不了,咱就别逼他了。"王霄为难地说。

"两颗肾都出了问题吗?"

"有一颗出问题就捐不了,好的捐给我,坏的要不能用了,他还能活吗?再说,医院那边也通不过呀。"

"我不信,要真是因为肾出了问题,那个小狐狸精怎么会同意给一百二十万?这里面一定有鬼,反正你把钱退给他,他不给这个肾,一辈子也别想安生。"岳明坤抓起那张卡,狠狠地扔在地上。

"我不退，肾移不成了，再把钱退回去，岂不正中邵丽下怀？这种傻事，我才不干呢。"

岳明坤突然崩溃，大哭起来："怎么等？你透析不耐受！每次透析你都不让我去，你不想让我看到你难受的样子，我心里都明白……"

王霄抽出一张纸，给她擦了擦眼泪："没你想得那么严重，就是有点不适，慢慢习惯就好了。我相信，爸不会骗我的，他的肾是真的不符合捐献标准。再说，就算是假的，我们也没有任何权利要求他，于情于理于法，我只能尊重他的选择。所以，这个结果，咱们只能接受。"

"不，我不能接受，"岳明坤坚决地摇头，"就算那个狐狸精阻止，他也不能做出这样的决定，你可是他的亲生女儿，他这样做夜里能睡得着吗？"

王霄在心里叹了一口气，她知道对她妈妈来说，这个打击是巨大的，让她接受这个事实，需要很长一段时间。

"我的事说完了，说说你要说的事吧，是不是有关那个老孟的？"为了转移目标，王霄转了话题。

老孟是别人介绍给岳明坤认识的，五十几岁，因过失致人死亡坐过多年牢，相处一段时间后，岳明坤觉得他人还不错，但王霄坚决反对，认为有犯罪史，尤其和人命有关的犯罪史，必须一票否决。

"不用了，我没心思说其他的事了。"岳明坤迈着沉重的脚步走回自己的卧室。

第二章

你让我有点尊严好不好

吃过早饭,岳明坤把碗筷往洗碗池一扔便出门去了商场,精挑细选地买了一两千元的礼品,她打算带着这些礼品去找王旭生和邵丽。

尽管对王旭生和邵丽怀着一肚子恨,但岳明坤知道,女儿的这条命还得指望王旭生来救,她不能和这两个人闹翻,甚至该求他们的时候也得低下头相求,和女儿的命比,她心里的这点委屈和怨恨算得了什么呢?现在,只要他俩能改变主意同意给王霄捐肾,就是让她下跪也行。

岳明坤一路打听,辗转找到王旭生的家,很巧,王旭生和邵丽两人都在家。对于岳明坤的造访,两人一点都不觉得意外。王旭生心里忐忑不安,他太了解岳明坤的性格了,岳明坤恨了他十几年、骂了他十几年,现在竟然带着礼物上门,可想而知她今天隐忍到什么程度,下了多大的决心。而邵丽却很镇静,一副兵来将挡水来土掩的坦然自若。

"我是来求你们的,王霄的命还得你们来救。"放下手中的礼物，满脸堆笑着落座后，岳明坤直接说明来意。

"捐不了，王旭生在区医院查出了肾动脉狭窄。"邵丽一边用湿巾擦拭着茶几上的君子兰叶片，一边轻描淡写地说，连看都没看岳明坤一眼。

区医院！虽然邵丽一脸傲慢的样子很让人不舒服，但岳明坤心里还是一阵狂喜，她明明听王霄说她爸爸是在省人民医院查出的肾动脉狭窄，现在邵丽却说在区医院，那就说明王霄对她撒了谎，王旭生的肾根本就没有问题，邵丽在捣鬼。

"区医院查得不准，到省人民医院再查一次吧。"岳明坤把哀求的目光转向王旭生，王旭生低下了头，一言不发。

"不用了，区医院查得也很准。"邵丽替丈夫回答了。

"还是再查一次吧。如果旭生真的是肾动脉狭窄，那就是王霄的命，我们娘俩认了；如果肾没有问题，求你们救救孩子。"

"行，我找时间再去省院查一次。"王旭生终于开口了。

"不行，"邵丽抬起头，蛮横的目光直视岳明坤，"这事他说了不算，不用查了，就是查出来能捐，我也不会同意的，你就死了这条心吧。想移植，就去医院排队等肾源。"

"排不上啊，等十年也等不到啊。"岳明坤几乎是低声下气了。

"排不上，那就透析呗，靠透析活着的病人多了去了。"邵丽很不以为意。

"王霄是不耐透体质，别人能等，她不能等，可以说，每一次透析她都是在拿命赌。"岳明坤含着泪把脸转向王旭生，她把希望寄托在王旭生身上，等着王旭生给她一个肯定的态度，她不相信王旭生能对亲生女儿的命视若无睹。

可王旭生深深叹了一口气，把脸转向了别处。

看来，王旭生真的是一丁点的主都做不了，女儿的这条命就掌握在这个名叫邵丽的女人手里了，这个女人，夺走了她的丈夫，拆散了她的家庭，现在，她又要用手里的权利置她的女儿于死地。岳明坤只觉得浑身的血液往上涌，她有一种强烈的冲动，想在那张白皙的脸上深深地划上几刀。

不行！不能冲动！岳明坤告诉自己：不能惹她，只能求她。岳明坤掐着自己的手指，使劲咽了一口吐沫，极力稳定着自己的情绪，她满眼含泪，浑身颤抖着朝着邵丽跪了下去："邵丽妹妹，我脾气不好，以前对你说过不好听的话，今天向你道歉。你有个儿子，你也是母亲，你一定能理解一个母亲的心情，我求你看在孩子的分上让王旭生再到省院去查一次，如果能捐就救王霄一命，我求你了。"

没有经过任何犹豫与思考，邵丽眉一扬，直截了当地说："不要在我面前演苦情戏，我不吃这一套。实话告诉你吧，不用查，王旭生的肾没问题，我就是不同意捐。我认为捐肾对身体一定有影响，人身上有一颗肾和有两颗肾肯定不一样，捐了一颗肾，万一剩下的那颗出了问题怎么办？我儿子才十四岁，他必须有一个健康的父亲。再说了，我们不是已经给了你女儿一百二十万吗？我能做到这样已经很不错了，你不要再苛求别的了。"

岳明坤说:"只要你同意王旭生捐肾,我让王霄把一百二十万还给你们,另外我再补你们两百万,我把房子和店卖了,筹两百万不成问题。"

"不卖,别说两百万,你就是给我两个亿,我也不卖我老公的这颗肾。"邵丽的语气像石头一样坚定,"你不要再做任何努力了,都是徒劳,我绝不会同意。"

岳明坤绝望地爬起来,走到王旭生面前,做最后的努力:"王旭生,王霄是你的亲骨肉,腰子长在你的身上,你要想救她,谁也阻止不了,这事,除了你自己,谁也做不了主。"

"哼,我做不了主?"邵丽轻蔑地朝岳明坤冷笑道,"取肾可是大手术,我倒要看看,没有我签字,哪个医生敢割他的肾?你的签字管用吗?你有这个权利吗?有本事你把他的腰子挖走,安在你女儿身上。"

岳明坤的忍耐本就到达极限,邵丽的这句挑衅打开了她疯狂的决口,她看着邵丽,咬牙切齿道:"你的签字权利是用什么无耻手段弄来的你自己不知道吗?你无耻下流也就罢了,现在还那么恶毒,你就不怕遭报应吗?"

邵丽哈哈大笑,笑声里带着幸灾乐祸:"事实上是你的女儿生了病,遭报应的是你,不是吗?"

"我现在就让你遭报应!我让你永远笑不出来!"岳明坤说完便冲向厨房。

王旭生家的厨房是开放式的,厨房、餐厅、客厅一条线,中间无阻隔，王旭生立即反应过来岳明坤要干什么，他"腾"地从凳子上跳起来，以迅雷不及掩耳的速度奔向厨房。就在岳明坤抓起菜刀的瞬间，王旭生也抓住了岳明坤握着菜刀的手："你要干什么？你疯了？"

"我要杀了她，我先杀了她，再抵她的命。"岳明坤眼睛血红，"到时候就没人阻止你了，你必须给王霄一颗肾。"

王旭生大叫："快放下！"岳明坤的腕力当然敌不过王旭生，手里的刀很快被夺了下来，趁王旭生藏刀的工夫，岳明坤又抡起一块菜板冲向客厅。

"不给肾就杀人，这还有王法吗？我现在就报警，我先把你送进监狱。"邵丽拿起手机就要拨打110，王旭生又一个箭步冲过去，把手机夺了过来，说："你就消停些吧，不要把事越闹越大，我求你了。"

"都杀到家里来了，你让我怎么消停？你就是胳膊肘往外拐！"邵丽一边说一边跑到阳台上拿起一把金属杆拖把准备迎战。

岳明坤恨意冲天，邵丽丝毫不让，王旭生挡在两个女人中间，左手推岳明坤的菜板，右腿抵住邵丽的拖把，他好不容易腾出右手，掏出手机拨通了女儿王霄的电话："王霄，你赶紧到我家来，要出人命了！"

为了让女儿知道现场的激烈，王旭生开的是免提。王霄在电话里听到妈妈和邵丽的叫骂声，脑子"嗡"的一声，正在办公室汇总数据的她当即放下手里的鼠标，连电脑都没关就冲出公司。

王霄赶到的时候，战斗还在进行中，邵丽和岳明坤一个被关在卧室门里，一个被关在卧室门外，王旭生用双手使劲拽着门把手才把两个人分开。但他堵不住两个女人的嘴，她们用最毒恶的语言诅咒着对方，特别是岳明坤，新仇旧恨都凝聚在这一刻爆发了出来，她完全失去了理智，一副要和邵丽同归于尽的架势。

"要死一块儿死，谁也别想活！"岳明坤一边砸门一边骂，这场景把王霄吓坏了，她从来没见过妈妈这副疯狂状，她上去抓住妈妈的手，说："妈，你这是干什么？你疯了吗？"

看见女儿，岳明坤更加崩溃，坐在地上大哭起来："我就是疯了，说好谁的肾配上用谁的，王旭生凭什么不给？凭什么？"王霄心疼万分，一把把妈妈搂在怀里，声泪俱下："妈，你让我有点尊严好不好？给不给是爸爸的权利，咱们没有权利这样要求他。走，咱们回家。"说完，王霄用袖口替妈妈擦干了眼泪，岳明坤停止了哭声。

听到王霄的声音，卧室内的邵丽也没有了动静，整个屋子突然间安静下来。

王霄从沙发上拿起妈妈的随身包，从里面拿出一张抽纸擦了擦眼泪，并把擦过眼泪的纸装进自己的口袋，然后拉起妈妈就往外走。岳明坤不再发飙，乖乖地跟在女儿后面。王旭生指着岳明坤买的礼物，说："王霄，这些东西是你妈买来的，你看，要不，你们带回去？"王霄没有回头，说："拿回去我妈看着也难受，爸，拜托您帮我把它们扔到垃圾桶去吧。对不起，我妈给您添乱了。"

王旭生从女儿的语气里听出了幽怨,他讪讪地说:"怎么能扔呢?那就留下吧,我送送你们。"说着,他拿着钥匙和母女俩一起出了门。

到了电梯口,岳明坤说:"王旭生,现在那女人不在场,我最后再问你一遍,这颗肾,你到底给不给王霄?她不同意,你大不了跟她离婚,我还是那句话,只要你想捐,谁也挡不住。"从始至终,岳明坤都没有骂王旭生一句,她还留着最后一条后路。

王霄心里暗叹妈妈一点不糊涂,这句话,她算是问到了骨子里,这个问题归根结底是她这个亲生女儿和邵丽这个后妻在爸爸王旭生的心里谁更重要。十五年前的那场PK,王霄就输给了邵丽,爸爸不顾她的感受选择了和邵丽结婚。今天,历史重演,她又要和邵丽一起站在爸爸心里的那架天平上,而且邵丽那边还多了她同父异母的弟弟这个砝码,王霄预感,这次她又要输了。

王旭生望着天花板,停顿了半天说:"你让我再考虑考虑,我轻易不能离婚,毕竟还有一个十四岁的孩子。"岳明坤想说,你和我离婚的时候王霄也才十三岁,但她说出的话是:"好,你需要考虑多长时间能做决定?"

"三天,你让我考虑三天。"

"好,我等你的电话。"

电梯门终于开了,送走王霄母女,王旭生长长地舒了一口气。

回去的路上,王霄问妈妈刚才怎么会动手,岳明坤说:"那个坏女人坚决不同意,我就没窝住火。"关于自己下跪的那一节,岳明坤只字未提，但王霄心里明白，妈妈是带着礼物去求他们的，不是委屈到了极点，她是不会和他们翻脸的。

王霄说："现在，该做的努力你都做到极致了，接下来，无论什么结果咱都坦然面对，行不行？说实话，我对爸爸能同意捐肾不抱一丁点指望，你也要有心理准备。"岳明坤恨恨地骂道："你怎么就不能遗传我多一点？偏偏和那个混账东西血型一致，你要是和我的血型一样，不就什么问题都好解决了吗？"王霄白了她妈一眼，说："我要是不生病不就连问题都没有了？"

岳明坤在家煎熬了三天，这三天，她不知长了多少条鱼尾纹，添了多少根白头发。但是，她没等来王旭生的电话，甚至连一条短信都没等到。

岳明坤如坠深渊！她知道没戏了！她对王旭生处理问题的风格了如指掌：解决不了或不愿解决的问题就躲就逃，连一声交代都不会有。又痛，又恨，又无助，又无奈，岳明坤咽不下这口气，她想打电话骂王旭生，被王霄阻止了："不要再相互折磨了，没有任何意义。"岳明坤也认为骂一顿惩罚太轻，对她们母女来说确实没有意义，反而缓解了王旭生心里的负罪感，还不如让他终身愧疚不安更解气。除了诅咒"这对狗男女早日遭到天谴"，岳明坤找不到任何一种可以惩罚王旭生和邵丽而且合法的方式。

虽然早预料到这个结果，王霄还是感到无限悲凉，人都说父爱无边，可在她这里，父爱是有限的，可以量化到一张装着一百二十万的银行卡上。王霄犹豫着要不要把这一百二十万还给他们，没有这一百二十万，她照样治疗和生活；但还了这一百二十万，她和父亲王旭生就相当于一刀两断，再也没有了父女情分。

这次轮到岳明坤不同意将这一百二十万还回去了，理由是不能便宜了邵丽那女人。王霄说："我听你的，钱不退了，但你也得答应我，以后不要再去骚扰人家了。"

岳明坤想起还有老孟这根救命稻草，她对女儿说："明天我问问老孟，他愿不愿给你一颗肾？"王霄大叫："你疯了？就算他愿给，我也不要劳改犯的肾。"

"做过劳改犯怎么了？要是排上医院的肾源，你还要查查捐肾者的人品怎么样？有没有犯罪记录？都到这个份儿上了，你还挑人？"

"好好好，你想去自找尴尬就去吧，我可以百分百肯定他是不会同意的，只是，被人家拒绝了你别难受就行。"聪明的王霄马上意识到这是吓退老孟的一个妙招：让她妈去折腾一番，一来认清了老孟这个人，不劝而退；二来对接受爸爸捐不了肾的事实有了缓冲。

第三章

该来的总要来

黎大明来到医院大厅,走到一台自助报告打印机旁,从口袋里掏出检查单,往扫码处一放,机器"嘀"的一声,发出语音提示:"您有四张胶片和报告开始打印,请不要离开。"

黎大明,三十岁,是一家自媒体公司的视频剪辑师,四年前患上脑胶质瘤,虽然是良性的,但偏偏长在丘脑深处,脑干上,想完全切除干净,不可能。三年前,做了部分切除,当时医生就说,复发是大概率的事。

虽然胶片看不太懂,但报告单上写着"左颞叶,基底节占位性病变",黎大明知道,可恶的脑瘤复发了。"该来的总要来。"黎大明苦笑着轻扇了自己一耳光,后悔不该赌上几乎所有的家底做这个手术。

黎大明拿着片子去找他原来的主治医生何琳,看了片子,何琳用笔连续又缓慢地点着面前的一张处方纸,没有说话。黎大明说:"何医生,久病成医,其实我自己也能看懂个大概,复发了,对吧?你就实话实说吧。"

何琳这才开始抬眼看他,说:"没办法,这个病的复发率就是这样。丘脑深处，连接脑干，再手术风险太大，估计下不了手术台。尽量药物维持吧，心态一定要好，争取时间能长一点。"

"乐观估计的话，多久？"

何琳稍有迟疑："半年到一年。"何琳是个心软的医生，她说半年到一年，黎大明在心里打了个折，估计只能三个月到半年。

黎大明来到停车场，钻进他的二手"北斗星"，扶着方向盘愣了好半天。刚刚检查的片子和报告单还在他腿上，他拿过来，想在车内找一个合适的地方放着，但突然又改了主意。他迅速下车，把片子扔进垃圾桶，然后返回，发动车子。

他去的地方是一家养老院。见有客户来，工作人员非常热情，问他是来订床位的吗，要送一位老人还是两位老人？黎大明说："我先看看。"

工作人员带着他，边走边介绍："这一楼全是套间，适合夫妻一起入住，当然如果经济条件好，一个人也可以住。二楼呢，是小型单人间和双人间。三楼条件就不一样了，通铺，六人间的。"

来到食堂，黎大明发现到处挺干净，里面的师傅也显得很利落，露出满意的表情。工作人员从一笼刚刚蒸出来的热气腾腾的馒头里取出一个，递给他："您尝尝，自然香，为了老人的健康，什么增白剂、柔软剂一丁点都不加。"

黎大明咬了一口，点点头："二楼那种普通单间多少钱？"

"一个月四千。一年四万八。"

"一次性交十年的费用是否有优惠？"

"一次性交十年的？"工作人员惊讶地看着他，想了一下说，"按我们的规定，多交是可以打九折的，但我们这里有连续交三年、五年的，一次交十年的没有过，等我问一下领导再给你答复。不过有一件事我刚才忘记说了，入住人必须有亲属担保，否则就算有钱也不行。"

"直系亲属吗？"黎大明问。

"儿子、女儿、孙子、孙女，儿媳妇和女婿都可以做担保人。"

"哦。"黎大明若有所思。

工作人员把黎大明带回办公室，听说这个客户有可能要连交十年的费用，中年女院长亲自接待了黎大明。

"一定要有担保人吗？"黎大明问。

"是的，入住需要担保人，而且担保人至少两个月来一趟。"女院长肯定地说。

"为什么必须有担保人？"

女院长看了看他，说："我们的责任是替儿女尽孝，如果没有担保人，我们就真成儿女啦。哪家养老院都需要担保人，不信你挨个儿去问。"

"照顾一下嘛，我是特殊行业，不能当担保人。"黎大明恳求说。

女院长表情惊讶："什么特殊行业？安全局的？我们还从来没遇到过这种情况。"

黎大明表情神秘："保密。"他掀开了一边的假发，露出光头，低声说："看见了吗？我戴的是假发，就是为了不暴露身份。"

"你已经暴露了呀,你一进门我就看出来你戴的是假发,你的假发是今年网上最流行的一种,和我老公是同款。"女院长呵呵笑起来。

黎大明也笑了:"真有缘分,看在对头发审美一致的面子上把价格给降一降?担保人也给免了吧。"

女院长说:"你要真是一次交齐十年费用,价格好商量,但担保人是必要的。"

黎大明起身告辞,说:"那我再考虑一下吧。"

女院长追到门口:"你要是真当不了担保人,你老婆担保也合适呀,你这个岁数,应该有老婆吧?"

"有,有一打,就是都还没领证。"黎大明一边说一边发动车子。

感觉被戏弄了,女院长气得大骂:"捣什么乱?你这人脑子有病吧?"

可不是吗?自己的脑子不但有病,还是治不好的大病,黎大明把手伸出车窗,对愤怒中的女院长竖起了大拇指:"你——猜——对——了。"说完便绝尘而去。

黎大明十六岁时,母亲去世,父亲老黎以前是一名厨师,为了儿子一直没有再婚。黎大明上高中时成绩一般,大学读的是二本院校,计算机专业。老黎希望他毕业后在大企业找份稳定的工作,或者考个事业编,可黎大明偏不听老黎的话,说找工作一定得是自己喜欢的。毕业后,黎大明做过医药代理、房产销售、婚礼策划,后来又辞职和两个朋友一起成立一个自媒体公司,拍一些短视频卖给大的网络平台。虽然赚钱不多，但黎大明自我感觉良好，老黎总说他不靠谱，就在父子俩为以后的方向争执不下时，黎大明查出了脑胶质瘤。为了筹集手术费，黎大明只得从公司撤资把大部分股份转让给了其他人，老黎也卖了老家的房子，来到城里。手术后，因为要定期复查，父子俩在医院附近租了一套小房子居住，黎大明回原来的小公司担任视频剪辑师，老黎一直在打零工，没有合适的工作。

回到家中时，老黎不在家，黎大明轻车熟路，把各个药瓶打开，准确地从每个药瓶倒出规定数量的药片，一次吃了一大把。

水杯还没放下，门外传来开门声，老黎买菜回来了。

黎大明问老黎都买了什么菜。老黎得意地说："我买到鲜花生了，等会儿煮给你吃。"

老黎又说："还有，给你说件事，小区对面的饭店要招厨师，我下午去问问，我这个年龄的要不要。"黎大明鼓励老黎："好啊，只要累不着，可以试试。"几个月后，老黎的状态是黎大明不得不去考虑的一个问题，也许有份固定的工作能填充一些老黎内心的空当，少一些煎熬。

"那我现在就去问。"得到儿子的支持，老黎乐不可支，翻箱倒柜想找一件穿上能显得年轻些的衣服。

黎大明笑他："打扮那么漂亮干吗？你又不是去跳广场舞，要吸引老太太。带上你的一级厨师证，我确保你干上一周试用期，没有任何问题。"

"对呀，我怎么把这个忘了。"

找到证件后，老黎到底还是换了一件衣服，又对着镜子照了半天，然后信心百倍地应聘去了。

确认老黎已经走远，黎大明给自己现任职公司的负责人、他的好哥们儿展翔打去电话，告知自己病情复发，不能继续上班，让他找人顶替他。和展翔通过电话，黎大明正打算睡个午觉，病友李展又打来电话，邀请他一同去参加一个病友会的活动，黎大明不想浪费越来越少的时间，便一口回绝："一定是哪家药企主办的，目的都是做广告，给自己宣传，这种活动没意思，我不去。"李展说："出去热闹一下总比在家闷着强，调节一下心情嘛，关键是人人有礼物。我已经在路上了，五分钟后车到你家楼下，不让你多走一步。"说完，没容黎大明发话，便挂了。

"你绑架呀。"黎大明对着电话大吼，无奈已是忙音。

第四章

木桶理论

王霄睡意正浓,妈妈的敲门声把她吵醒。

"你怎么还没起床啊?再等就晚了。"岳明坤端着少半杯水进来,递给女儿。

王霄声音里带着烦躁:"什么事?"

"昨天跟你说过了呀,就是去参加那个,病友泄压会。"

"不去,啥用也没有。"

"昨天不是答应去的吗?怎么一夜就变了?"

王霄接过水杯,一口气饮尽:"我还要喝。"妈妈急得要夺杯子,但来不及了。

"你不是有意糟蹋自己吗!上次医生都说你没有按要求限水!让你去减减压,放松放松都这么难。"

看妈妈一副要哭的样子,王霄心软了,说:"好吧,把地址发给我,我去见识一下是什么样的发泄会。"

按导航提示,王霄很快找到了活动地点。停好车,进了一座大楼,活动场地在一个大厅里,正中间布置成一个会场,旁边有十来家药企的广告牌，到会的大约一百人。活动分四个流程：第一个流程是自我介绍，大家相互认识，分享各自与病魔抗争的经验；第二个流程是泄压；第三个流程是自由交流，可以找病情相同的相互探讨；第四个流程是发放礼品。

王霄到的时候，活动刚刚开始，主持人正安排大家依次自我介绍。听完几个人的自我介绍，王霄才知道，原来这些人并不都是肾病患者，各种病人都有。一个女尿毒症患者的分享引起了王霄的关注，此人五十一岁，却有二十三年的透析史，王霄想，这人生病的时候和自己现在的年龄差不多，自己要也能活二十三年，这应该就是自己以后的样子，可眼前这人明明像一个快七十岁的老人！她讲的二十三年抗病英雄史，在王霄眼里，那分明就是一部血泪史，这二十三年里，她只做了一件事，那就是活着，为了活着而活着！王霄心里一阵痉挛！这样的人生有何意义？

很快轮到王霄做自我介绍了，王霄是来打酱油的，本不打算说话，此刻却推辞不掉，只得站起来应付。她对自己的情况轻描淡写道："尿毒症，本想靠透析活下去，却是几十个尿毒症病人里才出一个的不耐透体质，预交了十二万排队等肾，据说遥遥无期，现在绝望排肾中，要么等肾，要么等死。"

有人问王霄血型，她说 A 型。有人问她为什么不做亲属移植，她说母亲和自己血型不一，父亲的肾本身就有问题，不适宜捐献。

又有人问道："为啥那天连透析都不做了，要拔管跑？"

王霄看了一眼对方，果然面熟，应该是同一透析室的病友，她不好意思地笑了笑，解释说："我那天正好有份会议材料没发出去，怕影响公司会议。"

"啊？生了这么重的病你竟然没有辞掉工作？太牛了吧！"对方非常惊讶。

"我不想只是为了活着而活着，像具行尸走肉。"王霄脱口而出，话一出口就后悔了，这不等于说其他人都是行尸走肉吗？

现场瞬间陷入尴尬。

突然，坐在王霄后面的一个人打破沉默，说："说得好。其实，我就是这位姑娘所说的行尸走肉，我叫黎大明，脑瘤晚期，可能不超过一年就'嗝屁'了，今天参加这个交流会纯属自私，是想找找平衡的。如果遇到境况比我还糟糕的，那就算找到了，现在发现，我失算了，我才是大家的平衡和安慰。没什么经验可分享的，我给大家讲个笑话吧。"

大家开始鼓掌，王霄转过身，看了看这个叫黎大明的人：天哪，这不是那天在医院和她相撞的人吗？他竟然是个脑瘤患者！

黎大明开始讲笑话："我从小就天不怕地不怕，生了病，开始怕一样东西：头痛。我终于理解了孙悟空为什么怕唐僧。今天早上，我梦见自己成了孙悟空，找到了神奇的咒语把头上的金箍给解开了，再也不会头痛了。我那个幸福呀，为绝后患，用尽全身力气把金箍扔到了大海里，结果我听到如来佛祖的声音：'你这个兔崽子，怎么把这个给扔了？'我惊得睁开了眼睛，谁知佛祖是我父亲，我的枕头已经在门外了。"

大家开怀大笑。

"上周，医生说我还有大约半年时间，我跟他要求，别给我开药了，开个别的吧。医生说，那开什么？我说，医生是治病救人的，你现在是宣布死刑的，成了人民法官，所以，开一颗小小的子弹吧。"

很多人鼓掌。王霄想想那天自己对他的态度，有些尴尬又有些愧疚。

黎大明接着说："刚才这个漂亮的女病友说，绝望排肾中，我觉得应该把'绝望'两个字去掉，既然还能排肾，那就有希望呀，是不是？山重水复疑无路，柳暗花明又一村，也许你柳暗花明的时刻就要来临了。最后，衷心感谢主办方给大家创造了这个交流的机会，病人也需要朋友，在这里见面、成为朋友有一个好处，那就是没有歧视，大家同一起跑线，而且来日不方长，哪有工夫歧视别人呀，所以活动蛮有意义。再次谢谢主办方。"

显然，黎大明也认出了她，目光对视的一刹那，王霄不好意思地笑了一下，同时她也有些想不通，这个人要真是生命倒计时只有半年，怎么会如此乐观豁达。

现场的气氛被黎大明活跃起来了，虽然是沉重的话题，但大家讨论热烈，没有了刚才的严肃与悲戚，发言也不按座位顺序了，主持人都感觉有点掌控不住，索性进入第二流程。

所谓泄压，就是"暴揍恶人"。活动现场布满姿态各异的橡胶人，都是恶贯满盈之徒：秦桧、黄世仁、妲己、潘金莲、和珅，连金庸小说里的四大恶人都有。活动目的就是让病友减压，每个人以枪击、鞭打、手撕等方式惩罚这些橡皮人，橡皮人会发出怕痛、讨饶等可笑的声音。

多数人都动了手，有人举着电子枪瞄准射击"西门庆"，有人用鞭子抽打"曹操"，还有人在扇"容嬷嬷"的耳光，王霄心想，这些人在生活中肯定遭受过与这些形象有关的委屈。从那个叫黎大明的人身边走过时，王霄看到他正在挥拳痛打"岳不群"，边打边骂："你也配当华山派掌门？为了偷练什么破剑法，竟然自宫，你知道有多少人渴望有你这样健康的身体吗？你却如此不珍惜！该打！"

王霄起初觉得这么做有点无聊，她只想走走看看都有哪些坏人就算了，走到一排的尽头，她的目光无意中扫到了"天下第一负心人"陈世美身上，她想起了方晓棠的委屈与悲凉，于是扯住了"陈世美"的肥耳朵，想听听他会发出什么样的声音。

"东方不亮西方亮，猪狗啥样我啥样，加力撕呀！""陈世美"发出了叫唤。

王霄真加了力，这一加力不要紧，橡皮人耳朵与肢体的连接处突然开胶了，王霄把一只耳朵给拽掉的同时，由于惯性，手背也碰到了水泥立柱上，痛得她龇牙咧嘴。

更不幸的是，她手臂上用于透析的瘘管创口处被抻裂了，她蹲下来，拽开袖口，露出开始渗血的胳膊，想察看下情况是不是严重。

"我有碘伏，能帮你处理一下，感染了就麻烦了。"

王霄抬头一看，又是那个黎大明。

见王霄不吱声,他问:"担心不卫生?放心就是,我随身带的这瓶碘伏是崭新的,还没开封。"他一边说,一边从包里取出碘伏和棉签、一次性纱布,打开碘伏前给她看了看包装。

黎大明用棉签蘸上碘伏,准备去擦拭渗血的地方。

"谢谢你,还是我自己来吧。"让一个陌生人给自己处理伤口,王霄觉得很别扭,想从他手中接过碘伏和棉签,自己包扎。

"你担心我会报复你或非礼你吗?这可是公共场合,再说,用左手给右手包扎?你是左撇子吗?"黎大明笑着说。

见自己一个人真的无法完成,王霄只得把手臂伸给他。"我为那天撞你的事向你道歉,我当时心情不好,把情绪发泄在你身上了,对不起。"王霄红着脸说。

"哈哈,我早忘了,你也把不快乐的事情忘了吧。"黎大明指着她的手,"拜托您先把陈世美的耳朵给扔了行吗?你留着要中午当菜吃吗?清蒸还是红烧?"

王霄这才发现,由于紧张,自己手里还紧紧攥着陈世美的耳朵,她顿时忍不住笑了。

黎大明看了王霄一眼说:"纵然我这种蹦跶不了几天的秋后蚂蚱理应无心赏美,可我不得不说,你的笑非常有感染力。如果你不那么悲观,对自己的未来多点信心,你看起来就更可爱了。"

王霄觉得黎大明这个人有些嘴贫,不想接他的话,便问:"你操作这么专业,以前是当医生的吗?"

黎大明反问:"你生病这么久,见过这么帅气的医生吗?"

王霄被问住了，尴尬笑笑。

创口包扎完毕，王霄向黎大明道了谢，想提前回去。黎大明提醒她还有礼物未领，王霄说不要了，便拿起背包往大门口方向走。

主办方的主持人举着个喇叭开始吆喝："结束！结束！别打了，不经法院打死坏人也要追责的，进入第三个流程，到隔壁大厅自由交流，交流完毕，大家别忘了领完礼品再回去啊。"

黎大明往王霄的方向追去，被李展一把拉住了。

李展眨巴着眼睛问："这就挂上了？"

"你瞎说什么？"

"我全程都看到了，你在勾搭人家小姑娘。"

黎大明用胳膊捣他："老子是用最后的机会学雷锋。"

"那雷锋当完了，还跟着人家干什么？现在陪我去领礼品呗。"

"不行，我找她还有重要的事情。"黎大明急于摆脱李展，李展却抓着他不放："我一个人只能领一份，你不要，把你那份领了送我。"

黎大明正担心王霄走远之后就追不上了，焦急地求李展松手时，王霄竟然又返回了。他看见王霄回到她刚才的座位上，坐了有几分钟，便通过楼梯上了天台。

"她不会要自杀吧？"黎大明吓了一跳，跟了上去。

黎大明气喘吁吁地爬到楼顶时，看见王霄正坐在栏杆边缘，双脚居然还晃荡着，摇摇欲坠。

黎大明怕刺激到她，先稳定了一下自己的情绪，说："喂，你这人怎么插队啊，我今天也打算跳楼的，你跟着凑什么热闹啊，别人还以为咱俩殉情呢。"

王霄发现又是他，而且竟然怀疑自己要跳楼，觉得可笑，没理他。

见王霄不说话，黎大明心里更加忐忑，但又不敢擅自靠近，他说："你千万别干傻事，自杀的人，连上帝都不原谅，到时候你就进退无门了，天堂进不去，人间回不来，后悔都来不及。再说了，你这情况也不够自杀标准啊。"

见王霄还是不说话，黎大明又说："就算你只能活几年，可短暂的生命也是金贵的，有些飞虫，生命周期只有几天，可它们依然欢着呢。何况，你根本就没被判死刑，命运这个大法官还可能给你开恩。"

"你疯了吧！我就是想找个没人的地方清净一会儿。"王霄忍无可忍了。

"那你走了又回来干什么？家里不清净？只有这楼顶清净？"

"我的车被别的车堵在里面了，开不出去。"王霄没好气地说。

"真的？"黎大明这才知道自己闹了笑话，他故作不相信，试图掩饰自己的尴尬。

"我的车是酒红色的，尾号039，不信你去停车场看看。"王霄一心想把他支走。

"我还是和你一起下楼比较稳妥。"

黎大明执意不走，王霄虽然觉得他很烦人，但毕竟是出于善意，又不好说什么，便想起了刚才的疑问，问道："你真的是脑瘤患者？"

黎大明指指头，说："这还能骗人？虽然是良性的，但长在丘脑最深处，脑干上。所以跟我比，你又算是个幸运者了。"

王霄不以为然："都倒霉而已，有什么可比的。"

黎大明却很认真："差别大了。尿毒症，透析能续命，移植能重生。我是大本营出了乱子，只有死路一条，死前还可能会相当惨，瞎啊，聋啊，瘫啊，哪样都是随叫随到。"

"但我感觉你挺乐观的，甚至是快乐的，看不出来生命快要结束的样子啊。"

"你觉得我应该怎么样才算正常？悲悲凄凄，愤世嫉俗？这你就错了，生命越是短暂，越得活得自在点，活出效率来，这样才能减少损失。"

"可我没有你那么好的心理素质。"王霄叹了一口气，走到安全地带，"像我这样，活着除了成为亲人的负担和外人的笑话，还有什么意义？"

"怎么没有意义？我觉得我今天活得就很有意义啊！给很多人带来欢笑，还差点成了救人英雄。"黎大明说完，自嘲地笑了笑，接着又说道，"我看得出你心里很难过，如果能帮你排解一下，我岂不是又做了一件有意义的事？说吧，今天本就是来泄压的，我愿意当一个倾听者。"

反正也是无聊地等待，王霄犹豫了一下，开了口："生病后，我不想活成一个病人的样子，依然以健康人的姿态置身以前的交往圈子，可现实一点点把我打回原形。和朋友在一起聊天时，别人的现状和憧憬刺激着我，别人的真同情和假同情都让我受不了。昨天我去参加一个大学同学的婚礼，有人在婚宴上讲了一个笑话，大家都笑喷了，可别人喷出来的是酒，我却喷出一口血——解释一下，由于血小板功能较差，尿毒症患者有出血倾向。那场面吓死了别的人，丢死了我的人。那一刻我不得不承认，因为尿毒症，我就是一个残次品。所有梦想，所有对人生远大的规划，都只是空想，我的人生只剩下求生，十几年一路名校、职场的奋斗，都将化为泡影。接下来，我只能为了活着而活着，没有爱情，没有家庭，没有梦想，而且，就连现在的工作，早晚也会失去。你知道吗，得了尿毒症的人会发出一种难闻的氨气味，我现在连和别人一起去吃饭的勇气都没有了，你说这样的人生有何意义，值得我去追求吗？"

因为经历过更深的绝望，黎大明特别能理解王霄的心情，他叹了一口气，说："你真是个贪婪的姑娘，一般人生了这个病，能活着就满足了，你却要求人生依然精彩，那你就只有一条路——移植。"

"此路不通，没有肾源。"

"可以有。"黎大明看着王霄，目光镇定。

"你说的是医院的肾源吧，你知道我国目前肾移植需求者与供体间的比例是多少吗？我一个不耐透者，你觉得我能等到？"

"那你看我脸色怎么样？"

王霄不解地看着黎大明，说："很有精神啊，看上去比我脸色好多了，所以我都不太相信你是个病人。"

黎大明说："你上学时是高才生，一定知道木桶理论吧？一只木桶能装多少水取决于最短的那块木板,如果有一块木板不齐,或有一个小破洞,这只木桶就无法盛满水。我的大脑就是那块最短的木板,腐烂了,拦不了水,害得所有无辜的好木板都没用了,同归于尽。我自己都为那些陪葬的木板不平,多可惜呀!"

王霄疑惑地看着他,不明白他要表达什么。

黎大明觉得此时不必再绕弯子,直言最合适:"我的意思是,虽然脑子有问题,可是我的心肝肾都是好的,如果……如果我把肾给你,你要不要?我也是 A 型血。"

王霄并没有惊喜的感觉,反而提醒道:"一个常识,你不能把器官指定捐给没有血缘的陌生人。"

黎大明笑了,说:"你说的是《人体器官移植条例》吧,我早打听过了,配偶、直系血亲、三代以内旁系血亲和因帮扶形成亲情关系的才可以作为供者,我想过这个问题,可是咱们可以达到要求呀,跟活命比,去民政局拿个证不算什么大事吧?"

"啊?和你结婚?"王霄差点惊掉下巴。

"只是拿个证而已,让捐肾合法化。"

"你为什么要这么做?你的目的是什么?"王霄问。

"条件很简单,五十万。"

"哈,这才是你帮我包扎伤口,跟踪我上楼的真正原因吧。"王霄恍然大悟。

"老天做证,我当时真的怀疑你要跳楼。"黎大明说。

"不买。"看着黎大明的脸,王霄坚定地摇了摇头。

"因为价格吗？"黎大明改口，"要五十万是跟你开玩笑的，但我确实有个条件。我是独生子，死后父亲没人照顾，如果把肾给你，你需要帮我照顾我父亲，如果把他送到养老院，你要以儿媳的身份做他的担保人。我的条件不算苛刻吧？"

"不苛刻，但很可笑。"王霄说，"要我随随便便跟人结婚，那我还不如去跳楼呢。"说完，背起她的包，转身离开。

黎大明当即追上去，说："你不需要马上回答我，考虑一下再决定嘛，留个联系方式好吗？"

"不需要了，谢谢你帮我包扎伤口。"王霄头也没回。

朝着她的背影，黎大明远远地又来了一句："喂，什么能比你的小命更重要？"

看着王霄的身影消失在转弯处，黎大明赶紧掏出手机给李展打电话："你立即去停车场，找到尾号是039的酒红色轿车，把车牌号拍下来。"

三分钟后，黎大明收到李展传来的一张图片，图片上，王霄正打开一辆酒红色轿车的车门，车牌号清晰可见。

此时，老黎也发来信息："我应聘上了，每天工作六小时，中午和晚上各三小时，工资每月六千。"

"真棒！"黎大明给了老黎一个大拇指赞。

第五章

合作才能双赢

听说王霄需要他捐肾,老孟拍着胸脯对岳明坤说:"只要我的肾能用,没有二话,哪颗好把哪颗割给孩子。"岳明坤感动得眼泪都出来了。

可是到医院一查,老孟的血型不符,不能用。

岳明坤大失所望。从医院回来,就一直坐在沙发上发呆,发够了呆,就开始骂王旭生,哀叹:"能捐的不愿捐,想捐的捐不成。"

王霄很不以为然地对妈妈说:"他能不知道自己的血型?明知自己血型不合,还故意作秀给你看,送这个空头人情,这恰说明了这个人心机重,不真诚,这种人靠不住。"

可岳明坤认定老孟是个老实人,不会作假。对于王霄的看法,她压根不相信:"我们这个年龄的人,不知道自己血型的太多了,没有献过血也没有输过血的人,去查血型干吗?你就是戴着有色眼镜看他,我告诉你,他和王旭生完全是两路人。"

本想趁机拆散他们,结果弄巧成拙,她妈对老孟的好感又加了一层,王霄懊恼万分。

原计划下午和何首乌、方晓棠一起去医院透析，但现在待在家里听她妈讲老孟的各种各样的好，讲她父亲王旭生如何如何坏，王霄实在是不想听，便给何首乌与方晓棠打电话，商量能不能提前去医院透析。两人都说行，但何首乌提出一个无理要求：要王霄开车来接她，而且要绕道友谊路的红跑车蛋糕房给她买一块四寸以上的红丝绒蛋糕。

"别人生病后都日渐消瘦，你病龄两年半，体重有增无减，这全要归功于你这张无敌的嘴，你就放开肚皮吃吧，这样吃下去，估计以后想约个会也没人理你了。"发完牢骚，放下电话，王霄逃也似的离开家门。

三人来到医院，发现今天的透析室一片混乱，原来医院对透析室进行了大调整。为了便于集中护理，医院把五十岁以上、容易发生并发症的病人专门安排在一间大透析室里，其余患者都安排到只能放置五六台透析机的几间小透析室里，也就是说，以后每个人都在固定的房间、固定的机器上透析。征得护士长的同意，王霄、何首乌与方晓棠同时进了303小透析室，303室除了她们三个，还安排进来两个男的。一个叫丛睿，二十几岁的大男孩，虽然年龄不大，却有七年透析史。丛睿性格开朗，和谁都自来熟，他进来不到十分钟，就和所有人都认识了，大家也都了解了他的情况：独生子，生病后父母都想给他捐肾，但母亲和他的血型不合，父亲倒是相合，但因为查出患有重度脂肪肝也无法捐献。另一个男人叫陈越，四十一二岁的样子，他和丛睿相反，郁郁寡欢，惜字如金，听他家人说以前是事业单位干部,已经升到正科级,生病后所有亲人里都没有适合他的肾源,一场病既断了官路又断了生路,长时间心情郁闷,人就成了这个样子。

丛睿说:"十年修得同船渡,百年修得共枕眠,我们几个有幸在这里相识,也不知是上一世修行了多少年才有的缘分,以后,咱们就是难兄难弟了,每周三、周日就是我们的'法定'团聚日。咱们不能群龙无首,现在,先选一个室长。按年龄,陈哥是老大;按病龄,我应该当首领。大家举手表决吧。"

"不错,我们这五人帮是该有个帮主,但按你的标准选,怎么选都是男帮主,这明显是性别歧视啊!"何首乌向丛睿挑衅道。

"请问,你见过几个女帮主?"

"丐帮帮主黄蓉是吧,日月神教东方不败是吧?"

"东方不败是女的吗?"

"当然算是女的了,变性人的性别连国家都承认的,某个男变女的明星,户口本上的性别就是女。"何首乌据理力争。

"越扯越远了,好好好,可以增加一个女候选人,但仅限一个。"丛睿让步了。

方晓棠把嘴巴靠近王霄的耳朵,小声说:"刚认识就掐起来了,有这俩活宝,以后,咱这303室就热闹了。"

看着何首乌与丛睿斗嘴时一本正经的样子,王霄忍不住笑了,比起和同学、同事的聚会,她感觉还是和这些难兄难弟在一起时舒服自在,不用在乎自己的脸色多黑多难看,不用在乎嘴里呼出的气味多难闻,大家同一地平线,没有竞争,没有利益冲突,只有关爱与怜惜。

"霄姐,你和晓棠姐把女候选人的名额让给我吧,从小到大,我连小组长都没当过。"何首乌哀求道。

"我想知道室长的职责和权利是什么?"王霄笑着问丛睿。

"打扫卫生,给大家买水买饭,组织出游、聚餐等活动,为活动买单,下雨天接送室友来透析,协调室友之间的矛盾,维持安定团结,等等。"

丛睿的回答吓退了何首乌,她两手一摊,说:"那我还是弃权吧,我是无薪一族,又是无车一族,看来没资格当这个头儿。"

方晓棠对丛睿说:"我也没有车,王霄和陈大哥都是新病人,心情还没调整过来呢,这个室长非你莫属了。"

丛睿转过脸问正在看手机的陈越:"陈哥,你的意见呢?"

没想到,陈越烦躁地将手机扔到软垫上,嘴里咕哝一句:"吵死了!"然后抓起一个枕头,背对他们四个人躺下了。

房间里瞬间安静下来,四个人,你看我,我看你,面面相觑。

"看来他还没过暴躁期。"丛睿小声地对她们三个说。

陈越的老婆丁姐是今天唯一一个到透析室陪护的病人家属,她抱歉地向大家笑笑,摆了摆手,意思是让大家不要在乎陈越的坏脾气。

大家不再说话,各自玩起了手机。王霄打开微信,看到有个叫"喜欢向日葵"的人申请加她好友,留言是"合作才能双赢",心想又是哪个不良商家出卖了她的号码,便没有理会。

王霄比他们四个提前半小时结束透析,下了机,走出透析室,赫然发现那个叫黎大明的人站在门外。

"这么巧,在这里遇上了。"王霄说。

"我是专门来找你的,等半天了。"

"你怎么知道我在这里?"

"在医院的停车场看到你的车了,尾号039的酒红色雪佛兰,没错吧?这还是你自己透露的。"

"'喜欢向日葵'是你?"王霄双臂抱前,用审视的眼光打量着他。

"是,你还没点通过呢。"

"从哪儿弄到我的电话号码的?我没记得给过你。"

"哈哈,我人聪明,虽然脑子被开过瓢,但没影响智商。"

"说。"王霄命令道。

黎大明狡猾地笑了:"我打114查的。我说我剐了你的车,想找车主商量赔偿的事,然后,你的号码就到手了。"

王霄说:"你这人真是什么歪门主意都能想出来,你找我还是那件事吧,我已经告诉过你了,我不可能和你结婚,所以不能要你的肾,请以后不要再来打扰我了。"

王霄说完,径直往前走,黎大明也转过身跟着她一起走。"我想浪费你一分钟,请你看个东西。"

王霄没搭话,他却把一张单子直接递到了她的手里。

王霄扫了一眼,发现是他的肾脏检查单。

他说:"你看看,所有指标都在正常范围内,也许我的人不咋地,可这两颗腰子真的是质地优良。"

王霄站住了:"我知道你不是开玩笑,是当真的,但是我没有那个想法。"

黎大明显得不急不躁:"那肾的事不提了,你把微信好友加上嘛,你是我短暂人生最后关头认识的人,我必须珍惜。"

"我们不是同一种病,没有什么需要交流的,微信就不加了。"王霄说着把检查单还给了他,准备离开。

这时,接过检查单的黎大明突然间不说话了,眉头紧皱,接着,他双手抱头,缓缓地蹲下身,一副疼痛至极的样子。

虽然不确定黎大明是不是故意装的,但王霄知道,他这种脑瘤病人随时随地可能出现危险,她赶忙蹲下身说:"你怎么了?不舒服吗?"

"我头痛发作,眩晕。"黎大明说。

王霄有些紧张地问:"我该怎么做?要帮你找医生吗?"

黎大明说:"不用,我包里有喷剂,喷鼻腔十五秒,一会儿就好了。"

她赶紧从他的包里找到喷剂,对准他的鼻腔连喷十五下,每次时长大约一秒。喷好后,她在地上铺了几张抽纸,扶他缓缓坐下。

一两分钟后,就在王霄不知所措的时候,黎大明扶着她的手,慢慢站了起来,说:"好了,没事了。"

王霄依然惊魂未定:"真的没事了?"

"我试试。"离开王霄的搀扶之后,黎大明伸了伸胳膊、踢了一下腿,又转了一个圈,"脑瘤发作就这样,来无影去无踪,我该怎么谢谢你呢?"

她说:"你也帮过我,咱们两不相欠,我可以走了吗?"

他用恳求的眼神看着她:"从专业的角度,观察观察最好。"

王霄的表情显得有些无语:"好吧。"

他们并排坐在了走廊一边的长椅上,黎大明说:"这里来往的病人太多,咱们别和病人争座位了,到对面的陶春茶社坐一会儿,我请你喝茶,算是为对你的打扰表示赔罪。"

王霄明知他的目的,但面对一个命运比自己还要悲催的倒霉蛋,她还是不忍回绝,便同意了。

黎大明点了两杯碧螺春。王霄只喝了一小口,说:"昨天又被护士骂了,说我进水太多。"

他担心地看看杯子,说:"对,你们限水,光高兴了,忘了,你要少喝。"

她晃晃茶杯:"太浪费了,一杯好几十吧?"

黎大明也学着她晃晃茶杯,说:"我才是暴殄天物,第一次手术不知碰着了哪儿,从此我的味觉就跟我拜拜了。"

"啊?"王霄表情惊讶。

"是的,对我来说,没有酸甜苦辣,熊掌鲍鱼与萝卜青菜一个样。"

王霄一声轻叹,黎大明猜出了她的心思,说:"不要同情我,我以前很爱吃，可能是吃得太多了，因果报应。再说了，吃药不觉得苦，是不是也算好事情？"

说罢，他端起杯子，认真"品了品"，评论道："不错，清香。"

王霄被他逗笑了，说："你心态真好，佩服！"

两人以茶代酒，干了一杯。

"心态是被现实打磨出来的。"黎大明放下杯子说，"所谓的心态好，不过是对现实的一种妥协。灾难来了，推不走，躲不掉，一切化作无可奈何，其实我是不接受也得接受啊，把自己弄得悲悲凄凄也无济于事，所以只得说服自己，日子有限，快乐过好每一天。"

"我得向你学习。"王霄又举起了杯子，小酌一口。

"哎，我有一个疑问。"黎大明说，"我的这两颗品质优良的腰子，对你真的就没有一点诱惑？你一点都不动心？"

王霄坦诚地说："说不动心是假的，但我觉得，这不是正规的渠道。而且，我担心，我照顾不好一个老人。"

黎大明说："正规不正规，就看你以什么标准来衡量，我们这个交易合情合理合法，而且双赢，连上帝都会理解和支持。至于我父亲这个人，你更不用担心，他脾气好，身体好，有养老金，我的要求也不过分，只要你能做到他健康的时候经常去看看他，他生病、生活不能自理的时候身边有个人照顾着就行，如果你将来没时间亲自照顾他，你可以雇请别人，也可以把他送到养老院去，但至少每个月要去探望他一次。总归，让他觉得这世界上还有一个亲人就行。"

见王霄默不作声，黎大明觉得有希望了，说："你不需要马上做决定，可以先调查了解一下我和我老爸的为人，然后反复衡量，再做决定。现在，我们先加个微信，怎么样？"说着，他打开了自己的微信二维码，试探着把手机推到王霄面前。

加个微信好友而已，再回绝就太不近人情了，王霄犹豫片刻，拿出手机，加上了黎大明的微信。

"这场交易必须建立在信任度很高的基础上，你凭什么这么相信我？"王霄问道。

"凭感觉。"黎大明说，"一个能为了工作拔透析管的人，一定是一个非常有担当的人。"

"仅凭这一点就'以肾相许'，委以重任？你太武断了吧。"王霄苦笑。

黎大明脸上带着狡黠的诚恳，笑着说："还有一个原因就是，你上学时是一名学霸，名校毕业生。"

"这跟你要捐肾给我有什么关系？"王霄不解。

"关系大了。"黎大明说，"我从小就有学霸情结，我认为成绩好的人能力都强，有文化、能力强的人做事更负责任，事实的确如此，我的那些学霸同学混得都不错，做事都很靠谱。"

王霄笑着摇了摇头，黎大明猜不透，她是否认他的"学霸理论"，还是怀疑他的诚意。

他说："如果你一定要问我为什么选择你，我觉得是天意，你我在这样的时间里相遇相识，都是A型血，你需要一颗肾，而我那么好的一颗肾就要白白浪费掉，这不是天意是什么？"

王霄当然不相信什么天意，但她从黎大明的这份信任里感受到一份无奈与心酸，她猜，其实他并不是百分百相信她，只是，这是他唯一能做的努力，除了赌一把，他别无选择。

王霄在外企工作，经常和客户洽谈项目，习惯以利弊比例决定合作与否，若真能和黎大明签订协议，达成合作，虽然这副担子沉甸甸的，但和她所获得的健康的生命相比，又算得了什么呢？

王霄有些动摇！她清晰地感受到自己心脏的狂跳，如果黎大明真的是A血型，那眼前的这个机会太难得了！她深知，对体质不耐透的她来说，"能等到医院的肾源"是她给自己注射的一支安慰剂，是她用来安抚妈妈的谎言，她的生命之路在爸爸拒绝捐肾的那一刻就成了死胡同，而此刻，这个叫黎大明的人又给她凿出了一条通道，这条通道真的可行吗？和一个陌生的男人领证结婚，会不会惹来大麻烦？

最后，王霄说："我非常感谢你的信任，这事得容我慎重考虑一下，两周后给你回复，在此之前，你也可以考虑别人。"

黎大明丝毫不掩饰自己的兴奋，他激动地说："太好了！我等你的结果。"

第六章

天上掉下大馅饼

方晓棠家里来了一个不速之客——果果的后妈郝琼。

郝琼敲门的时候,方晓棠还以为是送快递的,赶紧去开门,看到郝琼这张打扮入时的脸,方晓棠意外至极,她第一反应是果果出事了,脱口而出:"果果她怎么了?"

郝琼说:"放心,你女儿很好,正和她爸爸一起画画呢,我今天来是想和你商量一件事,我能进去吗?"

"请吧。"方晓棠很客气地给她递了一双拖鞋,郝琼婉拒了,自己从包里取了一双鞋套,套在鞋上。

郝琼从一进屋,就开始上下打量屋里的陈设布置。同是女人,方晓棠能猜透她的心理,作为后妻,她自然很想了解丈夫程乾前妻的审美与品位,以便将自己与她进行比较。

房子很小,六十平方米,小两居室,卧室的门敞开着,一切尽收眼底。房间里很乱,卧室床上的被子没叠,地上扔着一双袜子,显然是未洗的,客厅的茶几上横七竖八地摆着一堆初中物理教学资料,更可笑的是,旁边的水果盘里竟然放着一把梳子,梳子上还缠着一根头发。

方晓棠有些尴尬,但转念一想,除了女儿果果,自己和程乾早已没有半毛钱关系,又何必在乎自己在郝琼心目中的形象呢?她爱怎么想就怎么想,若自己的惨状能让她感觉到得意,那就让她得意去吧。

方晓棠不想和她啰唆,便直截了当地问:"无事不登三宝殿,什么事情不能打电话沟通,需要你亲自上门?说吧。"

"那我就不绕弯子了。"郝琼顿了顿,说,"我希望变更果果的抚养权。"

"为什么?"方晓棠心里一惊。

"我不想养别人的孩子,而且,我也当不好一个后妈,特别是我儿子出生以后,我更是没法把感情和精力再分出一部分给别人的孩子。实不相瞒,你的女儿已经成了我和程乾的矛盾焦点,所以,我希望果果能回到你的身边生活,由你来照顾她,当然,孩子的生活费我们一分不会少。"

"别人的孩子""你的女儿",郝琼的用词让方晓棠感到气愤与悲凉。怪不得果果说不喜欢她,看来她从来就没把果果当自己的孩子疼过,只是迫于压力才不得不接受。现在,她有了儿子,不想将就了。

郝琼的话说得如此直白、干脆,显然,她是有备而来的。

"这是程乾的意思吧?他说不出口,所以让你来了?"方晓棠问。

"不,程乾不知道我今天来。"郝琼看着方晓棠的眼睛说,"这事，我不想让程乾知道。"

方晓棠不知道郝琼葫芦里卖的什么药，不解地问："变更孩子的抚养权，应该由我和程乾协商，现在你却瞒着他来找我，我不明白你到底想怎么解决？"

"我的想法是，你先向程乾提出要回孩子的抚养权，程乾一定不会同意，但只要你态度坚定，他的工作我来做，我会劝他同意的。"郝琼说，"这样，我和程乾就不会因为孩子的事情激化矛盾了。"

"你这如意算盘打得真是无敌了，又要把孩子踢走，又要当好人，维持好夫妻感情。这一招，妙极了！"方晓棠冷笑。

郝琼没有理会方晓棠话里所带的讽刺，说："这事于你于我都有利，当初你不是也想要果果的抚养权吗？还有，你如果能同意我的方案，这事合作成功后，我愿意给你五万作为辛苦费，只是，这事永远不能让程乾知道。"

就算不给辛苦费，能让女儿回到自己身边，也是方晓棠梦寐以求的事情，现在有人愿意帮自己，还倒给五万，今天是什么好日子，天上能掉这样的大馅饼！方晓棠内心狂喜，脸上却不动声色，"以我现在的情况，并不适宜要回孩子，所以我还要仔细想一想再做决定。不过，我会尽快给你答复的。"

"好，我等你的答复。"郝琼起身告辞，临走时交给方晓棠一张纸，说，"只要你能同意，孩子的抚养费，我们尽量多给一些，这是我的电话，尽量选择上班的时间联系我。"

送走郝琼，方晓棠当即在与王霄、何首乌的三人群里发消息：

"一小时后在三生有幸相聚,有要事协商,我请客,不得请假。"

"三生有幸"是医院附近的一家奶茶店,三人经常在那里小聚。

何首乌秒回:"遵命。"

几分钟后,王霄也看到了短信,能让方晓棠拿不定主意的事一定很重要,回复说:"好。"

一小时后,三人在三生有幸最角落的老位置上落座。

"说吧,什么事需要开紧急会议?你是找到肾源了,还是找到新老公了?"何首乌一脸迫不及待。

"我可以把女儿要回来了!"方晓棠激动地把刚才发生的事向她们俩讲述了一遍。

听方晓棠讲完,王霄和何首乌的思维简直要凝固了——为了接果果,两人已经N次和程乾斗智斗勇了,母女俩见上一面有多难,她俩太清楚了,现在要倒贴钱把孩子送回来,这反差也太大了吧。

"什么?这么说,你现在要和郝琼建立统一战线了?"何首乌有些反应不过来。

王霄分析道:"这馅饼掉得是有些不可思议,但仔细一想,逻辑上又合情合理,果果对你来说是无价之宝,但对于郝琼就是眼中钉,所以你不用怀疑她的诚意,这世上没有绝对的对立,只要互利,就能合作。只是,你确定想要回果果吗?以你目前的状况来说很不适宜。"

"我确定要回果果。"方晓棠坚定地说,"越是生命短暂,我越是应该陪在她身边,不奢望能陪她长大,但能多陪一天是一天,我要尽可能在她的童年里多留一些画面,她长大后还可以幸福地回忆。再说,郝琼排斥她,我不能让我的女儿生活在那样的家里。记得郝琼和程乾刚结婚的时候,我问果果,你喜欢新妈妈吗?果果说不喜欢。我问她,新妈妈打过你吗?她说没有。我又问,新妈妈给你买好吃的吗?她说买。我说那你为什么不喜欢她?果果说,因为害怕她的眼睛。从那以后我就一直揪着心,我一心想把果果要回来,但是以我的情况根本要不来,就是起诉,法院也不会改判的。现在有这么好的机会,我必须抓住。"

"我投支持票,你呢?"王霄举起了手,把目光转向何首乌。

"我也支持!"何首乌也郑重地举起了手。

"你把郝琼的电话给我,我们俩以你好朋友的身份和她谈判,出五万块钱就想把这么重的担子推给一个病人,这不行,不能由她说了算。"王霄说。

"对,我们和她谈,五万太少,至少十万,到时候,你来谈,我偷偷录音,她要不同意,咱们就向程乾揭穿她。"何首乌立刻明白了王霄的意思,这种略带刺激的挑战,她最喜欢了。

"你们不会和她谈崩吧,毕竟这个结果我已经求之不得了。"方晓棠有些担心。

何首乌胸有成竹地说:"就算你不相信我,总得相信霄姐吧,她可是谈判桌上的老手,你这小项目还难得住她?"

王霄也觉得有必要追加一些条件:"第一,她提出五万的时候就做好了你加价的准备,只是不知她的底线是多少。第二,果果来了之后，他们节省了很多的时间和精力，而你上课的时间会减少，收入也会跟着大幅减少，她很清楚你的损失。而你光想着终于能和女儿在一起了，完全忽略了这一点，所以理所当然是他们来补偿你。第三——"

"第三就是保密费，对这种自私又冷血的女人，不敲她一笔，我都咽不下这口气。"何首乌抢着替王霄总结了第三条。

王霄说："晓棠姐，你容易表露出来想要回孩子的迫切，所以，你出面反而不好谈。"

"那好吧，我授权。"方晓棠伸出大拇指，在王霄和何首乌的手心里各按了一个指印。

第七章

折腾一下又何妨?

晚上,洗漱完毕,王霄拿出手机,点开了黎大明的朋友圈。

她很好奇,这样一个处在极度绝望的现实中,却又拥有超级阳光性格的人,对外展示的朋友圈该是何种状态?

最近一篇发在三天前:"搬迁工程有望启动!期待水土相符!"配图是旷野中的一棵笔直挺拔、苍劲有力的松柏。王霄笑了,如果他没有把他的计划告诉别人,能真正看懂这句话的除了他本人,恐怕只有她王霄了。

第二篇是有关他的狗:"来旺又添新本领,可以委以重任了。"配图是一只狗,嘴里衔着一只拖鞋,一边摇着尾巴,一边奔向一个老人。王霄猜,黎大明这是在训练一只狗,用于将来陪伴他的父亲。

第三篇是有关本市又一条轨道交通将要开通的新闻,据他所说的倒计时日期,他应该等不到那一天了。

第四篇是转载的文章,有关全球变暖与环境的关系,呼吁大家保护自然环境。

…………

王霄一篇篇往下翻，有和朋友野外聚餐的，有赞美中国建筑工程的，有帮人转发轻松筹的，有转发智障人走失信息的，有吐槽社会不文明现象的，这些文字，幽默而轻松，诙谐又犀利，没有丝毫生命倒计时的情绪。王霄不禁感慨万千，朋友圈是展现一个人心灵的窗口，从这个窗口可以看到一个人的内心世界，自从生病后，王霄再也没发过朋友圈，高兴的事她兴奋不起来，心里压抑时她也不想对外展现，而黎大明的朋友圈和常人无异，甚至快乐是主旋律，他是怎么做到的？这份没心没肺的背后，需要多么艰难的心理建设。

王霄正在沉思中，丛睿来了信息："在吗？"

"什么事？"王霄不耐烦地回复道，这些天，丛睿对她好得超乎寻常，又是给她带饭菜，又是给她取检查单，王霄明显感觉到，这孩子对她有想法。

"明天一起看《雷神3》吧，我已经买好票了。"

"买几张？"

"两张。"

"不去。"王霄干脆地拒绝。

"为什么？"

"你先回答我，为什么只请我一个？"

丛睿沉默了，过了好一阵，才回复道："我喜欢你。"

"谢谢你看得起姐，不过你在我眼里就是个小屁孩，等你过了青春期再说吧。"王霄心想，这家伙狗胆真大，终于说出来了。

没想到丛睿竟然说:"你觉得我能活到你所谓的过了青春期吗?既然生命有限,我们为什么不在有限的时光里,痛痛快快爱一场呢,至少死的时候少一份遗憾吧。"

"命都要保不住了,你还瞎折腾什么?"

丛睿回复说:"人生已成这个样,折腾一下又何妨?"

"你想及时行乐我不阻止,但找错人了。"王霄气不打一处来,连发给他几十个"敲打"。

"不要盲目拒绝,再考虑一下嘛,咱们都是一样的病,又没有谁看不起谁,在一起简直就是'绝'配啊!"

"谁和你是绝配?我还想好好活着呢,再瞎扯,我删了你。"

绝配什么!王霄暗骂,与其和你绝配,我还不如和黎大明去领证呢。发送完最后一条信息,王霄关闭了和丛睿的对话框。

第二天是透析日,王霄赶到医院时,方晓棠、何首乌与陈越已经上机了,只有丛睿还没到。王霄心想:丛睿不会昨晚受到打击,今天不来透析了吧?难道昨晚的话说得太过分了?停止透析可不是闹着玩的,无异于自杀。

王霄正心神不安,丛睿推门进来了,手里提着一大袋点心,累得上气不接下气,说:"我绕道西门坊,给各位买了芳婆糕,排队的人有点多,所以来晚了,你们赶紧趁热吃。"

丛睿把糕点分成五份,殷勤地送到每个人的手里,王霄接过糕点时,目光和丛睿对视了一下,她尴尬地收了回来,而丛睿好像什么事也没发生过，表情极其自然，问："红色包装是甜的，白色包装是咸的，你选哪个？"王霄都有点怀疑，昨晚和她微信聊天的是不是他？

何首乌说："丛睿，糕点是你买的，但我不感谢你，我只感谢霄姐。"

"为什么？"丛睿气得跺了她一脚。

"因为你醉翁之意不在酒啊，"何首乌疼得龇牙咧嘴，但因为已经开始透析，无法还击，便说，"芳婆糕点店隔壁就是红跑车蛋糕房，你明知道我喜欢吃红丝绒蛋糕，为什么不给我买一块？那天我们讨论哪家点心好吃的时候，霄姐说西门坊的芳婆糕最好吃，被你听到了，我说隔壁店的红丝绒蛋糕好吃，你也听到了呀。你就是专给霄姐买的，我们都是沾了霄姐的光。"

方晓棠和陈越同时向王霄投去疑问的目光，王霄窘极了，赶紧向何首乌使了个眼色，示意她住嘴。也不知何首乌是不明白王霄的意思，还是故意报丛睿的"跺脚之仇"，她反而更直白了："霄姐你是真不明白还是装不明白，丛睿给大家买瓶矿泉水都得选你喜欢的牌子，傻子都看得出来他喜欢你，地球人都知道。"

"何首乌，芳婆糕也堵不住你那张讨厌的嘴吗？我就是喜欢王霄怎么了？需要您老人家批准吗？你是她家长还是她的监护人？"丛睿和何首乌频率为每周两次的吵架，眼看着在见面三分钟后就拉开序幕。

方晓棠哈哈大笑起来，连整日绷着一张脸、看谁都不顺眼的陈越也憋不住笑了。

"你们俩今天吵架能不能不以我为主题？"王霄又气又急，不断转移话题，但仍改变不了整体氛围，没办法，她只有改用微信，给何首乌发去信息。

"快闭嘴！你根本不知道丛睿的真正目的。"

"他目的何在？"何首乌看到短信后，顿时来了兴趣，当即停止了和丛睿的嘴战。

"他不甘心就这么死了，想在上西天之前找个人和他一起快活快活，根本就不是心里喜欢。"

"啊？那他和我志同道合呀，为什么不找我呢？反正活不长，我也想找个人及时行乐呢。"何首乌兴奋地看了丛睿一眼。

"叫你何首乌一点都不亏，满脑子乌七八糟的东西，你怎么不想着死之前做点正事呢？"

"啥叫正事？"

"比如说，完成一部作品，或找一份工作，给你爸妈赚一笔养老金。"发出这条信息，王霄突然想起了黎大明。

"拉倒吧，命运对我已经够残酷了，我为什么要没事找事，让自己的人生难上加难？我就想谈场恋爱，享受一下男欢女爱。"

王霄无语了，三观不合，她和何首乌思维永远不在一个频道上。

"你把他让给我，怎么样？"何首乌一边发短信，一边急切地看着王霄的脸。

"拿去拿去拿去，他本来就该属于你，你俩不在一起，天理难容。"

"说定了?"

"拉钩!"

两人同时举起水杯,以茶代酒,干了一杯,转眼间,又同时笑喷。弄得其他三人,你看我,我看你,一头雾水。

第八章

你死我才能活

透析结束并休息过后,在王霄的"精心"安排下,陈越自己开车回家,丛睿送何首乌去购物中心买她一直想要的限量版水杯,王霄送方晓棠去教育培训机构上课。何首乌坐上丛睿的副驾驶后,丛睿狠狠瞪了王霄一眼,才不情愿地发动汽车。

上车后,方晓棠问王霄:"刚才透析时,你和何首乌在微信里聊什么那么开心?"王霄把手机扔给她:"你自己看。"

看完后,方晓棠肠子都要笑出来了。

王霄问:"你说他俩能成吗?"

"成不了,何首乌不是丛睿的菜。"方晓棠很肯定。

"我看未必。"

王霄的手机响起了"嘀嘀"的微信消息提示音,她开车不方便,又怕单位有什么要紧的事,便让方晓棠帮她读一下。

方晓棠念道:"昨天下午突然没有了意识,两分钟后才醒来,大概是上帝安排死亡演习了,我真怕哪一次演习就成真的了,咱们这场交易要是做不成,那真是太遗憾了,我也不想催你,但真的怕来不及。"

方晓棠看不懂,问王霄:"一个叫'喜欢向日葵'的人发来的,这是什么呀?你在做生意?"

王霄说:"这人神神道道的,要给我一颗肾。"

坐在后排的方晓棠像是被扎了一针,马上坐直并前倾了身子,问王霄:"怎么会有这样的好事,不是骗子吧?"

王霄回答:"是那天在病友会上认识的,叫黎大明,一个脑瘤患者,他要和我做场交易,死后把肾给我,要我将来照顾他父亲。"

"他是A型血?"

"A型。"

"肾的质量怎么样?"

"查过了,各项指标都正常。"

"确定不是骗子?"

"不像。"

"那你还犹豫什么?这样的机会哪里找!生命无价,这笔交易要能做成,你赚大了。再说了,就算你答应了他的条件,将来他人不在了,怎么兑现还不是你说了算?他能约束你什么呢?"

"可是我得和他领证结婚啊,否则不符合《人体器官移植条例》。"

"那又如何?只是领个证而已,又不是真结婚,就是真结婚你都值,什么能比命重要?"方晓棠激动地说,"王霄,在医院排到肾的概率有多大我们比谁都清楚,不要自欺欺人了,你听我的,这是老天爷给你的活命机会,你一定要抓住。"

"其实我有点动心,只是犹豫不决。"王霄说。

"还犹豫什么?机会转瞬即逝,万一他还联系了别人,你就没机会了。今天就约他见面!要不,我和你一起去见他?"说完,方晓棠自作主张替她回复了,"晚上见面谈吧。"

王霄急了:"你怎么帮我回复了?我还没想好呢,这事千万别让何首乌知道,她那个大嘴巴,我招架不了。"

"放心吧,在你移植之前,这事不告诉她,防止她添乱,但你得把这事当重中之重的大事来办。"

说曹操曹操到,何首乌来了信息:"霄姐,你把晓棠姐送到后,来购物中心接我,丛睿这坏东西不等我买完杯子就跑了。"

方晓棠说:"怎么样,被我说准了吧,他俩虽然想法一致,但互相不欣赏,所以走不到一起。"

上课的地方到了,方晓棠下车前再次交代王霄:"今晚一定要约见'喜欢向日葵',把这事敲定。"

王霄说:"放心吧,我会把这事放在心上的。"

方晓棠又说:"还有和郝琼谈判的事,不要提太过分的要求,别把她吓退了。"

王霄笑她:"别婆婆妈妈的,我从不打无准备之仗,你等着好消息吧,我现在要去接何首乌了。"

陈越离开医院后没有回家,而是一个人开车去了江边,这是他多年来的一个习惯,工作上遇到不顺心的事或压力大、心情压抑的时候，他会沿着江边小路走一走，或在江边公园的长椅上坐一坐，看着平静的江水，再烦恼的情绪也很快就平复了，再困难的问题也能找到解决方案。可生病后这几个月，他来这里两次了，心情怎么也调整不过来，又无助又迷茫。

陈越在别人眼里是个光鲜的正科级公务员，其实在经济上捉襟见肘，妻子是个月薪只有四千的电信营业员，他月工资九千多，这每月的一万三要顶起一个家的全部开支：没有收入来源的父母完全靠他这个独生子赡养，岳父母虽有微薄的退休金，平时也得靠他们资助，十三岁的儿子和七岁的女儿，一个上初一，一个上小学二年级，哪哪都要花钱，透析费和医药费虽然都在医保范围内，但报销是按比例的，自费部分每月也要两三千。他活着，家里还能运转开，如果有一天他死了呢？靠老婆四千元的工资怎么养活一家五口人？公积金没有了，房贷怎么还？这还只是经济上的困难，没有了他，父母心里怎么承受？两个孩子的心理会有多大的创伤？妻子一个人怎么收拾这个烂摊子？仕途断了，梦想没有了，他都认了，可生活得继续，生活的担子不会因为生病而减轻，他该怎么办？

在江边徘徊了三小时，陈越得出了一个结论：他不能死，他死不起。唯一的解决方案，他好好保护自己的身体，增强体质，努力靠透析活下去，活到儿子大学毕业，有能力撑起这个家；活到女儿十八岁，有足够的心理承受力。那么从现在开始，他至少要再活十一年，这目标有点高，超过了尿毒症患者靠透析生存的平均年限，但他必须做到。他相信，他能做到。

理顺了方向，陈越的心里敞亮了许多，他回家了，路上给母亲买了两盒绿豆糕，又顺路去了菜市场，买了几斤排骨，今晚，他想给孩子们做糖醋排骨。

陈越一手提着绿豆糕一手提着排骨出现在家门口时，妻子看着他，一脸惊讶。他说："你愣着干啥？赶紧接过去呀，我得换鞋。今晚我下厨，给你们做糖醋排骨。"

"哎。"妻子接过东西，眼里泪花飞溅。

陈越记不清自己多久没往家里买东西了，多久没下厨给家人做饭了，多久没和孩子们一起聊天了，他今天的"一反常态"不但让老婆惊讶又欣喜，连女儿小西也"放肆"起来，大胆地抱住了他："爸爸，你终于又会笑了，你已经很久没笑过了。"

陈越愧疚地拍拍女儿的头，说："先去做作业，等吃完饭，爸爸带你和哥哥去奶奶家。"

接到王霄的信息时，黎大明正在南大街的二手车市场转悠，他的北斗星也是在这里花三万五买的，开了五年了，现在马上用不着了，想趁自己还能动弹之前卖掉。原以为能卖一万以上，问了几个车行，最多给价八千。他正处在失望中时，接到了王霄的信息："晚上见面谈吧。"

黎大明激动得心都要跳出来了，为了让情绪平静下来，赶紧从口袋里拿出喷剂，对着鼻腔喷十五秒。五分钟后，心跳总算正常了，他拍拍北斗星的车前盖，说："老兄，暂时不卖你了，再为我服务一段时间吧。"说完，调转车头，奔向家的方向。在见王霄之前，他还有一些工作要做呢。

晚上6点30分，王霄准点来到在微信里和黎大明约定的咖啡馆，黎大明比她早到了二十分钟，已经要了两杯现磨咖啡。看得出来，黎大明精心装扮了自己，纯白T恤搭配深色牛仔裤、运动鞋，胡子也刮过了，干净清爽，比上几次见到的他年轻五岁都不止。

"其实，上午那条短信是朋友替我回复的。"王霄落座后的第一句话让黎大明吓了一跳。

见他的笑容一点点收拢，王霄又说："是她在我犹豫的时候，帮我下了决心。"

黎大明长舒了一口气："美女，我的大脑经受不住这么大的情绪波动，请不要这么折磨我。"

王霄说："我想好了，如果所有条件都满足，我决定和你做这笔交易。"黎大明忙问还有哪些条件。王霄告诉他，肾移植不仅要配血型，还有HLA位点匹配、供者特异性抗体、淋巴细胞毒性试验等检查，这些条件的要求都得满足才行。黎大明问："咱们是先做检查还是先签协议？"王霄说："我拟定了一份协议，你要是能接受这里面的条件，我们再做进一步的检查。"说着，王霄从包里拿出一份协议书，推到黎大明面前。

王霄的协议是这样写的：王霄、黎大明就捐肾一事达成以下协议。一、若黎大明死于王霄之前（以脑死亡为准），黎大明自愿捐肾给王霄。二、若移植手术成功，王霄要在自己有生之年照顾黎大明的父亲，直至老人去世（或为老人预存五十万元养老金），若老人愿意去养老院，王霄必须作为家属担保人为老人担保，并保证至少每周和老人联系一次，至少每月去看望老人一次。三、王霄和黎大明只有法律夫妻之名，无夫妻之实，彼此之间没有权利与义务，在任何事情上，不得以夫妻的名义干涉对方自由。四、婚前财产不共有，婚后产生的费用 AA 制。

看完王霄拟的协议后，黎大明也从口袋里掏出一张纸，说："这是我起草的，和你的如出一辙，就比你的多出个第五条。"

黎大明起草的协议上，第五条是：若移植手术失败，此协议无效。王霄从这一条里读到了黎大明内心的悲怆，她想了一下，承诺道："如果用你的肾移植失败了，只要我还能够通过透析活着，我也会在有生之年尽我所能照顾你父亲，咱可以把这句话写进第五条里。"

黎大明很感动，笑了："不用写，我没看错，你不但有担当，而且很善良，我会保佑你移植成功的，左小肾、右小肾由你挑，我跟它们都交代过了，要好好服务姑姑，不许懈怠。"

做完检查一周后，三项检测结果都出来了，黎大明的特异性抗体致敏性 9%，淋巴细胞毒性试验阴性，HLA 位点匹配上了 4 个点，完全满足移植的要求。

最后一项结果是两人一起去取的，听医生说配上了 4 个点，黎大明拽着王霄就往外跑。王霄问："去哪？"黎大明说："那边花园里有个小亭子，亭子里有桌子。"王霄又问："去那里干吗？""签协议啊，我都打印好了，两份，印泥也带了，咱们签上名，摁上指纹就行了。"王霄失笑道:"你可真够高效的。"

找到小亭子,签名,按指纹,一项关乎生死的重大协议,两人五分钟就完成了。

看着带有两个鲜红指印的协议书,黎大明欣喜万分:"真好看,两个指纹挨在一起,红红的,圆圆的,像两个小太阳,象征着我们两个人的心愿和梦想,祝愿这两个太阳都能升起来,我心愿达成,你梦想成真。"

王霄说:"你死我才能活,我是不是太残忍?"

黎大明连忙说:"不不不,我应该感谢你,是你让我的死还能有点价值,想一想,就算我死了,可我的肾还活着,而且是活在一个非常优秀的女孩身上,我就觉得很美好,很欣慰。而且,你帮我完成了一个生前愿望,以后我爸老有所依,我也可以放心了,所以我得感谢你。"

"谢谢你这么想。"王霄感到鼻子发酸。

"那咱明天就去民政局把证领了吧?"黎大明试探着问。

"上午还是下午?"王霄问。

"下午。"

"好。那我现在先回去了,咱们明天见,到时候把证件带齐了。"

"明天见。"目送王霄远去的身影,黎大明心里五味杂陈——兴奋、感动、感激、酸楚……他自语道:"看来我上辈子不是十恶不赦的大坏蛋,否则上天不会网开一面,让我在死之前遇到她,给我的腰子找了这么一块好地。"

第九章

让葱兰花和你的生命一起绽放吧

说好下午3点在民政局的登记窗口会合，结果，王霄等到3点15分，叫的号都已经过了，还是不见黎大明的影子，微信也不回。他反悔了？或者有了更好的捐肾对象？

王霄心里不安起来，她给方晓棠打去电话："晓棠姐，说好3点来办证，现在还没见到他的人影，这样的人能靠得住吗？"

方晓棠说："我已经找人打听过了，他确实是个脑瘤患者，三年前做的手术，人品也不错，你再等等。"

又过了十分钟，王霄正决意离开时，黎大明气喘吁吁地从楼梯上来了。没等王霄发问，他便解释说："我和别人约见从不迟到，今天来晚了是有原因的。"说着从包里掏出一张纸，递给了王霄，"为了对你负责，之前我还去做了一个肾穿刺，再次确认双肾都很健康，两个都够捐献标准。今天下午3点才拿到结果，所以迟到了，光赶路了，没来得及回你的短信，对不起。"

其实王霄有过让他做肾穿刺确认双肾质量的想法，但考虑肾穿刺很痛苦，所以没说出口。

"多查几次尿或血就可以了，何必遭这个罪呢？"王霄说。

"哈哈，你就当成我的心计吧，我现在做得好一点，你以后就会对我爸爸好一点。"黎大明笑着说，"是不是觉得有压力了？"

在结婚登记处，工作人员按流程问了两人几个问题，可能是王霄回答时不流利，工作人员对他们的关系产生了怀疑，于是负责地开始了又一轮盘问。

"自由恋爱？"

黎大明说："是的。"

"恋爱了多久？"

"两年。"

王霄也点点头。

工作人员看着黎大明："那你应该知道她的生日吧？"

"她是12月13日。"为防止王霄被考到，他又迅速补充，"我是11月11日，光棍节，每年都比她早一个月过生日。"

王霄暗暗惊奇。

就这么过关了，工作人员说："6号窗口，拍证件照。"

拍照时，两人都不好意思站得太近，摄影师打着手势喊："靠近，靠近，越近越好，这是结婚，又不是离婚！"怕再引起怀疑，黎大明索性伸出手，轻放在王霄的腰上。

摄影师又叫起来："松开咸猪手，这是证件照，不是婚纱照！"

黎大明窘极了，慌忙松开手，王霄忍不住笑了。

工作人员在结婚证上打上钢印，随后，把两本鲜红的证书分别递到两人手里："祝贺你们，从现在起，你们是法定夫妻了。"

一出大厅，王霄就把结婚证装到了包里，黎大明却打开了自己手中的那一本，研究来研究去，爱不释手，一会儿说印盖得不清，一会儿又说照片上的他头发没整好。

王霄说："这个证也就在申请移植的时候用一下，无所谓呀。"

"对你来说无所谓，但对我就不一样了，别管是真是假，俺也是结过婚的人了，我这辈子就结过这一次婚，以后到了那边，需要登记个人信息、填张表什么的，我就可以理直气壮地在'已婚'一栏里打钩啦。"

"喊。"王霄真是无语了，突然想起了刚才的场景，问他，"你怎么知道我的生日是12月13日？我刚才真捏了一把汗呢。"

"这还能难倒我？"黎大明得意地说，"咱们交给他们的只有身份证和户口本，他们能掌握的也就这点信息，问其他的咱都可以编，你把证件递给他们的瞬间，我只瞟了一眼，就把功课做了。"

"厉害！"王霄由衷地佩服，"你思维缜密，反应迅速，如果不生病，肯定能成就一番事业。"

"哈哈，算你有眼光，我当年中考时全校第一，到高一的时候，成绩才滑下来的，否则我和你一样，也是个学霸。"

"为什么滑下来了？"王霄好奇地问。

"历史原因造成的，这是我的家史，不是一句两句能说完的。"黎大明说，"今天是个特殊的日子，必须庆祝一下，咱们干脆找个地方吃饭，一边庆祝，一边聊聊我的家史，聊聊我老爸，以便于你将来和他融洽相处。"

王霄找不到反对的理由，便就近找了一家干净的小饭店坐了下来。

一个年轻女店员跑过来倒水，并拿来菜单，黎大明没有征求王霄的意见，自作主张用笔勾选了四道菜。

店员核对了一下菜名："醋熘白菜、清炒甘蓝、草菇西蓝花、清蒸鲈鱼，外加一个蒸鸡蛋羹？"

黎大明说："对，口味淡一点。"

王霄睁大了眼睛："你懂得尿毒症患者的饮食禁忌？"

黎大明有点不好意思："昨天百度的，低钾低钠少磷少蛋白，尽量选动物蛋白，对不对？"

"都对，谢谢你。"王霄点点头，内心有些感动。

"说说你老爸吧，我希望对他能多一些了解。"王霄说。

"了解我爸，得从我妈妈去世的事情说起，这话题有些沉重。"说着，黎大明的情绪低落下来，"那年我十六岁，刚上高一，那个春天的夜晚是我们全家人命运的分水岭。晚上7点，我爸从饭店下班回来，发现他上午交代要我妈送给我奶奶的中药还放在家里，我妈没来得及送过去，他就发疯了，大骂我妈，逼着我妈马上送过去，当时正下着雨，我妈哭着冲进大雨中……我妈妈在去奶奶家的路上被一辆大卡车撞了，送到医院的时候，人已经不行了。说实话，我到现在都不知道，我妈的死是意外还是自杀，毕竟，她是个性格刚烈的人。"

"意外。"王霄肯定地说,"她是一个母亲,她会考虑自杀对孩子的影响。"

"从那天起,我开始恨我爸,所有他不让我做的事我都会做,上网、逃学、打架、偷他的钱去买烟,反正,怎么惹他生气怎么干。在学校里我成了一个让各科老师都头疼的小混子,我的成绩就是从那时开始一落千丈的,我爸干着急,他根本管不了我。离高考还有两个月的时候,在班主任的开导下,我才开始学习,但已经太晚了,高考时,我勉强上了一所二本。"

"叔叔一直没有再婚吗?"王霄问。

"没有。"黎大明说,"我妈去世后,他一直从自责中走不出来,再加上我又不给他省心,他就没再找。我直到工作以后和他的关系才有所缓和,可安生日子没过两年,我又生了病,中年丧妻,老年丧子,倒霉的事都让他摊上了。我很后悔,不该作了这么多年,如果早劝他再找一个人,他也不至于在我走后孤苦伶仃,所以,我希望你能成为他的女儿。"

"我会的。只要我能活下来,我会尽我所能,保证他的生活质量。"王霄承诺。

"谢谢!"虽然对王霄的了解几乎为零,黎大明莫名地相信她。

热情又眼尖的服务员小姑娘看到了黎大明手里的崭新的结婚证,惊叫道:"哇!你们刚领的证?那今天是你们的大喜日子啊!真是幸会,我去向老板申请,免费送你们一份'天长地久'。"没等黎大明和王霄说"谢谢",小姑娘就一溜烟跑后厨去了。

"你看,生活处处是惊喜,活着就是好,所以努力活着才是硬道理。"黎大明不失时机地给王霄上巩固课。

"天长地久"原来是红酒炖雪梨,雪梨被切成长条,裹着蜂蜜,蘸着红酒,晶莹剔透煞是好看。黎大明学王霄的样子,舀了一勺,放到嘴里,然后问王霄:"味道很不错,是不是?"

王霄突然想起他是没有味觉的,说:"就是太甜了,我们俩都不适宜多吃。"

"但名字好听,'天长地久'。"黎大明细细琢磨这四个字,随后又摸摸自己腹部两侧的双肾部位,笑道,"就让它们两颗中的一颗,和你天长地久吧。"

一个生命存活的希望建立在另一个生命死亡的基础上,这是两人都避不开的沉重,为了转移话题,王霄和他讲起了方晓棠的事,并请他帮忙分析,该如何和郝琼交涉。

"你什么时候去和郝琼谈?"黎大明问。

"就今晚。"

"孩子几岁了?"黎大明又问。

"六岁半。"

"那我再教你一招,你可以告诉郝琼,一年半以后孩子满八岁,可以自主选择跟随父亲还是跟随母亲,到时候,只要方晓棠向法院提起诉讼,要回孩子的抚养权,法院会根据孩子的意愿而改判的。而且,如果母女俩名下没有房子,法院极有可能还会把程乾名下的房子判给母女俩,法院的判决原则是维护弱者的利益。"

"可是晓棠姐名下有一套小房子呢。"王霄说。

"这一年半之内,她可以因为'治疗需要'卖掉,这对一个病人来说太正常了。"

"这招太绝了!我怎么就没想到这一点呢?"王霄佩服至极。

"因为你不是专业人员。"

"你是专业的?"

"算是吧,大三那年暑假,我在一家公司的法务部实习过。"

"这也算?"王霄把喝到嘴里的一口雪梨汁笑喷出来。

"婚宴"在愉快的氛围中结束了,黎大明去结账,却发现已被王霄中途去卫生间的时候偷偷结过了,黎大明内心又一阵欢喜,并不是因为省了一顿饭钱,而是因为细节决定人品,王霄的人品对他来说至关重要。

临分手时,黎大明从他的二手北斗星里搬出一盆绿植,送给王霄:"媳妇,今天大婚,戒指就免了,我送你一盆花吧。"

墨绿色的针状叶子,搭配白色的瓷质花盆,又精致又漂亮,王霄欣喜地问:"它明明是一株草呀,我在花卉市场都没见过这样的草,它叫什么名字?"

"这是我在野外移栽过来的,你在花卉市场买不到,"黎大明说,"它是野生的葱兰,生命力特别强,无论在野外还是在室内,只要有水有阳光,它就能茁壮成长,希望我的腰子移植到你身上后,生命力和它一样顽强,和你白头偕老。"

"真好看,它开花吗?"王霄边小心翼翼地掸掉叶子上的泥土边问。

"你好好养，会开的。"

"什么颜色的花？"

"这个保密，你自己去求证吧，我估计，它开花的时候，你已经不用透析了，让葱兰花和你的生命一起绽放吧。"

王霄接过葱兰，放到她车的副驾驶座位上，对黎大明说："放心吧，你给我的葱兰和腰子我都会好好珍惜，好好照顾的。"

目送王霄上车远去，黎大明再次从包里掏出他的那本鲜红色的结婚证，再次欣赏一遍后，把它藏在车座下的小置物箱里，然后开车回家。

路上，老黎来电话了："一天不归家，你干什么去了？赶紧回来，中午的药还没吃呢。"

"帮一个朋友安装软件呢，马上到家，帮我准备好凉白开。"

老黎并不知道他病情复发的事，每天中午从饭店溜回来监督他吃药，恐怕对治愈还抱着侥幸心理，怎么才能让他接受这件事？黎大明要愁死了。

第十章

杀富济贫

方晓棠给郝琼打去电话,说:"关于果果的抚养问题,由我的两个朋友王霄和何凝全权代表我和你商谈。"因为王霄和何首乌经常去帮方晓棠接果果,郝琼和她们俩并不陌生,也知道她们之间关系很铁。

远远看着王霄、何首乌与郝琼一起走进一家茶馆,方晓棠的心开始不安起来,毕竟,这场谈判对她来说太重要了。她隐藏在街对面的一家快餐店里,密切注意着三个人的动静。

一个半小时后,郝琼离开了,又过了五分钟,何首乌挽着王霄的胳膊也出来了。

"怎么样?什么结果?"方晓棠闪电一般出现在王霄和何首乌面前。

"你猜?"何首乌故意绕弯子。

"别折磨她了,快拿出来吧。"

何首乌从包里拿出一张 A4 纸,方晓棠一把抢过来,念道:"关于变更孩子抚养权问题,方晓棠和郝琼达成以下协议:一、孩子回到方晓棠身边生活，每月的生活费按程乾工资的三分之一的标准支付，每月四千五百元。二、郝琼另补偿给方晓棠十三万六千元。三、果果以后的学费、辅导费和医疗费用，程乾承担全部，方晓棠只负责照顾孩子。四、方晓棠必须永远保守这个秘密。具体的操作方式是：第一步，郝琼先支付五万元后，方晓棠向程乾提出变更抚养权，若程乾不同意，由方晓棠向法院提起诉讼；第二步，孩子的抚养权完全确定归属方晓棠后，郝琼一次性支付给方晓棠剩余的八万六千元。"

"这怎么可能？太不可思议了！你们是怎么做到的？"协议上有郝琼的签字和指纹，但方晓棠仍然无法相信会有这样好的结果。

"霄姐和她谈的，我负责全程录音，你回家后自己慢慢听。"何首乌在三人群里发了一段时长四十分钟的录音。

"我真是服了霄姐了，按她的计算方法，果果回到你身边，从六岁到十八岁，给你造成的经济损失将达八十多万，郝琼气得脸都绿了。"不等方晓棠听完录音，何首乌迫不及待地向她描述起当时的场景，"不过，真正一招致命，吓住郝琼的还是房子的问题，当郝琼听说一年半以后，程乾名下的房子可能要分给果果时，她明显慌了，她是真的怕了，所以她才当场签了这份协议，十三万六千元算是便宜她了。"

王霄笑着说："其实是何首乌的最后一句话起到了关键作用。"

"我的一句话？哪一句？"何首乌好奇又兴奋地问。

"你对郝琼说：'你不用担心，我们没有录音，无论这事成不成，我们都不会让程乾知道.'你此地无银三百两,郝琼不怕才怪呢。"

"哈哈哈哈……"三人一起大笑起来。

"怎么感谢你们俩？"方晓棠决定为她俩狠狠地奢侈一次。

"我要一顶你手工织的驼绒帽,紫色带檐的那种。"王霄说。

"给你织两顶,一顶紫色一顶米色。"

"我不要帽子,我要果果这小坏蛋认我做干妈,这女儿是我帮你抢来的,你得给我点股份,我将来能生个孩子的可能性几乎为零。"何首乌说。

"好啊,以后每周三五六七归你,一二四归我,我再送你一辆带儿童座椅的电动车。"方晓棠满口答应。

"一言为定！"

"谁也不许反悔。"

见王霄不怀好意地笑了,何首乌这才意识到自己上当了："好啊,三五六七下午你都有课,你这就是让我帮你接送孩子呀,你太坏了！"

方晓棠说："我带你们俩去个地方,咱们今晚以茶代酒,不醉不归。"

"去哪儿？"何首乌急忙问,她对吃是最感兴趣的。

"到了就知道了。"

为了慰劳王霄和何首乌,方晓棠带两人去了云中捞高空旋转餐厅。在56层的高空中,三个人一边消费着五百多块的小资三人套餐,一边欣赏着远处的灯光,霓虹灯下的城市夜晚,绚丽而梦幻。

"算今天这次,我一共来这里三次了,每一次的心情都不一样。第一次是和程乾来的,我在这里答应了他的求婚,就在这个位置上,他亲手给我戴上了戒指。"方晓棠感慨道,"那时候满脑子都是幸福与憧憬,以为所有美好都是永恒的。第二次,是我和他离婚的当晚,我一个人来的,那天,我绝望至极,婚姻没了,女儿被夺走了,又重病缠身,我一个人喝光了一大瓶红酒,如果没有玻璃,我当时真有可能从这里跳下去。今天把你们俩带这里来,是想用我的经历让你们感受人生的变幻莫测,生活就是这样,有时候残酷无情,让你觉得苦难无边,有时候又突然峰回路转,给你一个惊喜。所以,在任何时候都不要放弃努力,再苦再难的人生都值得期待。"

"晓棠姐,经历了这么多,你还有梦想吗?"王霄问。

"当然有。"

"那你的梦想是什么?"

"哈哈,我的梦想被你们俩给重新调整了,我原来的梦想是尽可能延长生命,多活一天是一天,有生之年多见果果几次。现在的梦想是,看着她慢慢长大,把她培养成一个热爱生活,阳光善良,对生活永存热情与激情,并且有足够的能力应对生活灾难的人,还有,必须和王霄一样,是一个名校研究生。"

"是我们俩一起把她培养成一个名校研究生。"何首乌不满地纠正道。

"对对对,我们俩,你赖不掉的。"方晓棠笑着纠正。

"你呢?"方晓棠问王霄。

"我要活得和正常人一样,我不能让这场病改变我人生该有的样子。"王霄望着万家灯火,像是在回答方晓棠,又像是在对自己发誓,"我要逆天改命,把上帝给我安排的命运扭转过来。"

"你们俩都牛,我的理想很庸俗。"何首乌眯着眼睛,自我陶醉道,"我就想搞定丛睿,然后嘿嘿……"

"噗——"王霄和方晓棠同时喷出了一口水,方晓棠笑得差点岔了气:"何首乌,你就是到了阴间也不许改名,还得叫何首乌。"

王霄也笑得直不起腰:"何首乌,我最佩服你的一点是,无论心里想得多污,都能从嘴里说出来。"

何首乌撇撇嘴说:"你们装啥清纯?我就不信,你们能做到,有生之年,不近男色。"

一直疯玩到晚上9点,三人才依依不舍地从170米高空返回地面。王霄把方晓棠和何首乌送回家,又回到自己的家,已近10点。她先把结婚证藏到她妈永远不会找到的角落,然后又给方晓棠打了一个电话:"我忘了告诉你,郝琼明天中午12点之前会把前期的五万打入你的账户,我已经把你的银行账号给她了,明天上午,你注意查看银行卡信息,只有她的钱到账了,这事才算完全敲定。"

她点开微信,有一条黎大明的信息:"什么结果?"

王霄知道,黎大明问的是和郝琼谈判的结果,便回复说:"谈到十三万六千元,郝琼同意了。"

没等黎大明回复,王霄又给他发了一条:"我是不是有些过分了?感觉很贪婪。"

黎大明回复说:"你这是杀富济贫,一个重病号,带着一个六岁的孩子,太需要钱了,为她们多争取绝对是正义的。"

"多谢你的助力,你想的那一招起到了决定性作用。"

"夫妻同心,其利断金!"黎大明发过来六朵玫瑰,两个龇牙。

"少贫嘴!赶紧休息吧。"王霄最怕黎大明耍贫嘴,想赶紧结束话题。

"遵命!谢谢老婆大人的关心。"

"谢什么谢!我是担心你熬夜影响我的肾。"王霄给了他一个"敲打",便关了手机。

第十一章

假戏真做

领过证的第二十一天,黎大明和王霄一起去找了黎大明的主治医生何琳,问询器官捐献的申请流程和需要准备的材料。得知黎大明要给身边这个女孩子捐肾,为此两人还办了结婚手续,何琳给了他们当头一棒:"不用申请了,根本通不过。"

"为什么?我们是合法夫妻,夫妻之间是可以捐献的呀。"黎大明吃惊地问。

何琳说:"器官移植分两种,一种是活体捐献,一种是非活体捐献。按照器官移植规定,活体器官捐献要通过医院伦理委员会审核。非活体器官捐献,需要通过人体器官获取组织 OPO 的审核。你是脑瘤患者,活体捐献你根本不符合条件。"

"非活体捐献,我去世之后再捐献。"黎大明说。

"那就要通过 OPO 审核,OPO 是由器官移植外科医师、神经外科医师、神经内科医师、重症医学科医师和护士,以及人体器官捐献协调员等专业人员组成,审查非常严,他们会调查走访你们身边很多人,就算是夫妻,如果没有孩子或者结婚低于三年,都可能被怀疑涉及器官买卖。你们俩是生病之后，而且是供者脑瘤复发之后才结的婚，这不是明摆着为捐献而结婚吗？我父亲就是咱们医院OPO的成员，对这个问题，我太了解了，我基本可以肯定，你们的申请通不过，至少婚期要超过三个月，三个月之内肯定不行，所以，我劝你们还是别浪费精力了。"

王霄被这当头一棒击蒙了，站在旁边一言不发。黎大明恳求何琳说："何医生，能不能帮忙求求你父亲网开一面，我这颗肾，陪葬了太可惜，能救一个人，多好的事啊，再说，这也是我的临终心愿。"

何琳说："这是原则问题，我做不到。再说，OPO的评审委员有七个人呢，不是他一个人说了算。你们要是不愿放弃，就等几个月后申请试试。"

黎大明不死心，又拉着王霄去找了肾移植科的严军主任，得到的答案和何琳的说法一样。

"你是真不知道还是装不知道？你之前那么了解《人体器官移植条例》，能不懂器官捐献的流程？"王霄看着黎大明，目光如剑。

"王霄，我无条件地信任你，也请你信任我一次。"黎大明一肚子委屈。

"那现在怎么办？我就这么白白多了一次婚姻记录。"

"没办法，假戏真做吧，我争取至少再活三个月，三个月以后，如果我活着，我们向OPO递交申请；如果这三个月内我死了，协议作废，你认栽。这三个月里，我们争取让身边所有人看不出破绽,行不行?再说,也不用三个月,咱们已经领证二十天了,只要演七十天的戏就够了。"黎大明看着王霄,几乎是哀求她了。

王霄犹豫了。

黎大明又说:"没啥大不了,做做样子就行,办场婚礼,然后住一起,别误会,住一起,是对外住一起,我们之间,就是室友,像那种合租。"

"住谁家?"王霄问。

"都行,但住我家更合适。第一,我家离医院近,OPO去调查的时候,肯定选近的。第二,我的病情会越来越重,我怕住进你们家会给你增加麻烦。"

"那我的安全如何保证?"王霄问。

"和一个脑瘤患者同居一室,你有什么好担心的?你知道吗?因为怕情绪激动,我连五千元的股票都不敢买,就怕买到哪只股票涨停了,我一激动小命就没了,大幅度的动作更是不敢做。所以,就算有贼心我也没贼胆,你放一百个心就是。"

事情到了这个地步,王霄进退两难。犹豫权衡了一阵,她最终决定:假戏真做。

黎大明回到家,老黎刚熬好了一锅山药红枣粥,菜也炒好了,就等开饭了。黎大明开了一瓶酒,给老黎倒上。

"还要喝一杯?有事?"

"有事,而且是好事,你不要太激动。"黎大明说,"家里要添人口了，我认识了一个挺聊得来的姑娘，我们打算结婚。"

老黎的老花镜差点掉下来，一只手正端着的饭碗也停在了空中："你说什么？结婚？什么时候认识的？"

黎大明说："别激动嘛，早就认识了，因为关系没定下来，我才没说。"黎大明在手机里翻出王霄的照片："你看，就是她，我们是在病友会上认识的，她也是个病人，尿毒症，但情况比我好。"

老黎要过手机，仔细看来看去："噢，人家能同意？她家人都同意？"

黎大明说："当然，你看这个。"他又从包里掏出结婚证："对不起，我先斩后奏了。"

老黎盯着崭新的结婚证恍若梦中："结……结婚证？你们把证都领了？"

黎大明把杯子端给他："你喝点水，压压惊。"

老黎接过杯子又放下："这是大事，咱家的大事，你这小子是真利索啊，我以为你得打一辈子光棍呢，没想到还有人能看上你。"

"你低估了我的魅力，不过，她也是病人，我俩旗鼓相当。"

"总得办场婚礼，请亲朋好友吃顿饭吧？"老黎说。

"我们都商量好了，一切从简，什么都不用添置，就把双方的亲朋好友都请来，热热闹闹地办一场就行。"

"哪一天办？"

大明说："越快越好，就这几天吧，我们商量了，婚后就住这儿，得里里外外收拾一下。"

老黎扒了几口饭，起来一边擦嘴一边说："不喝了，我现在就开始收拾。"

黎大明瞒了父亲，王霄却不敢瞒她妈，她把所有事情向妈妈和盘托出了。岳明坤用一小时的时间才从震惊中缓过来，她又气又急，埋怨女儿说："这么大的事你怎么能这么草率决定呢？你好歹让我过过目，看看这个人靠不靠谱再办证啊，万一他起了歹意，你和他领了结婚证，咱们连告他都没法告。"

王霄说："你怎么把人想得那么龌龊啊，通过这几次的接触，我感觉他人品不错，再说他的病情比我重，体能十有八九比我还差，威胁不大。你一心想让我移植，指望医院的肾源不知道要等到驴年马月，这事你就别纠结了，开弓没有回头箭，就这样定了吧。你要实在不放心，我随身带一把刀防身。"

尽管担忧，但事已至此，岳明坤也只能认了，她叹了口气说："那你记着，万事小心，随时随地跟我联系。"

"这事要不要告诉我爸？"王霄问。

"不用，又不是真结婚，等OPO要调查的时候再告诉他也不晚，现在，尽可能多邀请病友、医生、护士和邻居。"

王霄在303透析室宣布"我要结婚了"的消息时，除了方晓棠在窃笑，其他人都目瞪口呆！

丛睿第一个跳起来，问："你要和谁结婚？"

"我男朋友黎大明。"王霄从容淡定地回答。

"没发烧啊?"何首乌摸摸她的额头,问,"黎大明何许人也?我可是第一次从你嘴里听说这个名字。"

"就你那张嘴,我敢提前告诉你吗?"王霄推开她的手,"八字还没一撇的时候,你就得昭告天下了。"

没等何首乌开始审问,丛睿又一个箭步冲到了王霄面前:"王霄,你到底什么状况?从哪里冒出个男朋友?"

"在病友群里认识的,三观一致,聊得来,所以决定结婚。"

"才认识几天啊?说嫁就嫁,这是你的风格吗?"

"人生已成这个样,折腾一下又何妨?是你教我的呀。"王霄撑得丛睿无言以对。

"啊?病友群里的?也是个病人?是我们肾内科吗?"何首乌又冲到了丛睿的前面。

"是个脑瘤患者,不过人很好,我见过的,等你们见了就知道了。"看他俩轮番上阵,方晓棠怕王霄招架不住,抢着替她回答了。

"啊,你居然也知道,敢情就瞒着我呀,你俩太过分了!"何首乌气得脸都紫了,"太不拿我当朋友了!我要和你们俩绝交!"

"不行,"王霄命令道,"你两天内备好一身漂亮衣服,准备好给我当伴娘。"

"伴郎就选丛睿吧,我俩一定能配合好。"何首乌虽然心里有气,但她不愿错失任何一个可以和丛睿做搭档的机会。

"只要丛睿愿意,我欢迎。"王霄看了一眼丛睿,问,"愿意吗?"

丛睿脸色铁青,没有回答她的问题,"砰"的一声摔门而出。

大家面面相觑！何首乌跟上去大喊："丛睿，快回来，马上就要开始透析了。"丛睿头也没回。

通过何首乌这张嘴，那个"正在透析就要拔管跑的王霄"要结婚的消息传遍了整个病区，几个和王霄熟悉的病友到303室来祝贺，王霄趁机邀请他们参加婚礼。

透析结束后，王霄去了婚纱店，虽然婚礼是假的，但要做的准备一点都不少，她和黎大明商量好了，黎大明负责订酒店，她负责礼服、鲜花、联系婚庆公司。

王霄筋疲力尽地回到家，发现家里来客人了。

"是王霄吧？我是你黎叔叔，我来找你妈妈商量你们婚礼的事，其实我早该来拜访你妈妈的，大明这孩子告诉我太晚了。"

王霄马上反应过来，他是黎大明的父亲，赶忙热情地说："叔叔，我应该先去拜访您的。"

"结婚证都领了，该叫爸爸了。王霄，来厨房帮我找找茶叶。"岳明坤向女儿使个眼色，王霄会意，去了厨房，岳明坤小声说，"黎大明没有告诉他爸真相，这老头根本不知道你们之间的协议，这样更好，他把你当成真儿媳，你在他家就安全多了，你千万不要说穿帮了。"

见老黎性格温和，说话实在，一脸敦厚善良，王霄心里多了一份踏实，岳明坤心里的顾虑也消除了一些。因为互相礼让，都为对方着想，关于婚礼的一些事项，很愉快地协商好了。

老黎前脚刚走，王霄就给黎大明打去电话："你爸爸来我家了，是你给他的地址？你怎么不提前给我打声招呼呢？"

黎大明说："原来说好我带他一起过去商量婚礼的事情，结果你的一个朋友来找我，和我掰扯了半天，我爸等急了，说太晚了不好，就一个人去了。我微信通知你了，你没回。"

"我的朋友，找你？谁呀？"王霄一头雾水。

"叫丛睿，得知我的房子是租的，一辆破车还是二手的，就断定我是个大骗子，跟你结婚是个大骗局，骗情享乐，骗财治病。他警告我赶紧收手，向你坦白自己的不良动机，否则后果自负。"

"啊？结果呢？"

"结果我掏出结婚证说，我们已经是正式夫妻了，要操心，也是我替她操心，你就不要多管闲事了，他这才偃旗息鼓。我很好奇，他是你前男友吗？"

"不是，同一透析室的病友而已。"

黎大明笑了："明白了，一个自作多情的小粉丝，不过你有这样的朋友，我很替你高兴。"

第十二章

我要声明我不是色狼

婚礼在一家小餐厅举行,简单朴素但热热闹闹。黎大明生病四年多,熟识的医生和护士有很多,凡是能邀请到的他都亲自去送了请帖,最关键的是何琳,她老爸可是 OPO 的评审委员之一,费了九牛二虎之力,黎大明终于把她拉到了婚礼现场。王霄那边没有邀请同学和同事,来的大都是病友和邻居们。

鸣炮之后,司仪登场:"今天的婚礼是我从业以来最特殊的婚礼,新郎和新娘都有和平常人不一样的坎坷,这样的结合,背后一定会有非常感人的故事,现在,看到郎才女貌的他们,我很想为他们祈祷和祝福。请大家想想,如果用一句数学术语来当祝福语,用什么呢?"

众说纷纭。

"那么我说答案了,两个答案。一是负负得正,希望他们婚后互相关心,互相鼓励,走出人生低谷。二呢,就是 1+1=3。这个就不用解释了,万一双胞胎的话,等于 4。"

现场一阵哄笑。司仪继续说："下面，请新郎介绍一下他们的恋爱经过吧。"

黎大明挽起王霄的胳膊，说："很简单，一见如故，都觉得人生苦短，于是决定闪婚，一起过好剩下的每一天。很感谢司仪的祝福，其实那对我们来说是奢想，大家都炒过股吧，我们就是两只特别处理的 ST 股票，随时有退市的风险，不过，开盘一天，我们就开心一天。"

有人鼓掌，有人抹泪。何首乌自告奋勇献上独特的祝福："听说不管男的女的，生了我们这个病，都会影响人类的某种功能，所以我祝愿在这个温馨的晚上，你们俩能给这些难兄难弟创造点宝贵经验。"

又是一阵哄笑，岳明坤表情不大自然，老黎的笑也有点尴尬。

在大家的哄笑声中，老黎含泪走上台："感谢大家来参加大明与王霄的婚礼，大明能结婚，我是真高兴啊。"说着，他从口袋里掏出一对翠绿的翡翠手镯，说，"这副手镯是大明妈妈的陪嫁，她在世时说过，将来大明结婚时，要送给儿媳妇，说真心话，自从大明生病，我就没指望这副手镯能送出去，感谢王霄选择大明，也感谢亲家愿意让王霄嫁过来，以后，大明要是敢对王霄有一丁点不好，我第一个不答应，我打断他的腿。"

大家鼓掌。黎大明在红玫瑰的花瓣雨中亲手给王霄戴上手镯。

婚礼在众人的祝福声中结束了，晚宴后，岳明坤和女儿深深对视了一眼，忧心忡忡地回家了。

送走最后一拨客人，身着结婚礼服的王霄跟随黎大明来到黎家。十几年来，家里一直都是父子两个，现在多了个儿媳妇，老黎激动之余又有些手足无措，对王霄说："折腾坏了吧？快去休息一下，家里条件不好，需要什么给我说，我去买。"

"爸，您也累了，去休息吧。"王霄说。

王霄进入装扮一新的房间，发现只有一张大床。关上门以后，她质问黎大明："这怎么住？你怎么能这样安排？"

黎大明"嘘"了一声，不慌不忙从床底下拽出一张折叠的行军床，在靠着墙、距离婚床最远的地方，打开，放好。

王霄有点不好意思，说："我住小的。"

黎大明从柜子里拿出事先准备好的单人床被褥，边铺边说："那怎么成？我好歹也是个男人，又是主人，怎么能让你受委屈？"

王霄说："可是你这身体行不行？"

黎大明开玩笑："忘了这是洞房吧？你可别说这种双关的话，我会多想的。"

王霄脸红了："你这人怎么这样？"

黎大明笑道："千万别生气，我是在调节气氛，你太严肃了。"

王霄把手镯取下来，递给黎大明："这个太贵重，我不能要。"黎大明皱了皱眉，说："你还是收下吧，这对我爸来说也是个安慰。"王霄不知如何处理，便放在了柜子里。

铺好小床，黎大明顺势躺下，并试着换了几个姿势："感觉不错，地盘我已经占了，去睡你的大床吧。"

尽管王霄已经有心理准备，可这毕竟是她除了亲爸之外，第一次与一个男人共室而眠，又紧张又不安，趁着黎大明不注意，她把随身带来的刀偷偷放在了枕头底下。

黎大明跟她打了个招呼后，很快就入了梦，并打起轻轻的鼾。心里不踏实的王霄没有困意，她几次怀疑黎大明是装睡。岳明坤发来信息："怎么样，没事吧？"她最怕妈妈瞎担心，回复道："没事，你快睡吧。"

睡不着的王霄，开着灯，环视这陌生的环境，看着墙面贴的大红"囍"字，她开始思考做这一切到底对不对、值不值，未来真能如愿以偿吗？在不知不觉中，腰酸腿疼的她闭上了眼睛。

半夜里，半睡状态中的王霄突然听到有动静，她警觉地坐了起来，发现灯已经被关了，到处一片黑暗。她更觉得怕，赶紧去枕头底下摸那把刀，结果把刀抽离刀鞘的时候竟然不小心划到了自己的手，疼得她不由自主"啊"了一声。

黎大明是起来吃夜间口服药的，为了不影响她，他没有开灯，在摸索着倒药的时候把药瓶盖掉到了地上，发出了声响，王霄突然惊叫，他不知发生了什么，立即打开灯，从床上弹起来："怎么了？"

王霄更是紧张得浑身一激灵，下意识把刀对准了黎大明，声音恐惧："别过来——"

黎大明吓了一大跳，后退一步："怎么还动刀子呢？我可没有其他意思，就是看你要不要帮忙。"他看到了她的手上有血："喂，你又要自杀吗？你的手在流血！"

王霄这才知道那一划居然划得不轻，还出血了，不过她还是强充镇定："不用你管。"

黎大明没听她的，麻利地从一个家庭药箱里找出了棉纱和酒精，走过去要帮她包扎，此时她另一只手依然拿着刀子，黎大明说："我是起来吃药的，这么小的动静还把你惊醒了，可见你对我的防备心有多重，你要觉得我是坏人正在图谋不轨，你就直接扎，别扎了肾就行。"

王霄没抵触，乖乖把胳膊交给了他，当酒精棉球擦到了伤口，她疼得眉头紧蹙，胳膊也抖了一下。黎大明取笑道："有你这么防狼的吗？狼还没来，先割了自己一刀，如果人人都像你这样，歹徒就更猖獗了，还好，口子不深。"王霄瞪着黎大明，一言不发，不过心里的戒备小了。

黎大明把那把从刀鞘里抽出的刀要过来，横放在王霄床头的桌子上，说："放在这里就行，随手可拿，睡吧。但我要声明我不是色狼，再说了，即使有狼心，预计也无能。"

王霄尴尬地说："我确实紧张过度了，请你理解。"

黎大明说："理解。"

两人重新回到各自床上……

王霄再次醒来，天已经大亮，小床不见了，黎大明正洗漱。从卫生间出来的黎大明发现她已经穿好衣服，说："平安无事吧？藏好你桌上的刀子，万一被老黎看到，又该把他吓着了。"

王霄把刀子放入刀鞘中，塞进包里。

黎大明说:"一会儿一起吃早饭,估计老黎早就做好了,我想请你帮个忙,演得热情点,老黎因为我结婚很开心,而且,他也很喜欢你。"王霄从化妆盒找出镜子,说:"行。"为了防止老黎看到手上的伤口,王霄把纱布换成了创可贴。

因为不知"儿媳妇"的口味,老黎熬了两种粥,蒸了蟹黄、三丁、萝卜丝三种包子,既煮了蛋,又煎了蛋,做了蒜爆芦蒿和清炒竹笋两个热菜,还有牛肉片和酱黄瓜两种冷盘,另外还准备了牛奶和面包片。

王霄惊呆了,说:"叔叔,不,爸,这太复杂了。"结婚仪式上已经开口叫过了一次爸,昨晚叫了一次,现在是第三次叫,可她还是觉得有些叫不出口。老黎摸着自己的围裙说:"不复杂也不费事,只要你们吃得好就行,我也没有别的事,做个饭正好锻炼身体。"

黎大明接着父亲的话向王霄介绍:"爸以前做过厨师,做饭做菜是他的喜好,也是他的特长,你多吃点就行了。"

王霄夹了一个三丁包,咬了一口发现馅儿里有芹菜,她怔住了,看了一眼黎大明,又看了一眼老黎,黎大明马上意识到王霄有什么话要说,便支开老黎:"爸,去厨房帮我再拿一个碗。"

老黎离开后,王霄指着咬过的包子说:"芹菜是尿毒症禁忌,我不能吃。"黎大明当即抓过了她手里的包子,一口塞进自己的嘴里,王霄目瞪口呆,压低声音说:"你这人怎么这样?你用纸包好扔了就是了,为什么吃我咬过的东西?"黎大明指指自己的嘴巴:"再掏出来还给你?"见老黎拿着碗过来,王霄赶紧闭上嘴。

吃饭期间,王霄多次给黎大明、老黎夹菜,并主动和老黎聊天,问老黎血压如何、血糖高不高、心脏状况怎么样。

老黎显得很激动,一一做了回答。在王霄开车出门上班的时候,车子走了很远,老黎还不断张望和招手。回到家,他让儿子过一会儿别忘了问她到没到单位,黎大明回答,一家人不需要那么客套。老黎说:"既然是一家人,她一个人出门,路上都是车,你怎么能那么放心?"

黎大明突然想起刚才吃包子的事,对老黎说:"王霄因为病情有些菜不能吃,等一会儿我把她不能吃的菜名写给你,你做饭时注意一下。"

老黎说:"好,昨天就该告诉我。"

第十三章

王霄有护花使者了

王霄刚到办公室，就连续接到三个电话。第一个是她妈妈岳明坤的，问她昨天夜里的情况。王霄说："我告诉你，我此刻在单位办公室，正要开始一天的工作，而且心情很好，你该明白并且放心了吧？"第二个电话是方晓棠的，方晓棠问的是同样的问题，王霄也用同样的方式回答了。第三个电话是何首乌的，她开口就问："昨晚成功了吗？"

"你再不闭上嘴，信不信我把你的肠子掏出来，绕你的脖子缠两圈，勒死你。"王霄气得咬牙，却拿她没办法。

"你不说是吧，等我见了黎大明问他吧。"何首乌转移了话题，"丛睿被你们俩打击得不轻，电话不接，短信不回，估计正在家里疗伤，我想去拯救他却不知道去哪里找他。"

"护士站有所有透析病人的家庭住址和家属联系方式，你不会去问呀？"王霄没好气地说。

"对呀，我怎么把这个忘了？"

王霄本想交代她好好开导丛睿，不要动不动就和他吵起来，何首乌早已挂断了电话。

孙经理推门进来:"王霄,最近身体怎么样?"

无事不登三宝殿,孙经理找她肯定有事,王霄心里打鼓:"谢谢经理,我挺好的。"

"那就好。"孙经理顿了一下,说,"公司上层决定,下半年在本市新区开发一个新项目,因为和新项目有关联,你负责的那个项目,董事会要求缩短周期,在两个月内全面完成。"

"那怎么可能?"王霄着急地说,"从现在算起,光数据分析都得写三十万字,还要通过操作实验进行校正,工作量太大,根本做不到。"

孙经理摊着手一副无辜的样子:"我也没办法,上头定的,我能做的只能是再给你加一个人手,把信息部的李萌调过去帮你。"

谁不知道李萌是个关系户,一没能力,二没责任心,仗着她的舅舅是股东,哪怕全公司的人都在拼命加班,她仍然不改变迟到早退的节奏,她能做的,也就是打字复印的活儿。

孙经理显然是在找冠冕堂皇的理由刁难她,逼她放弃。这个项目,王霄跟了两年,距离出成果只有一步之遥,这时候放弃,等于把两年的心血拱手相让。王霄不甘心,看着孙经理,咬咬嘴唇,点了头:"好,我们加油。"

孙经理说:"不是加油不加油的问题,你得保证如期完成,否则就算毁了项目。"

王霄说:"好。"

王霄的项目组包括她自己在内有四个人,她立即召集安迪、肖庄和索思思三个人到小会议室,重新定时间,调整各自的任务。结果,三个人就像提前商量好了似的,都说累死也完不成,并各找各的借口,不接受安排。墙倒众人推,王霄心力交瘁,但也只能故作镇静。

为了完成项目,证明自己,王霄在下属面前做出最大让步,自己揽下了最烦琐、工程量最大的数据汇总、分析工作,只让他们做以前应做的工作量,到了这个份上,三人没有道理继续推辞,只得应承下来。

开完小会,安迪给孙经理发信息说:"她竟然自己把担子揽下了,真是不要命了。"

何首乌按照护士站提供的地址,终于找到了丛睿家。打开门的一刹那,发现是手捧鲜花的何首乌,丛睿挡在大门前说:"我现在心情不好,可不可以拒绝你的骚扰?"

"你先让我进去,霄姐委托我送你的花,给你放到花瓶里我就走,行吗?"何首乌举起手里的蓝色风信子说。

"真是王霄送的?"丛睿有些不相信。

趁丛睿犹疑,何首乌推开了他的手,进了门。

见只有丛睿一人在家,何首乌暗暗窃喜,她找遍了整个厨房,终于找到了一个合适的瓶子,装满水,把花放进去,然后,主人般地往沙发上一躺,说:"丛睿,我现在才明白,你毛遂自荐当室长不是想为大家服务,是为了方便追霄姐,对吗?"

丛睿瞪了她一眼,没回答。

何首乌开始了她的激将法:"别说是心高气傲的王霄,就连我也看不上你。"

"那个黎大明比我强吗?还是个脑瘤患者。"丛睿愤愤不平地说。

"至少比你大度。"何首乌说,"就因为王霄回绝了你,你连她的婚礼也不参加了?甚至连份礼物都没有,有你这么小气的吗?要么就是胆小鬼,怕见黎大明。"

"随你怎么想,我就是不想去。"

"还是憋着那口气呀?你有点出息好不好?"何首乌知道,丛睿一时半会儿过不去心里的那道坎,她口气柔软下来,"感情这东西就像是做乘法,一方为0,结果都为0,单恋是没有用的。你也明白,生了咱们这个病,和谁都不能地久天长,你不就是想淋漓尽致地谈场恋爱吗?和谁不行啊?非要在王霄这一棵树上吊死?苹果要是倒闭了,你还不买手机了?"

"和你吗?"丛睿又瞪了她一眼。

这句话正是何首乌想要的,她把脸转向天花板:"有什么不可以?"丛睿没发现,何首乌的脸颊绯红一片。

"那我还是等王霄离婚吧。"

缄默了二十秒钟,何首乌一下子从沙发上跳起来:"丛睿,我可以负责任地告诉你,即使你能活到王霄离婚,王霄就是二婚也不会找你,你甚至连当她的备胎都不够格。"何首乌指着桌子上的花说:"还有,这花根本不是王霄送你的,是我从护士站捡的,你知道蓝色风信子的花语是什么吗?是单相思,是不自量力!"

一口气把这些话说完,何首乌抓起她的包,逃也似的跑了出去,留下不知所措的丛睿。

离开了丛睿的家,何首乌的眼泪不争气地流了下来,这束蓝色的风信子明明是她从最大的花店里千挑万选的,蓝色风信子的花语是重生之爱,她明明是来安慰他的,怎么被她搞成这个样子啊!而且,这可是她第一次向男生表白啊!

何首乌一路哭着走回了家,连车都忘了打。

吃过晚饭,王霄便开始工作,时钟指向10点,她依然趴在电脑上,黎大明在小床上翻了好几回都睡不着。王霄看看他说:"不会影响你休息吧?"黎大明说:"没事。"

11点,王霄还在敲着键盘,黎大明好心提醒:"该睡了,要保护好革命的本钱。"王霄正在计算,来不及抬头,说:"谢谢,你睡你的。"

1点,黎大明迷迷糊糊中醒来,发现王霄还没休息,转头再看看钟表,惊呼起来:"妈呀,这都1点了,你怎么能这样熬呢?"此刻,王霄满头满脑子都是她的数据,而且昏沉沉的,没精力解释,便摆摆手道:"都说了你睡你的,别管我。"

1点还不睡,这可是黎大明无法容忍的,他爬起身走到她身边:"喂,你这是在自杀!正常人这么晚不睡,也会垮掉!"

王霄不买账:"互不干涉是协议里定的,垮掉不垮掉是我自己的事,与你没有关系。"

黎大明也来了劲:"怎么没关系?你要是挂在我前头,或者因为身体底子差移植不成功,谁给我爸养老?"

王霄与他四目对视:"你这不是诅咒我吗?"

黎大明说:"这怎么是诅咒呢?这是科学!你体内的细胞本来就都病恹恹的,再休息不足,那不就奄奄一息了?"

王霄态度软了一点:"好,你是好心,既然是好心,你得让我把事干完吧?干不完,我同样会睡不着。"

黎大明不同意:"不行。你这也算是违约。"

王霄说:"那你就在这儿盯着我吧。"然后继续工作。

黎大明把灯按灭,王霄打开,黎大明再次按灭。

王霄再打开,两人眼神对峙。王霄突然放大声音:"你凭什么干涉我?你知道我是什么情况吗?"

黎大明害怕父亲听见,说:"姑奶奶,你小声点行吗?"

悟出了他的软肋,王霄的声音反而更大了:"你要是不掺和,我还能早一会儿,你这样捣乱不是雪上加霜吗?告诉你,你再熄灯一次,我明天一早就走,以后不住这里了,这可以吧?"

黎大明不得不妥协下来,把怨气指向了王霄公司:"这什么破公司呀,一点人道主义精神也没有,不过,为了共同目标,你得答应我,事后必须补觉。"

王霄说:"我明天透析,可以一口气睡四小时。"

黎大明回到自己的小床蒙头而睡。

第二天早上7点30分，王霄准备去透析，车子发动的一瞬，黎大明打开副驾门，坐了上去，王霄看着他，问他这是干什么。黎大明一边系上安全带，一边说："陪你，新婚妻子透析，老公不陪着，正常吗？那可是在OPO的眼皮子底下。走吧，这是大事，不用商量。"

王霄松开了脚刹："那你要有思想准备，四小时，你就那么等？"黎大明自诩道："看看别的家属怎么等，我学着就是，我这人，适应能力特别强。"

王霄和黎大明手挽手走进303透析室时，方晓棠还没到，何首乌、丛睿和陈越都已经开始透析了。气氛和王霄想的不一样，丛睿装作没看见，一直埋头看手机，何首乌一副无精打采的样子，抬起左手，向他们俩小幅度地摆了摆，算作打招呼了。倒是陈越，破天荒说了一句活跃气氛的话："结了婚就是不一样啊，王霄有护花使者了。"

"感谢大家参加我们的婚礼，我今天给大家送糖来了，以后，我没空陪她来的时候，还得麻烦大家关照一下我媳妇哈。"黎大明说着把手里的糖分给大家，走到丛睿身旁时，两人对视了一眼，丛睿不屑地看了一眼黎大明递过来的糖，接过来，转手放到了旁边的操作台上，黎大明固执地又从操作台上拿下来，重新塞到他的手里："我和王霄的喜糖，必须吃！"何首乌远远地看着他俩暗斗，很解气。

为了扩大影响，黎大明拿着一袋糖找其他病人家属聊天去了。

王霄开始透析后，在微信里问他："你在哪里？我觉得你可以先回去，要等四小时呢。"黎大明拍了一张照发过去，他居然已经和其他家属一起玩纸牌了。

让王霄好气又好笑的是，她透析结束，他们的纸牌游戏还在进行中，而且互相争得面红耳赤。突然瞥到已经从303透析室走出来的王霄，黎大明拍了一下脑门："罪过，把老婆都给忘了。"然后冲着王霄说："老婆，就赢了，等我三十秒。"大家都哈哈大笑。

当天晚饭，王霄吃下了两只鸡腿、一块东坡肉、一碗牡蛎冬瓜汤和两小碗米饭，把老黎看得目瞪口呆。王霄不好意思地解释说："爸，你不要觉得奇怪，我这种病，在每次透析前的一两天，因为毒素聚积，十分难受，胃肠也排斥进食，透析完，毒素排出体外，就像变了个人，身体的感觉特别好，胃口也特别好。"

老黎听得心疼，说："那再吃点，我再给你做两个菜去。"

王霄赶紧拦住："不不，不用做了，我不能再吃了，再吃就撑坏了。"

第十四章

《斯卡布罗集市》

　　黎大明和王霄生活习惯差异巨大，随着时间一天天过去，两人之间的不协调因素很快凸显出来。黎大明大大咧咧，王霄井井有条。黎大明需要喝水时，随便到厨房拿个碗就倒水，王霄喝水的杯子和喝咖啡的杯子都不混用。黎大明吃水果，削了皮就吃，王霄一定要把水果切成片，用牙签插着吃。

　　"你用牙签吃，酸杧果能变成甜的？既然营养价值都一样，口感也一样，那不是自找麻烦吗？"

　　"你抱着啃，过后不得洗手啊？我切的时候费事，吃的时候省心。"

　　"那你过后不还得刷盘子？"

　　"你知道你抱着杧果啃的样子有多丑吗？"

　　"我吃杧果的时候又不照镜子，管它有多丑。"

　　"黎大明，你动我的毛巾了吗？"

"在阳台晒着呢！"

"毛巾应该放在卫生间里。"

"谁规定的？让太阳晒着才能消毒。"

"黎大明，能不能别一边刷牙一边唱歌？"

"你连这也管？碍你什么事了？"

"你牙膏沫子喷我牙缸上去了，还有，以后在我面前不许哼《成都》这首歌。"

"为什么？"

"你跑调跑天上去了，我实在受不了。"

"黎大明，我在这里过多少天了？"

"回大人，您已经成功度过二十三天了，还得再煎熬四十七天。"

…………

只要黎大明不听她的话，王霄就使出撒手锏，为了不让老黎怀疑，黎大明不得不服从她。老黎却觉得儿子变得整洁了，生活有秩序了，饮食正常了，也不和自己唱反调了。果然男人得结婚，就得让媳妇管着，从此老黎和王霄站在同一阵营，让黎大明叫苦不迭。

王霄也有让步的时候，比如，她特别不习惯黎大明每次陪她透析，黎大明却说，是做给OPO看的；兄弟聚会约黎大明，黎大明要拽上她一起去,王霄不想去,他说是做给 OPO 看的;病友会的活动常会邀请黎大明去活跃气氛,他也要她作陪,他说是做给 OPO 看的。

黎大明的病友许峰去世了。许峰和黎大明一样的病,年龄比黎大明大五岁,两人一前一后做的手术,同一病房住了两个月,也一起下了两个月的象棋。两周前两人一起通话时,彼此都告诉对方自己挺好的,黎大明现在才知道,他向许峰瞒了自己的病情,许峰也瞒了他,原来,许峰在几个月之前就复发了。

老黎不想让儿子去参加许峰的葬礼,黎大明说:"我得去送送他。"看得出来,黎大明心里很难受,王霄主动提出陪他一起去。

葬礼现场,许家亲友穿梭。

黎大明在灵堂前认真地三鞠躬,王霄陪黎大明进入灵堂,许峰的妻子见到黎大明,突然崩溃大哭:"许峰昏迷的前一天晚上还说好长时间没和你下棋了,我没敢联系你,因为不知道你的状况好不好,现在你来了,可他再也看不到了。"

"大明来了?"许峰的父亲发现了黎大明,走过来,双手握住了黎大明的手,老泪纵横,"谢天谢地,你还没事,好好的。"黎大明说:"叔叔,你要想开。"

老人泣不成声:"想不开,我真的想不开。只要他活着,我天天伺候他也行,伺候一辈子也心甘情愿。可今后连个人影也见不着了。儿子没了,我活着还有什么意思呢?"

"叔叔,你要想开。"黎大明发现,除了这一句,他已经想不出

第二句安慰的话了。

一家人要留黎大明和王霄吃饭，黎大明哪里吃得下。

都说兔死狐悲，可这分明是兔死兔悲。回去的路上，两人沉默了很久，王霄想轻松一下气氛，但是找不到合适的语言。她想，面对病友的死，黎大明心中的那种震动、刺激一定是巨大的，她的脑海里不断闪现着许峰父亲空洞的眼神，她猜，此时此刻，黎大明想到的十有八九也是他自己的爸爸。

车子颠簸了一下，王霄减速，回头看了看后排的黎大明，发现他脸色不好看，表情扭曲。

她吓了一跳："黎大明，你怎么了？不舒服吗？"

黎大明摆手说："不要紧，头有些疼。"

"要不要去医院？"

"不要。医生也没有好办法，我带了药，吃了就行了。"

王霄赶紧把车子停在路边，帮他拧开水杯，给他喂药。

看王霄紧张的样子，黎大明说："你别怕，一般是阵发性的，一会儿就好了，你可以用毛巾敷我的太阳穴，帮我按一下。"

王霄轻轻按，发现有点效果，她把他的头放到自己的腿上，小心地继续揉按，黎大明脸上的扭曲渐渐消失，后来竟睡着了。

生命与生命之间除非不相识，一旦相识了，有交集了，就会互相心生悲悯，王霄擦去黎大明眼角的泪滴，此时的他完全像一个需要呵护的孩子，脆弱，无助，让她心生怜惜。为了让他睡得舒服些，王霄持续半小时保持着一个姿势，一动未动。

黎大明醒了,发现自己枕着王霄的腿,不好意思地说:"谢谢。"

王霄笑了:"在有些国家,枕腿是要交钱的,枕腿睡着了是一笔大数。"

黎大明也笑了:"有免单的情况吧,比如,枕自己老婆的腿。"

见黎大明又能说俏皮话了,王霄心里踏实多了,问:"我想问你,你得说实话啊,刚才那一阵子痛,是不是吓得呀?"

黎大明承认了:"有点。其实如果死亡来临了,就不怕了,也没机会怕了。怕的就是预想,我预想了我爸未来的各种场景,这么多年,我是他唯一的寄托和希望,他没法承受,可也得承受,就像许峰的爸爸,许峰还有一个妹妹,我爸比他爸更惨,一想到这儿,就有种撕心裂肺的感觉。"

王霄没说话,用手机蓝牙连接上了车载音频,放了一首栗宏涛的吉他曲《斯卡布罗集市》。黎大明很惊奇:"原来你也喜欢栗宏涛的吉他,我可是他的忠诚粉丝,不过这首歌,我更喜欢莎拉·布莱曼唱的英文版。"

王霄说:"莎拉·布莱曼的英文版我也超级喜欢。"

"咱们总算找到一点共同语言了。"黎大明兴奋起来。

歌唱到一半的时候,王霄找手机想把声音调高,心有灵犀,坐在后排的黎大明把手伸到前面去调车载的调音键,两人都笑了。

黎大明说:"今天谢谢你。还有,答应我一件事,以后,车子别开那么快。"

第十五章

一杯子就是一辈子

在方晓棠和郝琼里应外合的进攻下,程乾终于败下阵来,同意女儿回到方晓棠身边。

周日是透析日,一大早,正刷牙的王霄接到方晓棠的电话:"王霄,我们的阴谋得逞了!"

"真的?程乾同意了?"

"同意了,我今天就可以把果果接来了!"

"郝琼的钱全部到账了吗?"

"到了,十三万六千,一分不少。"

"太棒了!"

"除了感谢你和何首乌,还得感谢你的山寨版老公。"

因为王霄开了免提,黎大明听得清清楚楚,他大惊:"什么叫山寨版老公?方晓棠知道我们的秘密?"

王霄说:"和你合作,就是她帮我下的决心。"

黎大明说:"这么说,她还助过我一臂之力?为了报答,咱今天透析前去帮她接孩子吧。"王霄也正有此意。

一路上,王霄开车,两人听着各种版本的《斯卡布罗集市》,黎大明不自觉地跟着哼起来。今天,黎大明跑得离谱的调子和莎拉·布莱曼美妙的旋律融合在一起,王霄竟然没觉得太受不了,还帮他从手机里调出了歌词。

"靠边停车!"黎大明看见路边一家婴儿用品店,说,"我得进去买样东西。"

"你疯了?那是婴儿用品店,这里没有熟人,更遇不上 OPO 的人,不需要演戏。"王霄急忙阻止,"就算遇到医生、病友也不能进这家店,多尴尬啊,别人还以为……"

"等我五分钟,就五分钟。"黎大明关上车门,一溜烟跑进店里。

五分钟后,黎大明手里拿着一个印着卡通图案的玻璃水杯从店里出来了,他指着图案上的小兔子说:"可爱吧?关键是背面有刻度,以后你就用它喝水了,我给你计算好了进水量:上午一杯,150 毫升;下午一杯,130 毫升;夜间一杯,70 毫升。"

王霄心里一暖:"你怎么知道这里有带刻度的杯子?"

黎大明笑着说:"要是没有带刻度的水杯,我打算给你买一个婴儿奶瓶,奶瓶上都有刻度。"

"谢谢你。"王霄接过了杯子看了看,很是喜欢。

有人说,杯子是不能随便送人的,一杯子就是一辈子的意思。一想到,眼前这个鲜活的生命将不久于人世,而自己要靠他的死亡来延续生命,虽然这一切都是有偿的,王霄却总觉得自己是一只在天葬中等待吞食尸体的秃鹰,心里说不出的难受。如果自己的身份和黎大明换过来,在这样的时刻,自己会关心对方需要一个什么样的水杯吗?会有心思考虑他在自己家里生活得是否舒适吗?连换位思考一下,王霄都有种心脏抽搐般的疼痛。

"黎大明,在你活着的时候,需要我帮你做什么吗?"王霄说,"我是诚心诚意想为你做件事。"

"哈哈,一只杯子就把你感动了,你让我好好想想,想好了告诉你,到时候不许抵赖。"

王霄和黎大明到程乾家小区的时候,方晓棠早已提前到达并和果果收拾好东西在楼下等待他们了,看见王霄,果果飞奔过去,抱住了她:"漂亮阿姨,妈妈说你当新娘子了,真的吗?"

"千真万确,我可以证明。"黎大明是第一次见果果,为了吸引果果,他把手机里的结婚录像放给果果看,果果看完后,趴在妈妈的耳边说:"妈妈,他就是漂亮阿姨的新郎,我叫他什么呀?"

"以后叫他大明叔叔。"方晓棠回答完女儿,转身对黎大明说,"大明,听王霄说,和郝琼谈判是你支的着儿,你帮我大忙了,谢谢你啊。"

黎大明冲方晓棠憨憨一笑:"应该是我这个山寨老公谢谢你这个大媒才对。"三人你看看我,我看看你,哈哈大笑起来。

虽然只是短暂地相处了一段时间,黎大明给方晓棠的印象却非常好,替王霄高兴的同时,她也暗暗替黎大明惋惜。

因为接果果,王霄和方晓棠的透析推迟了一小时。等护士开了机,安装好管路,连接上血管,监测仪显示所有数据正常,黎大明对王霄说:"老婆,你好好睡一觉,我出去买药,我的口服药用完了,最多一小时就回。"

何首乌还在生丛睿的气,故意对黎大明说:"新郎官,你能不能积点德,别在这里秀恩爱,照顾一下别人的感受。"丛睿本来就压抑得很,哪受得了何首乌的挑衅,他缓缓抬起头,给何首乌一个复杂的眼神:"我之所以没把女朋友带来,也是为了照顾某人的感受。"

一屋子都是弹药味,黎大明知道此刻自己最好躲开为妙,便给王霄打了个手势,买药去了。

黎大明拿着医生开的处方单到门诊药房取药,药房窗口排着长队,黎大明估计丛睿和何首乌的战争应该还在进行中,自己干脆在这儿排队等一会儿,等他们吵完再回透析室。

终于排到了,黎大明刚要把手里的单子递给药剂师,手机响了,王霄的号码,却是何首乌的声音:"黎大明,霄姐出现透析液反应,正在抢救,你赶紧过来!"

黎大明脑袋"嗡"的一声,从窗口抓回处方单,撒腿就往透析室跑。

他气喘吁吁跑到透析室,丛睿告诉他,王霄已经被送抢救室去了,他转身又跑往四楼抢救室。抢救室大门紧闭,不让家属进,一个从里面出来的护士得知他是王霄家属,告诉他不要着急,因为抢救及时,病人应该没有危险,黎大明这才长舒一口气。

为防止自己再突发意外,黎大明拿出随身携带的喷剂,对着鼻腔狠喷了几下,他这才发现,自己手里拿着的,不是医生开的处方单,而是别人扔下的一张药品说明书。

从方晓棠那里得到消息的岳明坤和老孟也慌慌张张地赶来了,见黎大明一副惊魂未定的样子,岳明坤吓哭了:"王霄到底怎么样了?"

黎大明安慰她说:"妈你别害怕,是透析液反应,现在已经没有危险了。"

"那就好,那就好。"老孟也安慰岳明坤,"别害怕了,估计过一会儿就让出来了。"

黎大明知道王霄是不耐透体质,但他没想到透析液反应这么可怕,他问岳明坤:"王霄经常发生这样的反应吗?"岳明坤叹了口气,说:"不耐透体质就是这样,以前有过两次,但没这一次严重。"

黎大明明白了,为什么和方晓棠用同样的药,同时上的机,方晓棠却能安然无恙,他也突然明白了为什么第一次见王霄时,她表现得那么绝望。

一个多小时后,王霄被推出来了,人醒了,但还吸着氧,见女儿意识清醒,岳明坤这才放下心来。医生说要住几天院,观察一下,岳明坤让黎大明去照顾王霄,自己拉着老孟去办理入院手续。

看见黎大明,王霄无力地挤出一丝笑容:"差点就挂了。"

黎大明担心她说话会导致氧气跟不上,说:"感觉怎么样?要是累就别说话了。"

她说:"没事,刚才我一直在想,如果我挂了,咱们的约定怎么办?"

黎大明趴在她耳边小声但语气肯定地说:"我是你的第一顺序继承人,可以依法继承你的财产;我是你的法定监护人,到时候可以决定把你扔到海里喂鱼,还是抛向空中喂鸟。你想避免这一切,最好的方法就是活着。所以,现在好好住院调养,以后再也不要熬夜了。"

虽然是玩笑话,但王霄知道,自己要是真先挂了,有关她的所有事情真是黎大明说了算。

王霄被推到病房后,发现妈妈身边站着一个五十多岁的男人,不用说,这一定是老孟了,虽然心里很不高兴,但碍于黎大明在场,又不好发作。老孟感觉到了王霄有情绪,便尴尬地退出病房。

王霄生气地责问妈妈为什么把老孟带到医院来,岳明坤一肚子委屈:"我接到晓棠的电话,吓得腿都软了,又打不到车,没办法才让老孟送我来的,关键时刻,我能指望谁?"

岳明坤回去后,黎大明问王霄为什么对这个准继父有这么深的成见,王霄说:"他犯过罪,坐过七年牢,我能放心让我妈和这样的人在一起吗?"

黎大明问:"他犯过什么事?"

王霄说:"不太清楚,好像是过失致人死亡,反正出过人命。"

黎大明说:"守法者不一定人品好,杀人者不一定人品差,我给你举个例子:马路边一个孩子被撞了,路人甲看到了,想把孩子送医院,但没车;路人乙开车路过,却不愿多管闲事,孩子因延误了时间没有得救。一天,路人甲和路人乙又相见了,路人甲气不过，把路人乙的车砸了，你说法律会怎么判？很明显，路人甲不但要被刑拘，还要赔偿路人乙几万元，法律只讲规则，不讲道德，我们不能用是否违法来判断一个人的人品。"

"要是你爸找一个从监狱出来的老太太，你也接受吗？"王霄没好气地问。

"只要她人好，对我爸爸好，我当然接受，事实上，我非常后悔让他单了这么多年。老孟是过失致人死亡，这背后有什么原因，你也没有了解过，就一口否定，是不是太武断？再说，你妈妈看好他，你硬给拆散，她会不会很伤心？"

王霄沉默了。最后，在黎大明的劝导下，她决定给老孟一个机会，多了解了解他。

这天，王霄看到黎大明的朋友圈更新了："每一个还算平静的日子，都是上天的恩赐。"

第十六章

福星还是灾星

住院的第二天,王霄要黎大明把她的电脑带到病房来,黎大明不同意,说她这种情况必须多休息。

王霄恨得咬牙,不得不打电话给安迪,让她安排人给她送台电脑来,同时把所需的数据给她传过来。

没想到,安迪亲自来了。王霄着急地说:"时间这么紧,你怎么亲自来了,安排李萌送过来就行了。"安迪不以为意:"没用的,时间这么紧,咱们根本不可能完成,不用分秒必争。我想来看看你,同时也想劝你不要这么拼命,以身体为重。"

王霄心想:完了,自己这一住院,整个小组都泄气了,不行,不能放弃。她给安迪打气:"只要每个人都再辛苦一点,加班加点,还是有希望的,现在不能松懈。"

"我们加班加点可以,你呢?你身体受得了吗?"

"我可以的,过两天就出院了,只要你们都能完成各自的部分,问题就不大。"

看王霄态度坚决,安迪不再说什么。

安迪不认识黎大明，王霄介绍说："我表哥，来看我的。"黎大明没说什么，微笑着对安迪点点头。

安迪走后，黎大明对王霄说："准备吃午饭吧，你舅舅给你送饭来了，已经到电梯口了。"

"我舅舅？"王霄一头雾水，"我没有舅舅啊，我妈只有两个姐姐。"

"我是你表哥，我爸爸不是你舅舅是谁？"

王霄扑哧笑了："看不出来，你这个人还挺记仇的。我答应你，晚上10点之后绝对关电脑，每天睡眠时间不低于八小时，这总行了吧？"

"你再说一遍，我把你的话录下来，以防你过后耍赖。"说着，黎大明打开了手机的录音功能。

"谁要耍赖？你是不是又欺负王霄了？"老黎提着饭盒推开病房的门。

王霄住院，最忙的是老黎，大明只负责在病房陪护，老黎一日三餐往医院给他俩送饭。

"爸，你怎么又来了，我在医院食堂吃就可以，食堂的饭也挺好的，你这样来回送饭太折腾了。"见老黎这么辛苦，王霄心里很不安。

"那怎么行，医院的饭菜，营养搭配也不全，口感也不行，哪有自己做的好？放心吧，我忙得过来，赶紧趁热吃吧。"老黎说着，一层层打开饭盒，摆好了饭菜。

老黎对王霄的关心是真心实意的，这一点，王霄深有体会，她在心里暗暗发誓，如果自己能通过移植痊愈，一定要把老黎当父亲对待。

晚上10点一过，王霄还没有关电脑的意思，黎大明毫不客气地没收了她的无线鼠标，王霄没有理由争辩，索性关机睡觉。

虽然是间双人病房，但另一张床没住病人，于是成了黎大明的陪护床，两人都睡不着，便开始聊天。

"你那天说诚心诚意想为我做件事，我说想好了再告诉你，还记得吧？"黎大明说。

"你想好了吗？"王霄问。

"我有件事压在心里很多年，想去西天之前把这事办了，我想请你帮我。"

"什么事？你说吧。"

黎大明说："因为我妈去世，我外婆和舅舅恨死了老黎，他们认定我妈是自杀的，外婆带走了我妈的骨灰，不许老黎去悼念，不让老黎踏进他们家一步。四年前，外婆去世了，我妈的骨灰就一直留在外婆的老房子里，舅舅还是不允许我们带回来安葬。"

"你想让我和你一起去说服你舅舅，把你妈妈的骨灰带回来？"

"我带着新媳妇去拜祭我妈，我想，舅舅、舅妈没有理由拒绝，然后试一试舅舅的态度，再见机行事。"

"放心吧，谈判是我的强项，再说，这样的请求合情合理，咱们晓之以理，动之以情，希望还是有的。"

"有你帮忙配合，我就更有信心了。"

"后天办完出院手续后就去吧，你明天准备好给舅舅的礼物，给你舅妈的礼物我来准备。"

"这都是协议外的，我该怎么感谢你呢？"黎大明说。

"我这次住院也给你添了不少麻烦，咱们扯平了。"

要回妈妈的骨灰，不光是黎大明的心愿，对老黎来说，更是压在心头的一块巨石，如果能帮父子俩完成这件事，不光是还了黎大明的一份人情，自己在黎家剩下的日子更好和他们父子俩相处了，而且，她也真心实意想为他们做点事。

王霄花三千多给黎大明的舅妈买了一套SK-II的护肤品，给舅舅正上初二的女儿菲菲买了一个Venque限量版背包，黎大明则给舅舅买了几盒茶叶。出院的当天下午，王霄和黎大明一起来到舅舅家。

妈妈去世后，黎大明除了每年的清明节和冬至，其他时间很少来舅舅家，特别是外婆去世后，来舅舅这里就更少了。

对两人的到来，舅舅既没有表现出冷淡，也没有多热情。寒暄过后，黎大明留在客厅和舅舅聊天，王霄则去厨房给舅妈打下手，舅妈嗔怪王霄说："来就来，买这么贵重的礼物干什么？又不是外人。"

王霄回答："在大明心里，妈妈去世了，舅舅、舅妈就是他最亲的人，我们结婚时怕舅舅、舅妈心里难受，所以没有告知你们，今天，一来拜祭妈妈，二来给舅舅、舅妈赔罪。"

舅妈欣慰地说:"大明能找到你这样的媳妇,真是他的福气,他妈妈在泉下也安心了。"

菲菲做作业遇到拦路虎,跑到客厅去向黎大明讨教,黎大明指着厨房说:"去问你嫂子,她可是名校高才生,你顺便还可以向她讨教点学习方法。"

菲菲问的是英语中的语法问题,王霄发现菲菲的英语基础薄弱,便对舅妈说:"舅妈,你一个人做饭吧,我系统地给菲菲理一理语法和时态,再教她一些英语的学习方法,英语是我的强项呢。"

"那太好了!你俩去书房吧,菲菲好好跟你嫂子学习学习。"舅妈高兴坏了,孩子的学习问题在父母心里永远是重中之重,王霄深知这一点。

一个多小时的辅导,让菲菲对这个嫂子由衷敬佩,王霄又向她传授了自己当年学英语的技巧,两人互加了微信,王霄让她有问题尽管问,二十四小时提供解答服务。舅舅、舅妈感激不已,家里的氛围很快被王霄调节和谐。

吃饭时,舅舅问起了他们俩将来的打算,这才得知王霄也是个病人,谈及两人的病情,黎大明说出了自己病情复发,已经没有治疗希望的实情,舅舅心情沉重,舅妈也抹起了眼泪。

终于谈及了老黎,谈到他没多久就会孑然一身,孤苦伶仃,舅舅、舅妈沉默了,看得出他们心里难受万分。

王霄感觉时机已到,说:"舅舅,这些年,爸爸每一天都在悔恨中煎熬,他一直没有再婚,也足以证明他对妈妈的感情有多深,我相信，他比我们任何人都更思念妈妈，你们就原谅他吧。舅舅、舅妈，不瞒你们说，我们此行还有一个目的：想跟你们商量，能不能让我们把妈妈的骨灰带回去安葬。"

舅舅说："不行，这是你外婆的意思，我不能答应你们。"

王霄接着说："舅舅，人的想法会变化的，如果外婆还活着，也许她会答应我们的。外婆临终前为什么不安排把妈妈和她葬在一起，我想她老人家肯定也是觉得妈妈有更合适的位置。再说，骨灰留在这里，真的会是妈妈自己的心愿吗？如果妈妈有在天之灵，她也许早就原谅了爸爸。还有，我打听到，外婆的老房子马上要拆迁了，你们要把妈妈的骨灰往哪儿放？"

舅舅沉默了，点上一支烟狠抽起来，见氛围烘托成熟，黎大明跪在了舅舅面前："舅舅，把妈妈带回去安葬，不但是我爸爸的想法，也是我的心愿，否则，我也会带着遗憾离开，其实不久，我就会葬在妈妈身旁，要真存在那个世界，有我照顾妈妈，相信外婆也会安心了，而妈妈也一定最想和我在一起。"

舅妈扶起了大明："身体要紧，别伤神，起来吧，你舅舅的工作，我来做。"

抽完一支烟后，舅舅终于开口了："选一个好日子，把你妈带回去吧。"

"谢谢舅舅。"黎大明哽咽了，他抬起头看了王霄一眼，发现王霄也是眼含泪花。

出了舅舅的家门，黎大明迫不及待地给老黎打电话，得知消息的老黎老泪纵横:"她终于要回来了,要回来了。"

当天晚饭的餐桌上,多了一副碗筷,多了一张椅子,老黎斟满了一杯酒,洒在地上,说:"今天,咱们家终于要团圆了,王霄,你是咱这个家的福星。"

晚上,王霄问黎大明:"我是你们家的福星还是灾星?"

"福星,当然是福星。"黎大明给了她一个肯定的答复。

"唉,我觉得我是你命里的灾星!我是来索命的呀!"王霄一声哀叹。

第十七章

我们还会来

　　黎大明和老黎去远郊的墓园选了一块墓地,交钱的时候,黎大明支开老黎,交了两份钱,把旁边的墓地也买了下来。

　　一周后,王霄再次和黎大明一起去舅舅家,从外婆的老房子里带回了妈妈的骨灰。在家里供奉一段时间后,选了一个好日子,安葬在买的公墓里,王霄以儿媳妇的身份参加了黎大明母亲的安葬仪式。

　　要回亡妻的骨灰,对老黎来说是天大的事,他把功劳都归在了王霄身上,对这个儿媳妇,他是百分百满意,日常生活也事事关心。

　　磕磕绊绊中,时间一天天过去,黎大明几次病情发作,但总算有惊无险。终于熬过三个月,两人带着申请材料一起来到OPO办公室。收取了他们的材料后,工作人员告知他们随时等候面审通知。

　　两人又兴奋又紧张,回家后,当即开始准备各种可能被问及的问题,对方的生日、爱好、亲属情况,相识的经过,结婚的理由,婚后的生活状况，甚至，在哪儿上的中学，有哪些同学，穿多大码的鞋子，买裤子时的腰围，啥时候考的驾照，恋爱时经常去的餐厅，等等都罗列出来，直到记得滚瓜烂熟。

黎大明信心满满："考大学也没这么努力过，把祖宗八代的情况都记住了，过关该差不多吧。"

王霄说："不行，我得考你试试。"结果黎大明得了满分，黎大明反过来考她，她只得了八十分。

黎大明怪她功课做得不好，王霄不以为然："你问我的都是太偏的问题，什么对方谈过几次恋爱呀，初恋女友叫什么名字呀，剃须刀用的是什么牌子呀，我哪知道呀？再说 OPO 怎么可能问这么变态的问题？"

黎大明说："那可不一定，OPO 问什么问题都有可能，咱们都得考虑到。"

五天后收到面审通知，忐忑不安的两人瞒着老黎，手牵手来到 OPO 办公室。

果真是传说中的七位评审委员，个个手拿资料、一脸严肃。看着七个人陆续就座，王霄想到了电影里的法庭审判的场景，她在心里暗暗祈祷：一切顺利。黎大明感觉到了她的紧张，捏了捏她的手。

会议开始。个子矮矮的主任委员何超首先发言："OPO 收到捐献申请人黎大明的申请是今年 3 月 15 日。器官受者王霄与捐献申请人黎大明是夫妻关系，结婚时间是去年 12 月 10 日，秘书处核查了结婚证和户籍证明的真实性，证实无误，他们都是本院病人，黎大明患脑胶质瘤,非恶性,无转移,术后复发;王霄患尿毒症,不耐透。关于病情和配型情况,秘书处也向相关科室进行了核实,病情无误,配型相合,从医学上,可以捐献,以上是基本情况。根据器官捐献移植的原则和规定,现在还需要审查捐献人的真实捐献意愿和捐献动机是否存在器官买卖的可能性,我们先请捐献申请人黎大明对捐献意愿进行陈述。"

黎大明说:"我的脑瘤是因为瘤体部位特殊,无法切除,才成为绝症。自从了解到我的肾脏是好的,可以让我的妻子继续活下去,我就没有一刻动摇过,这事是我提出的,不是她要求的。在各位专家面前,我再把我的意愿表达一遍:我愿意在脑死亡后向我的妻子王霄捐出我的肾脏。"

一位女委员提问:"你产生这个意愿是在结婚前,还是在结婚后?"

黎大明一怔!这个问题两人预测过,但对于如何回答,两人意见不一,黎大明倾向于说婚前,王霄倾向于说婚后。如果答婚前,那很容易被怀疑结婚带有目的性;如果答婚后,结婚时间又太短了,显得假——这么自然而然就能想到的事情,为什么等到婚后才突然想起来?所以,两人争论好久,也没有统一意见。

但是,不能犹豫!不能等待!黎大明在所有目光的审视下,肯定地回答:"婚前。"

有人点头,也有人在思考,空气中弥漫着紧张的气氛。

另一位委员看着王霄,说:"我想问器官受者王霄一个问题,能有肾源移植，对每一个尿毒症病人来说都是求之不得的事，我刚看了一下你的病历，透析效果确实不太理想，从一个等待移植救命的病人角度，你应该是盼望移植这一天的，但现在的捐献人是你的丈夫，需要在他脑死亡以后，你才能有移植机会。我想问的是，你是怎么想的？"

王霄说："他的病，医生也没有回天之力，作为他的妻子，除了伤心无奈，又有什么办法？我能做的就是在那一天到来之前，好好陪他，好好照顾他。"

何主任请 OPO 秘书小韩做一个秘书处的外调结果说明。小韩说："我们粗略了解到了申请者结婚前各自的财产状况：男方没有房产，和父亲租房居住；受者即女方个人有房产和存款，父母经济条件也很好。女方情况明显好于男方，存在利益交换的可能。另外，我们也了解了一下双方的部分病友，大家均反映婚前没听说过他们有男女朋友关系。捐献行为是否存在利益交换的可能，捐献者与受者结婚是否可能存在与买卖器官相关的动机，以上情况仅做参考，请各位委员判断。"

王霄有些绝望地看了一眼黎大明，黎大明还想再努力一下，他在没有人提问的情况下站起来说："虽然结婚时间不长，但是我们因病相识，同病相怜，有一般人比不了的感情，我们是在病友会上认识的，后期的接触大多是个人时间，病友不知情很正常啊。"

"你们愿意现场出示你们的微信聊天记录，以证实你们在结婚前就是男女朋友吗？"一位年轻的评委说。

这是黎大明和王霄都没有准备的问题，两人都慌了。王霄回答："这是我们的个人隐私，我们不愿意对外人公开。"

"只给一位女评委看可以吗？"年轻的评委问。

当然不可以，婚前的聊天记录是这场交易的完美罪证！黎大明站起来说："情侣之间的聊天内容都是情啊爱啊，甚至关系到性，很尴尬，无论给谁看都是对我妻子的伤害，请原谅，我们对任何人不公开。"

评委们你看我，我看你，互相交换着眼神。

何主任戴上刚刚摘下的眼镜，再次向黎大明抛出一道测试题："作为尿毒症病人的家属，你应该了解尿毒症病人的基本饮食禁忌吧？可以向我们介绍一下吗？"

这个问题难不倒黎大明："宗旨是低钾低钠少磷少蛋白。第一低盐，腌制品不吃，咸菜腊肉不能吃，烧烤不吃，各种果脯类的不吃。为了控制盐的摄入量，我们家炒菜，通常是只放酱油不放盐。第二低钾，香蕉、橘子、杧果、樱桃、菠菜，这些含钾高的食品要少吃，以免引起高钾血症。第三少磷，蛋黄、坚果、含添加剂的加工食品不能吃。第四蛋白要选优质的，所以鱼虾要买活的，肉类要买当天的，蛋清、牛奶、精瘦肉是每餐必备的，豆制品少吃。第五低脂，油腻的东西，肥肉、油炸食物不吃。第六喝水有限制，稀饭汤类都得少喝，甚至蔬菜炒之前要先焯水。她每天喝水控制在上午150毫升，下午130毫升，夜间70毫升，这是我按照医生的要求给她定的。黄瓜、生菜、丝瓜、苹果、芭乐这些都可以吃，但摄入的水分不能超标,她最喜欢吃芭乐。"

黎大明一口气说了这么多,不但惊呆了七位评委,也惊呆了王霄,她没有想到黎大明竟然知道这么多,她当即从随身包里拿出了黎大明给她买的刻度杯,说:"这个水杯就是他给我买的,我每天都带在身边。"

审核提问完毕,按 OPO 审核程序,委员们开始票决。

王霄觉得自己像是站在法庭审判席上的犯人,等待当庭审判的判决结果。

很快,结果出来。两票赞成,五票反对,申请被拒。主任何超告诉他们,根据规定,三个月后可以再次申请。

王霄觉得自己被判了死刑,一脸绝望,黎大明给各位评审委员深深鞠了一躬:"耽误大家时间了,如果三个月后,人还活着,我们还会来。"

第十八章

我不再演那个戏了

回去的路上,两人心情都很压抑,谁也没有心情说话。黎大明开车,王霄蜷缩在后排座位上,眼睛看着窗外,目光涣散。最后,还是黎大明打破了沉默:"也许我不该说这个想法产生于婚前,如果说的是婚后,或许——"

"没有如果。"黎大明的话被王霄冷冷地打断了。

"我们就再等三个月,也许三个月以后——"

"没有以后。"王霄再次打断了。

"那我们现在怎么办?"黎大明像个闯了大祸的孩子,不安地看着后视镜里的王霄。

"离婚。"王霄语气很坚决。

"不行,离了婚就瞒不了我爸了,他知道真相该多难受?他马上就要遭受重大打击,你不能先捅一刀,而且他对你还那么好。"

"那你说怎么办?我已经白白耗掉三个月时间,我要在你家待到什么时候?"

"再等三个月,既然能得两票,说明还是有人认可的,我觉得希望还是很大的。"黎大明哀求道。

"那只是程序上可以再次申请,并不等于还存在希望,你听不出那个何主任明显是在安慰你吗?已经有了怀疑的底子,就算等到下次,依然会失败。所以,不要再徒劳了,各自回到原来的状态吧。"

黎大明说:"既然程序上可以再申请,那就说明还存在希望。你要的是命,有一丝希望,就有必要坚守,再说这也不影响你等待其他肾源呀。我承诺,如果你配上了外来肾源,只要你做选择,我随时同意解除协议并办理离婚。"

王霄摇头,态度果断:"外来肾更没有可能,不管怎样,我也算努力了,我自认倒霉。"

到了黎大明家,王霄没有上楼,她自顾自上了自己的车,发动,轰然驶去,把不知所措的黎大明留在了那里。

岳明坤一上午都是魂不附体的状态,除了剥出一大堆花生米,她什么事也没做。她知道黎大明和王霄今天去 OPO 面审,从上午 9 点她就开始忐忑不安地等待王霄的电话,但一直到 11 点,王霄也没打来电话,她预感不妙,但又不敢打电话问,怕影响面审。

王霄拎着包走进家门的一刹那,岳明坤便从女儿的脸上猜到了结果,但她还是怯怯地问道:"过了吗?"

"没过。"王霄把手里的包往沙发上一扔,"我困了,要休息一会儿,别打扰我。"说完,进了卧室,并"砰"的一声关上了卧室门。

岳明坤突然间崩溃,对着卧室门大哭:"我一开始就感觉不靠谱,现在可好,浪费了三个月不说,凭空多了次婚史,以后再结婚就是二婚了。"王霄实在无力接茬妈妈的埋怨,她用棉球塞住耳朵,努力克服门外的噪声干扰。

可岳明坤的情绪像山洪一样暴发了,而且转移到了王旭生身上:"要不是王旭生这个坏种太冷血,要不是邵丽这个毒恶的女人从中作梗,你怎么会摊上这么一遭,这两个见死不救的卑鄙小人,老天什么时候才让他们遭到报应……王旭生你这个该挨千刀杀的,王霄可是你的亲骨肉,你怎么能狠得下这个心……"

岳明坤越骂越气,声音也越来越大,每句话都一字不漏地传到了王霄的耳朵里,听得王霄泪如雨下。哭着哭着,王霄睡着了,睡梦里,她一个人恐慌地奔跑在无边的荒原上,没有尽头,找不到方向。

王霄当晚没回来,老黎问咋回事,黎大明说:"我媳妇回娘家住几天不行啊?人家母女俩相互想念了呗。"

"应该的,应该的。"老黎说,"只要不是被你气走的就行。"

一天,两天,王霄没有回来的意思,电话不接,短信不回,黎大明心急如焚,又无可奈何,没办法,他只有打电话向方晓棠求救。得知他俩的申请被拒,方晓棠难过万分,她对黎大明说:"你别急,我去劝她,只要有一线希望,你们就不能轻易放弃。"

方晓棠在一家餐馆里找到王霄的时候,王霄正一个人喝得酩酊大醉,桌子上摆的都是肾病患者的禁忌菜。方晓棠又气又急,她先给黎大明发了条短信,告知他王霄所在的位置,然后心痛不已地训斥王霄:"看看你点的菜,麻辣豆腐、基围虾、海带汤,还喝酒,你这是想早死的节奏啊!"

王霄醉眼蒙眬地看着方晓棠,说话都咬不清字儿了:"你来了哈,你知道我今天干了什么吗?我坐过山车了,真的,我以前不敢坐,因为我觉得有危险,我、我怕死。现在,我不怕了,反正早晚都得死,所以我今天去游乐场了,那什么高空蹦极、跳楼机、空中飞碟都被我玩儿了一遍。"

"这些好吃的,你也要吃遍,是不是?"方晓棠指着被她撸了一半的面筋串,对她吼道,"不管它们会不会要了你的命,是不是?"

王霄虽然醉了,但仍然能感觉到方晓棠是生气的,她赔着笑说:"你别生气,坐下和我一起喝酒吧。"

方晓棠一把夺过她手里的酒杯,把她拽起来:"喝什么喝!赶紧给我回家。"

"回家?回哪个家?黎大明的家?不,我不去了。"王霄头摇得像拨浪鼓,"我不再演那个戏了,都结束了,结束了,我努力了,老天没给我机会。"

她挣脱方晓棠的手,踉踉跄跄走回桌子边,抓起了桌子上的一瓶饮料就要喝,被方晓棠一把夺了过去:"不就是再等三个月吗?你至于这样自暴自弃吗?就是靠透析也得好好活着,这可是你自己说过的话。"

一听说三个月,王霄突然失控,大哭起来:"三个月,你知道这三个月我是怎么过来的吗？和两个完全没有关系的男人在一个屋檐下生活了三个月是什么感觉，你能体会吗？为了能活下去，我真的很努力、很努力了，也真的好累好累。"

"黎大明父子对你不是很好吗？"

"再好也不是亲人，我还是觉得别扭。"王霄喃喃地说。

"再好也不是亲人"这句话正好被匆匆赶来的黎大明听到了，他愣了，在门口发了一阵呆，来回踱了几圈后，推门走了过去，拉了一把椅子坐在王霄的面前，说："王霄，你有点契约精神好不好？你凭什么单方毁约？协议里并没有写明如果第一次申请不过怎么办，那就得协商，凭什么由你一个人说了算？"

王霄发现了黎大明，醉酒中的她根本听不懂黎大明的意思，答非所问："黎大明，你来带我回去吗？不用了，我不去你家了，不去了。"说完，不等黎大明开口，她又接着说："黎大明，我告诉你一个秘密，其实每个人都有想堕落的欲望，人的本性不是进取，而是放纵。以前，所有人都告诉我，努力就会有回报，那都是骗人的，从现在开始，没人能再骗我了。去他的努力，我现在什么努力也不做了，我放弃了，你知道放弃的感觉是什么吗？有一点痛心，但更多的是轻松，真的，我现在很轻松。"眼前的王霄，满脸泪痕，醉眼迷离，一副自暴自弃的颓废状，完全没有了往日咄咄逼人、意气风发的气场。

第一次看到王霄崩溃的样子，黎大明心里一阵揪痛，想想这三个月以来，虽然他想方设法为她营造好的氛围，尽量让她生活得舒适,但毕竟每天要单独与两个连朋友都不是的男人生活在一个狭小的空间里,还要装成亲热的样子,还要想方设法瞒着同事、朋友,痛苦可想而知。而忍受这一切,就是为了一个审核,好不容易撑到了三个月,一切又化作泡影,换作谁都会崩溃的。

黎大明突然意识到,对待此刻的王霄不适宜用激将法,她的心太累了,她需要温暖与鼓励,于是,他改为自责的口吻说:"王霄,我没有站在你的角度考虑问题,忽略了你的感受,是我的错,以后不会了。以后,我们不再刻意做给谁看,你爱住哪里随你的便,夜里工作到几点我也不再干涉,只要你能保证充足的睡眠就行。我只求你一件事,咱不办离婚手续,留一份希望,好吗?也许,我能再活三个月。"

听到黎大明用这样的口气说话,方晓棠心里也酸酸的,她替王霄回答说:"你没有错,好事多磨,哪有一帆风顺的事情,都好好保重,三个月以后再申请。"

黎大明的这番话,王霄没听到,因为,一天的劳累加上酒精作用,她睡着了。

和方晓棠一起,把沉醉在梦乡中的王霄送回家,背上楼,交给岳明坤,再返回到自己家,已经凌晨1点了。黎大明用钥匙打开门,发现老黎正坐在客厅里等他。

"你给我说实话,你和王霄到底怎么了?"老黎拉着脸审问道。

"你这么晚不睡就是为了审我,是不是?"大明装作生气的样子,"我俩就闹点小矛盾,你这个当长辈的,跟着瞎掺和什么?赶紧睡觉去。"

"不对，床底下那张行军床是怎么回事？"老黎指着大明的卧室问。

"哎哟，你怎么能随便进儿媳妇的房间呢？你有点边界感好不好？"

老黎说："是来旺把喷壶衔到你们床底下，我去拿喷壶才发现的，你别转移话题，为什么要把一张行军床放到床底下？"

黎大明把早就想好的预案拿了出来："每到快透析的时候，她嘴里都会有一股氨气味，怕我闻到，她就想和我分床睡，于是我们就买了这张小床，这有什么大惊小怪的。这两天，她工作不顺心，心情不好，在咱们家她又不好发泄，所以回她妈家住几天，我刚从她妈家回来，她心情已经好多了，过几天就回来了，你就别添乱了。"

老黎半信半疑："我就担心你欺负她。"

第十九章

我被炒鱿鱼了

虽然在方晓棠的劝说下,王霄暂时没和黎大明办理离婚手续,但她对三个月后的再申请已经不抱多大希望,所以不再回黎大明家。在黎大明的苦苦相求下,王霄才勉强给老黎打了一个电话,说妈妈身体不好,她近期都要在家照顾妈妈,暂时不回去了。

心情不好,王霄把所有精力都放在了工作上,总算在孙经理规定的日期内完成了。把方案交给孙经理的那一刻,自认为方案一定能通过的王霄舒了一口气,可第三天,孙经理找到王霄说:"王霄,你的策划案没有通过,后期的新项目可能要因此推迟,今天董事长在上层会议上因为这事发了火,我也受了批评,我估计这事会对你的业绩考核造成影响,可我也无能为力。"

聘任合同里明确写着,公司有权利辞退业绩考核不过关的员工。王霄心里一阵悲凉,为了这份策划案,她几乎连命都不要了,这个项目她跟了两年,每一个数据都是查阅了大量资料,通过计算、分析、核实得出的,她不相信公司里有谁能汇总出来比她更翔实、更准确的报告,能出一份比她的这份更有可行性的策划案。她猜测，不是她的策划案通不过，而是公司为了辞退她，放弃了使用她的成果。

果然，两天后，公司人力资源部吴主任找王霄去谈话，列举出她的工作失误，以业绩不达标且对公司的效益造成重大影响为由劝她主动辞职，王霄气得血脉偾张，却又无话可说。吴主任拿出一份打印好的辞职报告递给王霄："签了字，你可以到财务室多领三个月的工资。"王霄拒绝签字，摔门而去，吴主任拿着待签的辞职报告追到门口："不签字也得被辞退，到时候，就没有这多出来的三个月的工资了，王霄，你这是何必呢？"

"我宁愿被辞退。"王霄没有回头。

回到办公室，王霄开始收拾自己的东西。安迪、肖庄和索思思看着她收拾也不问为什么，静静地干着各自的事情，看来，他们三个早就知道了结果。一起工作了几年，竟然连给她送个行也不敢，就因为隔壁就是经理孙方的办公室，他们得明确表示自己的立场。王霄为自己悲哀，也为他们悲哀。

在众目睽睽之下，王霄抱着一个大纸箱，带着满腔的悲愤离开了她工作了四年的公司。

走出公司的大门，王霄收起了她用尽全力强装出来的笑容。王霄不缺钱，失去一份工作对她来说不算什么，但她太委屈了，她并没有因为生病少干任何工作，相反，唯恐别人说她因病影响工作，她比生病前做得更多。看来，无论她如何努力，无论她做得再多再好都没有用，她终究是他们眼中要拔掉的钉子，要清除掉的定时炸弹。

不出王霄所料,安迪和肖庄很快给她发来信息,安迪的信息只有两个字:"保重!"肖庄说:"王霄,对不起,房贷压身,我不能失去这份工作,请你理解。"王霄给他们回复了相同的内容:"我理解你们的难处,好好工作,保重!"

过一会儿,索思思也来了信息:"霄姐,我晚上给你打电话。"王霄回复:"好的。"

去哪里?这么早回家,必被妈妈审问,她要是知道自己被公司辞了,又得气得大骂。在地下停车场,王霄第一次为去哪里消耗时间而犯了愁。找几个大学闺密来一起"庆祝"一下自己被炒?不,这个时候自己最不想见到的就是她们,何况今天不是周末,谁有时间陪她疗这无聊的伤?想来想去,王霄觉得此刻能和她共同"分享"这个新闻的唯有何首乌与方晓棠,于是,她在三人群里扔了一句话:"我被炒鱿鱼了,现在去云中捞旋转餐厅寻求心理救赎,一小时内你们要不到,我就砸玻璃从56层高空跳下去。"

"我马上到。"两人秒回。

王霄感慨,这两个病秧子,关键时刻竟成了自己的人生港湾。

王霄到达餐厅时,何首乌和方晓棠已经先一步到了,而且订好了包间,点好了菜。在通往高空的电梯间,王霄边走边接何首乌的电话,差点和一个人撞了个满怀,抬头一看,竟然是黎大明。王霄奇怪地问:"你怎么来了?"

黎大明说:"我敢不来吗?你要是真砸了人家的玻璃,还不得我这个老公给人家赔付?"

"是晓棠姐告诉你的？"

黎大明答非所问："好歹我也是你的山寨版老公，遇到不顺心的事想找人诉苦，你应该第一个想到我才对呀。还有，谁这么明智把你开了？"

"黎大明，你是来找平衡和安慰的吧？我被人炒鱿鱼，你很开心，是不是？"看他一副幸灾乐祸的样子，王霄气得七窍生烟。

黎大明满脸堆笑说："我是开心，但我发誓绝不是幸灾乐祸，我是为你再也不用熬夜了高兴。不过，你真的被炒了？你这么个精英要真被炒，你们公司的领导可真是有眼无珠。"

说着两人进了电梯，王霄转过脸不再理他。

一见面，何首乌就给了王霄一个大大的拥抱："耶！欢迎加入无业游民俱乐部，以后有什么活动你再也找不到理由推脱了，真是太好了！"

方晓棠宣布："为了庆祝你终于恢复自由，从此以后可以每天睡到自然醒，今天我请客。"

王霄哭笑不得："什么意思啊？我工作没了，你们都那么高兴啊？我可是心里难受来寻求安慰的，你们有点同情心好不好？"

"你难受啥？就那家无良公司，没有一天不加班到深夜的，早该离开了，要不身体早晚会累垮的，你应该感谢他们替你下了决心。"方晓棠不以为然地说。

"是啊霄姐，为他们卖命干啥？你又不缺钱，再说，"何首乌看了黎大明一眼，"还有你老公养你呢，对吧，姐夫？"

看来何首乌还不知道他的山寨身份，黎大明感激地看了王霄一眼，说："放心吧老婆，以后我就是没水喝，也保证你有肉吃，现在就给你点一盘炒鱿鱼，别管在公司是谁炒的谁，你吃了之后，就是咱炒的他们，那破工作，咱不要了。"

方晓棠和何首乌哈哈大笑起来。

"安抚会"硬被他们三个人给改成了"庆祝会"，王霄哭笑不得，但看着他们一个个喜笑颜开的样子，她心里突然感觉不那么难受了。

对王霄而言，疾病带来的最大困扰不是身体的痛苦，不是工作的艰辛，而是别人对她的歧视。王霄日常的社会圈子大致有三个：病友圈、工作圈和同学圈。在病友圈里她是个正常人，在工作圈和同学圈里她是个异类。生病之后，她比以前更努力，工作也做得更好，可在单位领导的眼里，她就是个残次品，是喉咙里必须拔掉的一根鱼刺。生病以前，她把一盒吃了一半的水果拼盘带到办公室，顷刻间就被疯抢而光。现在，她办公桌上的抽纸，都没有人抽一张用，仿佛抽一次就会染上她的病一样。而这群病友就不一样了，何首乌会抢她吃了一半的糖葫芦，方晓棠拿她的口红就往嘴上涂，丛睿渴了就倒她杯子里的水喝，就连孤僻的陈越也经常借她的充电宝用。

尿毒症是不传染的，王霄相信人人都有这个常识，可为什么会出现这样的现象？王霄分析后的结论是：物以类聚，人以群分，大家一群健康的人一起聚餐，把你也带上，你这也不能吃，那也不能喝，和大家格格不入，不为你考虑说不过去，为你考虑大家无法玩得尽兴。而眼前就不一样，除了黎大明点的那盘用于调节气氛的炒鱿鱼，其他菜都是清一色的病号菜，一样的需求，一样的模式，所以和谐一致。割舍掉那个和自己格格不入的圈子吧，你的组织关系只在眼前，王霄在心里痛苦地告诉自己，她夹起一块鱿鱼放进嘴里，说："苦海无边，回头是岸，从今天起，我洗心革面了，为我的改'正'归'邪'，干杯！"

掌声响起，杯声响起，四个人端起杯，一饮而尽！

鱿鱼过后，又上了一盘小龙虾，王霄正在剥虾，索思思打来微信语音电话，她无法拿手机，便按了免提，手机里传来索思思的声音："霄姐，你被孙方他们骗了，不是我们的策划案没通过，是董事会把这个项目加价一千万转手卖给华扬实业了，据说，华扬之所以愿意接手，正是因为看上了我们出的策划案。公司真的很卑鄙，把咱们的策划案卖了，却骗你说没通过，并且还以此为由把你辞了。"

"你是怎么知道的？"王霄平静地问。

"华扬实业的项目经理找到我，向我要走了所有数据分析，是他告诉我的。我还告诉他们，最原始的数据在你那里。"

"这事，安迪知道吗？"

"安迪和肖庄都知道，孙方承诺你走后，让安迪接手你的职位。"

王霄沉默了。她的猜测是对的，公司辞退她的根本原因不是业绩，而是她的病。而且她还猜测，索思思之所以敢告诉自己这一切，原因是再过两个月，索思思和公司的聘用合同就到期了，公司不会和她再续签的，因为她怀孕了。

"这不是欺负人吗？而且手段如此卑鄙！"黎大明义愤填膺，"不能就这么算了，得让他们给个说法。"

何首乌也气得咬牙切齿："是的，不能就这么算了！太欺负人了！"

方晓棠也说："工作可以不要了，但这口气得出。"

"怎么出这口气？他们硬说是策划案不过关才放弃了项目，你有什么办法？去公司和他们大吵大闹？这样的事我做不来，也丢不起这个人。"王霄摇了摇头。

黎大明分析说："只要华扬使用这份策划案，就说明这份策划案被他们当商品卖给了华扬，说明你的策划案给他们带来了商业利润，那他们以业绩不合格为理由辞退你就不合理，也不符合劳动法。你不好意思和他们吵，我去和他们评理，这事交给我，你就不用管了，我一定想办法让你出了这口气。"

"我也去，偷拍视频、录音都是我的强项。"何首乌想起了她在和郝琼那场谈判中的"丰功伟绩"，极力推荐自己。

黎大明说："行，到时候我把电视台记者带过去，你冒充摄像的跟班，帮忙拿设备的那种。"

"你有在电视台工作的朋友？"听说电视台能参与，何首乌更有兴趣了。

黎大明得意地说："我以前可是做视频的，还能没有几个媒体的朋友？"

"我能干点什么？也给我一个角色呗。"方晓棠说。

黎大明端详了一下方晓棠，说："你换一件风衣，妥妥的一个晚报记者。"

"凭什么我是跟班，她是记者？我也要当记者。"何首乌愤愤不平。

一转眼，"庆祝会"又变成了"策划会"。怎么找电视台，怎么冒充晚报记者，怎么找华扬实业的人打探实情，三个人讨论得热火朝天，一个个情绪激昂，王霄倒成了一个局外人。

其实，王霄对这事并不积极，甚至反对。既然丢工作已成定局，劳神费力去闹一场，除了出一口恶气，又有多大意义？但三个人都是一副"不惩治孙方不足以平民愤"的架势，想想孙方这个小人，两个月前就知道这个项目要转手，却还让她挑灯夜战做这份在当时看来毫无意义的策划案，目的就是制造个理由辞掉她，确实太卑鄙了，去吓唬吓唬他也好。王霄不再阻止了。

第二十章

遗愿清单

孙方正在办公室看文件，突然有六七个人扛着摄像机推门而入。为首的一个中年男人拿出记者证在孙方面前展示了一下，说："请问您是弘硕公司的孙方经理吗？我是咱们市电视台新闻部记者，想要采访您一下，这是我的记者证。"

孙方怔了一下，问："你们要采访什么？"

"有人举报你们公司采用不正当手段辞退一名叫王霄的员工，请问有这事吗？"

看着他们设备上的市电视台的标志，孙方当即警惕起来，说："王霄是因为业绩考核不合格被辞退的，完全合理合法，因为我们公司在聘用合同上就明确规定，业务考核不合格或因为工作失误给公司造成重大损失的，公司有权利中途解聘。"

"我们想知道，你们公司这次解聘王霄，考核了她哪些业务？评判的标准是什么？"何首乌煞有介事地把话筒递到孙方的嘴边。

"她的策划案没有通过，导致公司不得不放弃了一个项目。"孙方看了何首乌一眼说，"你们有采访证吗？我应该有权利拒绝你们的采访吧？"

何首乌从容回答："你个人确实有权利拒绝我们的采访，但我们也有权利反映和报道你的拒绝，《新闻记者证管理办法》第五条明确规定，任何组织或者个人不得干扰、阻挠新闻机构及其新闻记者合法的采访活动。"

黎大明和方晓棠同时用眼神给了何首乌一个赞，为了今天的"采访"，何首乌昨晚做了很多功课。

怕何首乌穿帮，黎大明连忙把话题转过来："据说早在两个月以前，你们公司就已经和其他公司洽谈转让这个项目了，那为什么这两个月您还一直安排王霄做这个项目的策划案呢？"

"您从哪里得知我们在两个月以前就打算转让？"孙方心里有些慌，但仍然面不改色。

"这是王霄的策划案。"黎大明把事先打印好的策划案举到了孙方面前，"两天前，华扬实业项目部的工作人员拿着和这份一模一样的策划案向王霄索要这个策划案的背后数据及具体来源，说他们公司已经把这个项目连同这份策划案一起买下了。你们把王霄的策划案卖给了华扬，却说王霄的策划案没有通过，影响了项目，并以此为由解聘了她，你们公司解聘王霄的真正原因是她患上了尿毒症，对不对？"这一点，黎大明说的是实情，两天前，华扬的人确实找过王霄。

"没有这样的事情。"孙方坚决否认。

黎大明步步紧逼："既然如此，您愿意跟我们一起去华扬证实吗？如果如您所说，那华扬使用这份策划案就是违法的，我们就起诉华扬，告他们侵权。"

方晓棠说："对这件事，我们《晨报》法治专栏将跟踪报道。"

门口走廊围满了公司的员工，那些心里为王霄不平，嘴上却又不敢说的人，都在暗暗拍手称快，等着看孙方的笑话。孙方坐不住了，华扬那边还有五百万的资金尾款没有到位，只要这帮人到华扬去闹，这五百万一分也别想要来。

面对着这群人气势汹汹、言语犀利的责问，既无法给他们解释，也不敢叫保卫科把他们轰走，孙方如坐针毡。无论是被华扬抓了把柄，还是被媒体曝光，对公司来说都是重大损失，闹出事来，他也担不起。没办法，他给安迪发信息，让安迪赶紧找王霄，先让王霄把这群人安抚好，再解决她和公司的问题。

接到安迪的电话时，王霄正在家里看电影《禁闭岛》，平时想看一部网络电影都挤不出来时间，丢了工作后，有了大把的时间，她反而不知干什么好了，于是决定先把以前想看的电影看了。

"王霄，你的那个表哥带着一帮记者来公司闹事，你赶紧过来把他们劝走，孙经理让我给你打电话，说对你的辞退决议作废，你有什么要求，公司一定会给你解决的，你赶紧过来吧。"

王霄笑了。这个黎大明，还真把电视台记者带去了，能量不小啊，把孙方都唬住了！王霄很想看看何首乌和方晓棠装成记者的样子，也想看看孙方气急败坏的样子，便关了电视，开车去了公司。

王霄赶到时，黎大明正和孙方据理力争，孙方反击黎大明说：

"这事必须王霄亲自到场解决，你凭什么替王霄维权？你是她的什么人？你有她的委托书吗？"

"他是我老公，"王霄推开门站到孙方面前，指着黎大明说，"他叫黎大明，我爱人，他可以全权代表我。"

此言一出，不仅在场的安迪、孙方和其他公司员工，就连黎大明本人也被惊呆了！

反应过来的黎大明又加了一层底气，看着一脸蒙的孙方，愤愤地说："我今天一定要给我老婆讨个公道，你们想欺负她，不行！电视台和《晨报》报道之后，咱们法庭上见！"

看黎大明咄咄逼人的样子，围观的员工你看我，我看你，面面相觑！

王霄穿过一双双惊异的目光，神情自若地接过黎大明手里的策划案，走到孙方面前，把策划案往桌子上一放，说："我坚持我老公的立场，拿我做的策划案为条件卖了项目，为什么认定我的策划案不合格？我要公司给我一个说法，如果不能给我一个合情合理的解释，我就把这事在媒体上公开，让广大民众来评判你们的做法到底合不合理，有没有违反劳动法。"

"王霄，辞职报告你一天不签字你就还是公司的员工，这是咱们公司内部问题，咱们内部解决，好不好？"在员工的众目睽睽之下，孙方赔着笑脸向王霄恳求，此刻，为了把这场大火浇灭，他已经顾不上什么威严了。

王霄说："公司不是已经辞退我了吗？辞退报告都已经盖过章了。"

"不是还没有王董的签字吗？光盖章有什么用，王董一天不签字，你就还是公司的人。"说着，孙方把王霄和黎大明请进小会议室，说，"我有两个方案。第一，你还是公司的员工，职务不变，薪水不变；第二，你非要离开公司，公司给你十五万元的补偿，另加三个月的工资。"

已经闹成了这个样子，肯定不可能留下继续工作了，王霄决定选择第二个方案。"我同意第二个方案，但前提是公司必须把这一年的年终奖金按标准发给我。"王霄说。

王霄三个月的工资有七万多，年终奖差不多也七万，加上补偿的十五万，王霄要拿走二十九万多。孙方极不情愿，但看到黎大明那副不达目的誓不罢休的样子，他又怕因小失大，真要是被媒体曝了光，华扬的尾款收不回来，恐怕他的位子也保不住，最终，孙方同意了王霄的要求。黎大明提出要当场兑现，恨得咬牙的孙方不得不让财务室提前发放了王霄的年终奖。

从财务室出来，见周围没人，黎大明兴奋地感慨道："到底是名校高才生，失业补偿都能这么多，牛！"

王霄小声说："你更牛！临时组建的记者团，把孙方吓得脸都绿了。"

"怎么叫组建的呢？这几个人里真有货真价实的记者。"

"六个人里，除了设备和扛设备的那个人是真的，其他六分之五都是水分吧。"王霄之所以这么猜，是因为这几张面孔大多在他俩的婚礼上见过。

黎大明嬉笑着说:"什么都骗不了你啊,你猜对了,除我之外的这六人,只有那个戴记者证的周正是真正的电视台记者,他是我一个哥们儿的朋友,不过,我觉得何首乌比记者还像记者,回去得给她个奖励。"

在王霄的"劝阻"下,"记者团""很不情愿"地放弃了报道。一行人扛着摄像机,浩浩荡荡地从弘硕公司出来。一出大门,何首乌就再也绷不住了,仰天长笑起来:"哈哈哈哈,就我这演技,我才应该是金鸡奖、金像奖、金马奖的得主嘛。"

得知何首乌与方晓棠和他们一样,也是冒牌的,被黎大明请来冒充的几个病友都惊呆了,何首乌和方晓棠也这才知道,他们也是假的,一群人你看我,我看你,哈哈大笑起来。黎大明得意地说:"这就是我的高明之处,让你们都以为自己的队伍很庞大,没有压力才能尽情发挥嘛。"

完成了使命,又狠宰了王霄一顿海鲜自助餐后,"记者团"在何首乌的依依不舍中自动解散了。

按理说,天上掉下二十九万,王霄应该很高兴才是,但是黎大明发现,从始至终,王霄都一副魂不守舍的样子,情绪低落。送走大家后,黎大明开始开导王霄。

"这口气都出了,你还是不开心?"

"有什么好开心的,以后恐怕再也找不到工作了。"王霄叹了口气。

"事实证明他们辞退你不是因为你能力不足,是因为你的病,你有学历有能力,到哪儿都能找到好工作。"

"正因如此我才更加无助,更加绝望。能力不够,我可以努力,可以通过学习去改变,而'尿毒症病人'这个标签会永远贴在我身上,我摘不掉。没有了工作,以后,治疗、透析、预防并发症,就是我生活的全部了。你还记得那天在病友会上见到的那个靠透析活了二十三年的阿姨吗?就那个自己说五十一岁但看上去像七十岁的阿姨,她的样子就是我的将来。也许,我能通过透析比你多活三五年甚至十年,但是有意义吗?我想要的是一个有质感的人生,不是行尸走肉。"一口气把这些话说完,王霄泪眼婆娑。

黎大明的脑子转了八个圈儿,也没想出来该用什么话安慰王霄。他知道,王霄虽然没有执意和他办理离婚手续,但对他的肾已经基本不抱希望了。对她这种聪明的人来说,所有安慰的语言都是苍白的。

"你接下来准备干什么?"沉默了一阵,黎大明问。

"工作都没了,我还能干什么?"王霄苦笑了一下,说,"既然终将一死,那就及时行乐呗,从现在起,尽情吃尽情玩,随心所欲地活,活到哪天算哪天。"王霄突然想起了丛睿,这个活法是丛睿的理念啊,到了此刻,王霄终于理解了丛睿,那不是生活态度不认真,那是对生命和未来绝望后的无奈放弃。

"咱俩终于方向相同,目标一致了!"黎大明大腿一拍,"你说吧,吃什么?去哪儿玩?我随时奉陪。"

"对了。"王霄说,"谢谢你帮我讨回了这笔钱,我该怎么感谢你呢？"

黎大明眼珠子一转，说："我列了份遗愿清单，不如你帮我一起完成，就算你还我人情了。"

"遗愿清单？"王霄来了兴趣，"你有哪些遗愿？"

黎大明打开了手机备忘录，把手机递给了王霄。

"第一，见米茵一面，帮她卸下心理包袱。第二，教会老黎使用百度搜索，学会使用微信，学会网上缴费、网上购物。第三，给老黎买把好剃须刀，能用十年的那种。第四，学会蝶泳。第五，体验雅西高速。第六，去一趟日本，看一看偶像——建筑师安藤忠雄的作品'光之教堂''水之教堂''头佛'。第七，如果来得及的话，给老黎物色一个老太太。"

"米茵是谁？"王霄好奇地问。

"我的初恋女友，也是大学同学。生病后，我选择了分手，迫于父母的压力，她同意了，但此后一直郁郁寡欢，也没有开始新的感情，听同学说，她一直觉得愧对我，心理压力很大。"

"所以你要帮她解开心结，防止你死了以后，她永远走不出来？"王霄问。

"是这个意思，"黎大明乞求道，"这事还得你出面帮忙，你是我媳妇，咱俩一起去见她，带上结婚证，在她面前秀秀恩爱，估计她心里的疙瘩就烟消云散了。"

"喊！"王霄撇了撇嘴，笑他说，"自己朝不保夕，还管着别人一亩三分地的事。"

"一句话的事,举手之劳,我就当你答应了,哪天约见她,我带上你。"

王霄找不到理由推脱,只得答应了。她说:"如果我死在你的后面,第二、三、七条,你要是来不及完成的话,我可以帮你完成。只是第四条,我不明白,都这个时候了,你为什么还要学会蝶泳?到那边去参加比赛啊?"

"为了一个圆满。"黎大明憨笑,"游泳的七招八式,我就差这一式了,阴间要真有比赛,到那里我也能露一手,是不是?"

对黎大明时时刻刻的幽默,王霄觉得无语又心酸,她不明白是黎大明的心理太强大,还是他本就没心没肺。王霄又问黎大明安藤忠雄是何许人,为什么对他的作品感兴趣。

黎大明脸上露出害羞的表情,说:"我上高中的时候就喜欢上了建筑设计,遗憾的是高考分数不够,没有被建筑设计专业录取,而是被调剂到了计算机专业。但多年来,我对建筑设计一直情有独钟,安藤忠雄是我最崇拜的设计师,他的代表作'光之教堂''水之教堂''头佛'都建在日本,我在图片上看过,我是真想去现场感受一下。"

王霄突然觉得,虽然和黎大明"同居"了三个月,但自己对他的了解少之又少,要不是为了应付OPO审核时背过一些他的个人情况,连他喜欢什么、做过什么工作、上的哪所大学都不知道。

"雅西高速也算是你喜欢的建筑?"王霄说,"在我眼里,它就是一条高速公路而已。"

黎大明问："你到过雅西高速吗？在四川境内，从雅安到西昌。"

"没有。"王霄说，"我都没有去过四川。"

"那说明你根本就不了解雅西高速的魅力。"黎大明开始滔滔不绝，"很多人认为青藏铁路是中国的'天路'，其实，雅西高速才是我们中国真正的'逆天工程'，它从四川雅安到凉山彝族自治州的西昌，全长240公里，从四川盆地边缘向横断山区爬升，跨越青衣江、大渡河、安宁河等水系和12条地震断裂带，一路上都是崇山峻岭，地势非常险恶，它才是真正的天梯，在上面开车仿佛在空中飞驰，那种身临其境的震撼，不去体验一下真是太遗憾了。"

看着黎大明神采飞扬的样子，如果不是目睹过他发病的样子，王霄都怀疑他的病是假的。

反正自己也无事可做，也早就计划着去看日本的富士山和北海道，帮黎大明把这一个个遗愿完成，既打发了时间，也还他一个人情，相当于结伴旅行了。只是有两个问题不好解决。第一，万一黎大明在旅途中发病怎么办？第二，她自己必须一周两次的透析怎么办？

黎大明狡猾地笑了："这两个问题我早考虑过了，也查过了，你透析的问题，只要带着病历和护照，在日本的任何一家医院都可以透析，国内就更不用说了。我的问题也好解决，小的发作，我随身带的药物就能解决，要是真的那天来临，根本没有抢救的必要。"

王霄说："等我帮你把这一个个心愿完成后，咱们就找个时间把婚姻关系解除了吧。"她实在不想说"遗愿"两个字，这两个字让她觉得心里难受。

黎大明却开心地说:"不着急办,对你来说,离婚和丧偶都是多了一次婚史,没什么差别,留着婚姻关系,说不定还有希望。"

对生命都不抱希望了,还在乎什么婚史,王霄想了想,也觉得办不办离婚手续无所谓了。

第二十一章

我就是那 5% 的圣人

为防止每天被查岗,王霄没有把丢工作的事告诉妈妈岳明坤,想出去玩就说去上班,想待在家里就说调休。岳明坤大部分时间待在店里,只要王霄按时透析,其他事她基本不干涉。

王霄想,黎大明有七个遗愿,自己就没有吗?如果来日不方长,自己最想完成的事是什么呢?第一,看华山峭壁;第二,看长江三峡;第三,去挪威的北极圈小镇感受极昼的午夜阳光;第四,来一次深海潜水,或坐一次透明的潜水艇看看真正的海底世界;第五,乘坐一次热气球,最好能跳一次伞,500 米以上高度的;第六……"

王霄躺在床上,掰着手指正一个个罗列她的"遗愿",何首乌发来了"SOS"的求救信息:"霄姐,有事相求!"

"说。"

"我要借你的装备一用。"

"装备?"王霄一头雾水。

"借你的包和相机一用。"

"干吗?你要相亲啊?"

"我要约男人！你说是相亲就相亲吧，反正，我要在十天内找个男朋友，哪怕是临时的。昨天你离开以后，丛睿带着一个女的来透析室羞辱我，他们俩看我的眼神都带着蔑视。"

王霄笑了，别看何首乌平时对什么事都大大咧咧，唯独在有关丛睿的事情上特别小心眼，就连丛睿说自己最近不敢吃肉，怕长胖了，她都觉得丛睿是在讽刺她胖。这次，十有八九，又是她的小心眼在作祟。

"你就别自我折磨了，丛睿敢惹你？我都不信。"

"反正我得刺激刺激他。我已经发动狐朋狗友给我物色人选了，从现在起，我要当一名'采草大盗'，专挑漂亮的小鲜草采，气死丛睿。你就说你借不借？"

"借，借，你要哪个包，我拍照发你，你自己挑好，我下午出门路过你们小区时交给门卫，你自己去拿。"王霄哭笑不得，最后又加了一句嘱咐，"只是相亲也得找靠谱的人相，别被人劫了色哈。"

何首乌发来一排"龇牙笑"："我巴不得有人劫色呢。"

要是以前，王霄一定阻止她和来路不明的人交朋友，但现在她改变了想法，何首乌想谈一场恋爱，就像黎大明想去日本看偶像的建筑作品，像自己想到深海潜水一样，都是可能来不及实现的生命尽头的愿望。一个人在生命即将结束的那一刻，最怕的不是死亡本身，而是回忆一生，所有想做的事都还没有做过，感觉自己一生白活。生命稍纵即逝，何必再活得压抑克制呢，就让她按自己喜欢的方式去折腾吧。

为了让何首乌好好臭美一番，王霄又送给她两条价值不菲的丝巾。把相机、挎包和丝巾交给何首乌所在小区的门卫后，王霄便驱车赶往黎大明家，今天是和黎大明的前女友米茵相约见面的日子，为了装得像一些，王霄要去接黎大明，两人一起去赴约。

见王霄终于回家了，老黎高兴得跟什么似的，当即张罗着要去市场买菜，黎大明说："你就别忙活了，我俩今天出去吃。"见老黎有些失落，王霄赶紧解释："爸，是这样，大明的一个同学上次没参加我们的婚礼，觉得过意不去，今天约在一起吃个饭。还有，我妈的店又扩大了规模，我得住在我妈家给她帮帮忙，以后可能回来少一些，您一定要注意身体啊。"老黎很理解，乐呵呵地告诉她在哪住都行，就是得把自己照顾好了，不能大意。

愧疚、感动、难过，王霄心里五味杂陈，老黎是个无可挑剔的公公，王霄对他的敬重和关心是发自内心的，一想到不久后，他会知道一切真相，他慈祥的眼神会变得和许峰父亲一样空洞、凄凉，王霄心里难受无比。

黎大明和米茵约好在一家叫"荔枝湾"的餐厅会面，两人赶到时，米茵已经先到一步了。

米茵比王霄想象得要漂亮很多，气质也好，只是眉宇间带着一丝忧郁。发现黎大明还带着一个女孩子过来，米茵有些不解。

"我来介绍一下，这是我同学米茵。米茵，这是我老婆王霄。"黎大明指着王霄说。

"你结婚了？"米茵不相信地看着王霄。

王霄落落大方地请米茵落座，说："米茵，其实我们早该见面的，你不知道我，但我早就从大明的口里了解你了，三个月前，我们结婚时，大明要邀请你，是我阻止的，对不起，今天这顿饭就权当我们向你道歉了。"

黎大明揽着王霄的腰，一脸幸福地吐槽道："没办法，她就是个醋缸子，进了围城后，我是一点自由都没有了。"为了让米茵相信，黎大明打开了手机里的结婚录像。

千真万确！黎大明结过婚了！老婆是名校研究生，美丽、知性，而且两人非常相爱。黎大明望着王霄时那种含情脉脉的眼神，让米茵心里掠过阵阵失落，但同时也卸下了压在心底的一块石头。作为爱情的逃犯，米茵内心里对黎大明充满愧疚，黎大明的幸福快乐是她希望看到的，尽管这场面让她心里酸溜溜的。

虽然在常人眼里和生重病的男友分手是90%的人都会做出的选择，但在王霄眼里，米茵和方晓棠的前夫程乾是一丘之貉，都是在灾难面前，背信弃义之人。王霄觉得对这样的人，就该让她受点良心的谴责，活得沉重一点，而黎大明偏要在临终之前，默默地帮她卸下这个重负。看着黎大明不停地往自己的碗里夹菜，夸张地在米茵面前秀恩爱，王霄觉得黎大明有些犯贱，但还是有些感动。

吃过饭，米茵如释重负地和他们挥手告别，目送米茵远去，王霄不屑地说："把米茵作为你临终的牵挂之一，我为你不值，她和你分手表面是父母所逼，实则是她自己的选择，她要真想和你在一起，谁也阻止不了。"

"这个道理我当然明白。"黎大明说,"但我并不怪她,她有选择的权利。"

"那你还对她念念不忘?"王霄撇了撇嘴,"你安排这场见面,不就是想在有生之年再见她一面吗?"

"你错了。"看着米茵远去的身影,黎大明摇摇头,"我对她早就心无杂念了,现在,我对她的感情比对你还纯净,只是,因为我的原因,让别人生活沉重,我心里也不安。"

王霄问黎大明:"我听说,95%的人在生命即将结束的时候,都有和世界同归于尽的想法,你有吗?"

黎大明被问住了,他认真地想了想,说:"我委屈过,伤心过,遗憾过,但真的没有恨过。"

王霄问道:"你经历过失去母亲,经历过高考失败,经历过失恋,经历过生死考验的手术,现在又面临着和这个世界的诀别,真的就对这个世界没有一点恶意?"

黎大明说:"你老公我就是那5%的圣人,接下来,你还会发现我更多的闪光点。"

的确,虽然从性格习惯到思维模式,王霄和黎大明有太多格格不入的地方,但王霄不得不承认,黎大明是个好人,他敦厚、善良、讲义气,人也聪明,即使在生命最后的日子里,他也总是想尽一切办法让身边的人轻松快乐。连她妈岳明坤都说"如果大明没有病,真是个没得挑的好女婿",何首乌、方晓棠和他更是铁哥们儿一样。所以,王霄觉得和他一起搭伴旅行是个不错的选择。

"咱们下一站去哪儿？日本还是雅安？"

"先找一家国际旅行社，报名、递交材料，委托旅行社办理去日本的签证，然后去四川。我们先乘飞机到成都，在成都租一辆车，再自驾游去都江堰和天然图画坊，我敢打赌，你一定会爱上那里的青山。然后我们再开车从成都出发去雅安，在雅安吃完雅鱼和甜水面，然后去西昌，体验雅西高速。到时候，我开车你拍照，只要你没有恐高症就好，愉快的雅西之行结束后，我们休整几天，签证应该就能办好了，我们就跟团去日本，怎么样？"

"看来你已经提前做好攻略了，佩服！"王霄竖起了大拇指。

"被你佩服，真是让我受宠若惊。"和王霄在一起生活了三个月，很少被她表扬，黎大明有些得意。

"别自作多情了，我不是佩服你，我是佩服你的主刀医师何琳，从你的脑袋里割下这么大一块，除了味觉，你的其他神经竟然毫发无损，一个正常脑细胞也没丢失，思维还是那么缜密。"王霄说。

"关键是非正常的细胞她也没挖干净啊，否则，我这颗上好的腰子也舍不得给你啊。"黎大明自嘲起来。

看着黎大明那张纯净的笑脸，王霄在内心深处深深地叹了一口气。

第二十二章

这才是生活的味道

王霄提出来要和黎大明去四川旅游并没有遭到她妈岳明坤的反对,因为岳明坤对黎大明的肾多少还抱着一点希望。为了演得更像,黎大明在人前人后总是亲热地叫她"妈",对这个比女儿的命运更悲催的假女婿,岳明坤还是带着一份怜惜与关爱的。听说他们要去旅行,她特意为黎大明做了一瓶酱牛肉,让王霄带给黎大明。

王霄撇撇嘴说:"还真把人家当女婿了?"

岳明坤说:"你也对人家好点,说不定他就是上天给你派来的救星。"

王霄从她手里接过酱牛肉,装进拉杆箱,咕哝一句:"你到底还是不死心。"

王霄正收拾外出旅行要带的东西,何首乌打来语音电话:"霄姐,救我!"

"你怎么了?"听得出何首乌的声音里带着哭腔,王霄心里一紧。

"我人生的第一次相亲失败了。"

"就这事?"王霄长舒了一口气,问,"是你没看上他,还是他没看上你？"

"是我的聊天技巧太垃圾了，"何首乌说，"第一次见面时，彼此感觉都挺好，还一起看了电影，加了微信。"

"后来呢？"

"后来聊着聊着，我不知怎么地把他聊成哥们儿了。"

"哈哈，哈哈……"王霄忍不住笑起来，"我看你也就是个当哥们儿的料，丛睿和黎大明不都拿你当哥们儿吗？"

"别笑了，赶紧给我支着儿，把你勾搭黎大明的那一套传授给我。"

王霄急中生智，决定把这个难题甩锅给黎大明，便说："这个问题，你还是去问黎大明吧，当初是他追的我，我也不知道他看上我哪点了。再说，什么样的女孩招男孩喜欢，男人更有发言权。"

何首乌想想，觉得王霄说得也有道理，便问她："你让我和黎大明探讨这样的问题，就不怕我把他的心给勾走了？"

王霄用无比肯定的语气说："除了腰子留下，心肝肺脾，包括那个长着瘤的脑袋瓜子你可以全部勾走。"

为什么要留下腰子？话音一落，王霄心里一怔！原来不仅她妈，就连她自己也对黎大明的肾还抱着一丝幻想。难道这才是她潜意识里愿意帮黎大明完成遗愿的真正原因？王霄光顾着剖析自己的内心去了，以至于后面何首乌说的那些什么"只想要黎大明的屁股"之类的流氓话，她一句也没听见。

下午3点的飞机，王霄提前一小时到达了机场，下了出租车，远远地就看见背着大背包的黎大明向她挥舞手里的红色太阳帽,黎大明穿着一身蓝白搭配的运动装,站在阳光下,分外清爽,甚至还有那么一点性感。

王霄走上前赞叹道:"黎大明,我和你同一屋檐下生活三个多月,竟然没有发现你有一点金秀贤的气质,今天打扮得很有范儿,校草级别。"

黎大明又得意又委屈地说:"你现在才看出来呀?这三个月里,你什么时候正眼看过我,一回到家就抱着你的破电脑,只要你进入工作程序,别说我这棵金秀贤版的校草了,就是金秀贤本人站在你面前,你也无动于衷啊。"

王霄突然发现,黎大明肩上背着的不是背包,而是一把小型的吉他,她又纳闷又哭笑不得:"黎大明,我们是去旅行,不是去流浪,应该轻装上阵,我从来没见过谁旅行还带着吉他的。"

黎大明说:"浪漫的旅行怎么少得了音乐呢?空闲时间,我就给你上几节吉他入门课,以后,你只要拿起吉他就能想起我。再说了,如果钱花光了,咱们还可以街头卖艺。"

王霄笑道:"好吧,我倒要看看你的专业水准教我够不够格,不过钱的事你就不要操心了,够用的,十五万的赔偿费我都打进卡里了,我不是早告诉你了吗,这次的军功章有你一半,所有出行的费用都从那十五万补偿金里出。"

"娶个有钱的老婆就是好,哪怕是山寨的。"黎大明把自己头上的太阳帽摘下来,戴在王霄的头上说,"这是给你买的,你要是走丢了,红色在人群中显眼,好找,你这么能赚钱,我可不能把你弄丢了。"

"你是怕我晒黑吧?"王霄笑着说。尿毒症患者因为毒素沉积在皮肤里,刺激黑色素细胞合成黑色素,所以皮肤看上去比常人要黑一些,但王霄天生皮肤白,看上去与常人无异。话一出口,王霄觉得自己有些自作多情了,不好意思地笑了笑,赶紧转移话题:"快去办理行李托运吧,估计要排队呢。"

托运、安检一切顺利,一小时后,两人已经坐在飞机上了。

刚一坐下,黎大明就拿着手机一边笑,一边不停地回信息,王霄好奇地问:"和谁聊得这么高兴?"

"是何首乌,我在教她如何引良家男孩上钩。"黎大明看了一眼王霄,说,"如果没猜错的话,这麻烦事是你给我找的。"

王霄忍不住笑了,问:"你给她支的什么着儿?我能看看吗?"

"果然是你出的馊主意,要不你冒充我和她聊?我正搜肠刮肚想不出高招呢。"黎大明把手机递给她。

"不不不,还是你聊。"王霄一脸坏笑着把手机推过去。

怕黎大明对何首乌产生误解,王霄对黎大明说:"你别看何首乌说话污,其实她内心很纯净。生命朝不保夕,她和丛睿的想法一样,就是想谈一场恋爱,用她自己的话说,就想让短暂的人生少一些缺憾,我不知道你能否理解,反正我能理解。"

"我当然理解。"黎大明说。

"那你就和她多谈谈,教她怎么和男孩子相处,算是帮我一个忙。"

黎大明说："好，你又欠我一个人情，我记下了。"

飞机马上起飞了，机舱广播里传来语音提示，请乘客关闭所有电子产品，黎大明关了手机，从口袋里掏出一片口香糖递给王霄："嚼一嚼，防止耳膜痛。"王霄很受用地接了过来，塞进嘴里。

飞机直冲云霄，窗外是一望无边的云海。

飞机抵达成都的时候，成都刚下完一场大雨，雨过天晴，到处绿意盎然，空气里弥漫着广玉兰的花香。从出租车里向外望去，路两旁高大的香樟树遮住了路边的建筑，郁郁葱葱，路边绿化带里的迎春花像一条金黄色的长龙蔓延到马路尽头。

王霄是第一次来成都，感觉成都很漂亮，感叹道："南京和成都在纬度上相差不多，怎么感觉是两个季节呢？迎春花都比南京的漂亮。"

黎大明笑道："那是因为我们在南京就没见过这么大面积种植的迎春花，就像油菜花，一棵两棵，你根本不觉得它有多美，但你要是到了婺源，看油菜花海，你就会被震撼到。再说，南京和成都虽然温差不是特别大，但成都的湿度大，更适宜植物生长，植被覆盖广，所以看起来更美。看来，我们不虚此行啦。"

出租车向黎大明在网上订好的酒店开去，从黎大明开启手机导航的那一刻，王霄就开始考虑一件事，等会儿到了酒店是开一间房还是两间房？按道理说，自从捐献申请被 OPO 驳回的那一天，她和黎大明签订的协议就自动失效了,再和黎大明住同一个房间就很不合适了,可是住两个房间,她又担心万一黎大明夜里发病了,身边没有人怎么办?

她正犹豫着,酒店到了。前台工作人员要他俩登记身份证,王霄先把身份证递过去,说:"给我们开两个房间,要连在一起的。"黎大明一怔,赶紧对前台人员说:"开一间房就行,标准间,两个床位的。"然后气呼呼把脸转向王霄,用前台人员听不懂的南京方言说:"王霄,就算我是色狼,你也与狼共舞三个多月了,有必要这样防我吗?"

王霄被他撑得无言以对,见王霄不说话,负责前台登记的小姑娘警惕起来:"你俩什么关系?我们店规定只有夫妻或情侣关系才能住同一房间。"黎大明从包里拿出了结婚证,挑衅地看了王霄一眼,然后把结婚证递给了小姑娘,说:"如假包换的夫妻关系,你仔细看看照片上的人是不是我们俩。"

王霄窘得满脸通红,讪讪地对前台小姑娘说:"他睡觉打呼噜,我怕他吵得我睡不着。"

小姑娘扑哧一声笑了:"你们在家里也是住两个房间吗?今天你们还是节约一点吧,我们酒店的房间挺紧张的。"

离开前台,王霄开始审问黎大明:"黎大明,你真是有心机啊,说,为什么随身带着结婚证,就为了开房间方便吗?"

"住酒店方便只是其一。"黎大明装作若无其事的样子说,"万一我在旅行中突然挂了,你可以持这个结婚证和我的遗嘱要求医院在脑死亡一小时内摘肾,然后向成都的华西医院申请做肾移植手术。我听何超主任说,紧急情况下,医院可能会开辟绿色通道,启动OPO紧急审核程序,这种情况下,通过审核完成捐献的可能性很大。在来成都之前,我把你的病历资料给了何主任,真要遇到这样的情况,你直接用我的手机拨打何主任的电话,他会指导你怎么做,这事我跟你妈妈说过了,本来想择机告诉你的,既然你问到了,干脆就跟你直说了吧。"

"啊?黎大明,你到底背着我还做了什么?"王霄有些生气,埋怨他道,"就算你为了我好,也得征求我的同意吧。你是不是认为我会感动得热泪盈眶?告诉你,我没有被感动到,我不喜欢你这样自作主张。"

黎大明赶紧赔着笑说:"这事发生的可能性微乎其微,不值得兴师动众,所以我就自作主张了,我道歉行了吧,而且我保证在旅途中努力保护好自己,让这件事发生的可能性为零。"

对黎大明这只还不知能蹦跶几天的秋后蚂蚱,王霄又能怎么样呢?况且,她其实是有那么一点感动的。

坐了一天的车和飞机,两人都累了,王霄拿出她妈岳明坤做的酱牛肉,黎大明拿出老黎做的茴香馅饼,两人很快填饱了肚子,准备洗漱休息。

虽然和黎大明有过三个月的"同居"史,但以前住在一个屋子里有"充分而正当的理由",现在这些理由消失了,王霄怎么也克服不了心里的尴尬,而黎大明没有一丝不自然,像在家里一样,从柜子里拿出两双一次性拖鞋,递给王霄一双,问:"你先洗,还是我先洗?"

"你先洗,你先洗。"王霄红着脸说。

为了减轻尴尬,王霄打开了电视机,正要看新闻,卫生间传来黎大明的叫喊:"喂,帮我把背包里的喷剂拿来。"

"怎么了?你头痛发作了?"王霄紧张起来。

"没有,我预防呢,我怕突然头痛发作,你要进来帮忙,我连穿衣服的时间都没有,那就全走光了,不能让你占了便宜。"

"黎大明,你觉得我会非礼你吗?你也太自恋了!你的自信从哪儿来的?是从唾液里分泌的吗?"王霄的尴尬突然间就被愤怒替代了。

里面,黎大明一边"哗啦啦"地淋浴着,一边说:"你不是说我的颜值是校草级别吗?在机场你说我长得像金秀贤的时候,我就注意到你色眯眯的眼神了。你把喷剂放在门口,然后就回到你自己的床边,转过身去,不许偷窥我,我自己拿进来。"

王霄虽然气得咬牙,但又担心他真的需要,她翻了半天才找到喷剂,按他的吩咐放在了卫生间的门口。看着黎大明滑稽地伸出一只沾着肥皂泡的胳膊,摸索着把喷剂拿了进去,王霄哭笑不得,但她很快就明白黎大明的用意了,他这是在用玩笑给她缓解紧张的情绪呢,可能他刚才察觉到她的不自然了。

确定黎大明已进入了梦乡,王霄才开始悄悄进卫生间洗漱,洗漱完毕后，又看了半小时手机，不知不觉睡着了。

一夜无话，第二天早上一睁眼，王霄打开手机看了一眼时间，早上7点30分了，算算从昨晚9点30分入睡到现在整整睡了十小时，这对她来说简直创纪录了。

黎大明不在房间，他床上的被子叠得整整齐齐，看来又出去散步了。黎大明和她住在一起时，每天早上6点30分会准时出去锻炼，老黎也会选那个时间出去买菜，所以王霄在他家住了三个月，早上起来从来没有需要排队使用卫生间的情况发生。

王霄刚洗漱完毕，黎大明就从外面回来了，手里还举着一束伞状的白色小花。

他把小白花递给王霄说："我猜你不认识这种花，虽然它的老家在江苏。"

王霄还真是第一次看到这种造型奇特的花，一朵大花冠上又分为八朵小花，一簇一簇，洁白无瑕，煞是好看。问道："这是什么花？我真的没见过呢。"

黎大明得意地说："我就知道你一定不认识，一般学霸都是植物盲。这就是传说中的琼花，琼花不是很多见，分布在长江中下游一带，扬州人视它为市花，隋炀帝'烟花三月下扬州'看的就是它，我只在扬州和昆山见过，没想到这里也有，所以就偷偷摘了一束，让你长长见识。琼花有好几种呢，这是最常见的一种。"

王霄嘴上不服气，但心里不得不承认，书本以外的知识，她知道的连黎大明的一半都没有。黎大明说，既然楼下的小公园里有琼花，说明琼花在成都已经被大量栽植了，这几天一定还会看到其他种类，到时候指给她看。

"早饭去哪里吃？"王霄问，她知道，黎大明心里早有答案，他出去这一趟已经为早餐吃什么、在什么地方吃踩好点了。

黎大明背起他那个只要出门就必带在身边的"多功能杂物包"，又把装吉他的大挎包往王霄头上一套，说："成都之行第一站——宽窄巷子，带上你的身份证，出发！"

"啊？让我背这个？"王霄眉头一皱，"这样走在街上，那不得行人皆侧目啊。"

"要不咱交换？你背我这个，我不怕别人笑话。"

看着黎大明那个又丑又旧的帆布包，王霄咬咬牙说："不换了，走吧。"

出了酒店大门向右走100米，就是一个小型的美食城，黎大明要了两碗担担面，一盘串串香，端到王霄面前："这担担面不知好吃不好吃，它太出名了，在网上搜成都名吃，它排第一。咱们南京也有四川担担面，但都是盗版的，今天尝尝正版的味道。"

王霄吃了几口，感觉不如南京的担担面好吃，黎大明说："那当然了，南京的担担面是根据南京人的口味改良过的，好吃但不正宗。我一个朋友的朋友是陕西人，在南京吃陕西凉皮，说南京人把陕西凉皮改造得面目全非，真正的陕西味无影无踪。于是他就在南京投资开了一家正宗的陕西凉皮店，连原料都是从陕西运来的，结果呢，陕西味的陕西凉皮南京人不认，没人吃，大家还是喜欢吃盗版的。没办法,装修的钱都投出去了,他只有让从陕西请来的陕西师傅向南京人学做南京版的陕西凉皮。"

王霄被他的绕口令逗乐了,笑问道:"那你说,是好吃重要还是版权重要?"

黎大明一边大口吃面一边说:"对我来说,味道无所谓,反正我也吃不出来;对你来说,担担面的版权重要,因为我们吃的是文化嘛。"

吃完不怎么好吃的正版担担面,黎大明把王霄带到一处共享单车停靠点,用手机迅速打开了两辆车。黎大明说,成都的宽窄巷子是三条平行的巷子:一条比较宽,叫宽巷子;一条窄,叫窄巷子;另一条是辐射状的像个"井"字,叫井巷子。穿越这些巷子的最好的交通工具就是自行车,想停就停,想走就走,想吃路边的麻辣串,车子往旁边一停即可。

两人蹬上自行车,很快涌入了人流,雨后湿润的微风带着淡淡的木香花的清香吹拂在脸上,清新而舒爽,王霄的心情好得不得了,她已经记不起上一次骑自行车是在什么时候了,应该是拿到大学录取通知书后和同学去老山郊游吧。

"好多年没骑自行车了吧?"黎大明似乎看穿了她的心理,笑着问,"有没有仿佛回到学生时代的感觉?"

"真的有,找到当年的感觉了。"

黎大明说:"回到南京,我带你骑自行车去中山陵,在紫金山梧桐大道上骑车有穿越原始森林的感觉,那才叫爽呢。"

王霄心里暗笑，这场旅游还没结束，下一场又约好了，这个黎大明是要把这有限的生命时光都耗在她身上吗？为了不扫他的兴，王霄说"好"。

宽窄巷子曲折蜿蜒，古朴悠长，还连着一条条的小胡同，车开不进来，步行又太累太耗时，选择骑车真是太明智了。宽窄巷子代表着成都最多元、最市井的民间文化，四合院里的原住民，街檐下的老茶馆，龙堂客栈的精美门头，在胡同口的海棠树下编竹席的篾匠老伯，无一不呈现着现代人对这座城市的美好记忆。

两人玩累了，在旁边一个无人的亭子里坐下来休息，黎大明从旁边的米糕店里买来两块蒲江米花糖，两人坐在石凳上，一人一块吃起来。

黎大明说："赵雷的一首《成都》让成都成为文艺之城，可是我更喜欢它的市井味，喜欢它的烟火气，你看，到处弥漫着生活的气息。"王霄顺着他手指的方向望去，巷子里，有忙着接待顾客的店铺服务员，有穿着工作装在安装宽带的电信工人，有背着书包放学归来的小学生，也有和他们俩一样的游客，热热闹闹，却井然有序，一个手里提着一篮豇豆的老阿婆正和一对卖米糕的小夫妻聊家常，阿婆不时地帮他们逗逗旁边摇篮里的小宝宝。这些再普通不过的家常画面在此刻的王霄眼里变得悠闲而温暖，那感觉如同她小时候牵着外婆的手去买棉花糖。

"黎大明，我猜你不是第一次来成都，否则，你不可能对这座城市如此了解。"王霄笑问，"是不是以前和米茵来旅游过？"

黎大明说:"你猜对一半,这是我第二次来成都,第一次是十七岁那年,我因为逃学和我爸吵了一架,给他留了一张字条,带上所有的压岁钱离家出走了。我本来是想去上海看东方明珠的,可到了火车站,除了去成都的火车有票,往其他任何地方去的列车都没有票,就这样,我阴错阳差来了成都。"

"你还离家出走过?胆子这么肥!"

"我在成都待了七天,走遍了大半个城区,给我印象最深的就是这几条巷子,一来这里卖小吃的地方多,二来这里有便宜的小旅馆。我记得有一天,我在一个小吃摊吃龙抄手,其实就是馄饨,卖馄饨的摊主是一家三口,他们家的儿子穿着学生服,年龄和我差不多大,父子俩忙前忙后地给客人煮馄饨、拿碗筷、摆凳子,那个妈妈为儿子准备着在学校吃的午餐,她一边把蔬菜、剥好的虾仁放到儿子饭盒里,一边埋怨儿子学习不用功,将来恐怕要和他们一样辛苦。天哪,那个妈妈训斥儿子的口吻和我妈简直太像了,我当时眼泪就出来了,那时候,我妈去世刚好一年,正是我最想她的时候。"

"你妈妈去世一年多,你都没从痛苦中走出来?"王霄问。

"你不懂,一个人去世后,亲人最难熬的时间并不是一开始的那些天,而是一年以后,因为一年以后,各种情绪都慢慢沉淀下来,才能更深刻、更清晰地体会到什么是失去,什么是一去不返。所以,在我走一年以后,你要多去看老黎几次,当然,大前提是我的腰子能顺利搬迁到你肚子里。"

果然这家伙对好不容易签下的协议不死心,王霄转过头来,看了黎大明一眼，他还沉浸在十几年前的回忆里："也就是在那一天，我突然明白，没有妈妈的人生虽然残缺，但依然美好，我要想回归正常的生活必须先接受妈妈不在了的现实，那一天算是我的成人礼，我就是在那一刻突然长大的。对十七岁的我来说，人间烟火气是生活的味道，是妈妈的味道；对现在的我们来说，人间烟火气是生命的味道，这种味道很美，不是吗？我已经没有机会了，但你不同，即使三个月以后我们再次申请，OPO仍然不给通过，你还有机会等待其他肾源，只要有时间等下去，未来就有无限可能，所以，你要有信心，要保存好你的实力等待机遇，你的实力就是你的身体状况。"

王霄突然间明白黎大明要来成都的良苦用心，他是想用这里的人间烟火，重新激起她对生活的热爱，对生命的渴望。

"我想知道，你后来是怎么回家的？"王霄转移了这个沉重的话题。

"哈哈，当手里的钱只够买一张回程票的时候，我就回家了。"黎大明自嘲着笑起来。

"旷课一周，没被学校开除？"

"老黎给我请了一周的病假，我回到家的当天就被他押着回学校了。"

换位思考黎大明的人生，王霄除了有一种悲壮之感，还有一份心疼，是的，心疼。确定是这种感觉的时候，王霄吓了自己一跳，为什么会心疼黎大明？难道自己喜欢上他了？但可以确定的是，在她不知道是长久还是短暂的生命长河里，黎大明一定算得上是一个重量级人物。

"黎大明，给我弹一首《成都》吧，我想听你弹吉他。"王霄把吉他递给了黎大明，她想，趁着他还活着，她要留下关于他的记忆，这对她来说，可能会很重要。

"啊？在这儿？你不怕行人皆侧目？"黎大明调试了一下琴弦，有些忸怩，"我的水平不咋地，弹给你听还行，真要街头卖艺还差点火候。"

"不怕，自弹自唱。"王霄偷偷打开手机的语音备忘录，按下了录音键。

让我掉下眼泪的，不止昨夜的酒。
让我依依不舍的，不止你的温柔。
余路还要走多久，你攥着我的手……

顷刻间，清脆而优美的吉他旋律混合着黎大明稍有点跑调的男中音响起。

王霄光知道黎大明歌唱得不咋地，老跑调，没想到吉他弹得这么好，看着他娴熟地抱着吉他，身体有节奏地摇晃着，手指撩过琴弦，跳动的音符便如流水一般飞泻而出，树荫下斑驳的阳光照在他白色的T恤和酒红色的红棉吉他上。

在那座阴雨的小城里,我从未忘记你,
成都,带不走的只有你。
和我在成都的街头走一走,
直到所有的灯都熄灭了也不停留。
你会挽着我的衣袖,我会把手揣进裤兜,
走到玉林路的尽头,坐在小酒馆的门口……

不知何时,沉浸在歌声里的王霄脸上挂满了泪水,她偷偷转过脸,擦干了眼泪。

"黎大明,生活很美,生命很美,我们都要努力地活下去。"王霄在心里默默地说。

第二十三章

我们谈场恋爱行不

黎大明的攻略里细致到每一餐吃什么，在什么地方吃。从宽窄巷子回来，两人按照行程计划到玉林路吃了钟水饺和冒菜，然后又去锦里看了夜景。

锦里的夜晚是梦幻的，色彩斑斓的灯火海洋，安静而祥和。两人站在茶楼上一边聊天，一边欣赏远处的万家灯火。

远处有人在放烟花，让锦里的夜景多了一份动感，望着一片片灯光，一个个窗口，每一间亮着灯的房子里都有些什么人？他们在做什么呢？王霄开始浮想联翩，她遐想着每盏灯下的故事，单身女孩在敷着面膜看电视？小情侣们在商量着明天要去哪里郊游踏青？年轻妈妈在给怀抱里的小婴儿唱着催眠曲？中年夫妻在为明天谁请假去孩子的学校开家长会吵得面红耳赤？有没有像她这样到哪里都带着药、每周要两次去医院透析的倒霉蛋呢？有没有像黎大明这样不知哪一天的哪一刻就突然嗝屁的顶级倒霉蛋呢？

她和黎大明就像两个即将失明的孩子站在繁花似锦的春天里，春光再美，将与他们无关，想着想着，王霄突然想号啕大哭一次，可是她抑制住了，她不想因为发泄情绪破坏了氛围。

见王霄默不作声，黎大明笑着问道："受到打击了？是不是被这满眼的灯红酒绿刺激到了？"

虽然黎大明永远一副没心没肺、活到哪天都无所谓的样子，可王霄不相信一个人真的能把生死置之度外，她觉得黎大明的内心深处一定有深藏的悲伤，只是他不想让她看到罢了。王霄这样判断是有根据的，因为，她内心深处的情绪，黎大明总能一眼看穿，没体验过，怎么能如此准确地洞察到？就像此刻，黎大明猜得很对，王霄脸上无动于衷，内心却澎湃着阵阵酸浪，她真的被这满眼的灯红酒绿伤害到了，也许，黎大明已无数次在这样的场景前崩溃过，甚至痛哭过。

黎大明说："你知道吗，成都有句话叫'我有故事你有酒，成都街头走一走'。其实每个人的内心都藏着一个鲜为人知的故事，你看到的只是人们愿意对外展示的一面，实质的一面可能是痛苦的、悲情的，甚至是绝望的，但外人是看不到的，就像此刻的你和我，在外人看来，怎么都像是一对来旅游的小情侣或度蜜月的幸福小夫妻，谁能知道我们之间有这么一个奇葩的合作协议呢？人的一生，可能大病缠身，可能创业破产，可能遭遇意外，可能先天残疾，可能过早地失去亲人，等等。一辈子一帆风顺的人太少了，风雨兼程才是人生的常有姿态，所以，每个人都要坦然接受人生的不完美，然后在不完美的人生里去创造和追求自己想要的东西，任何时候都不要放弃追求，放弃梦想。"

黎大明讲起道理来一套一套的，关键是从他嘴里讲出来的道理还真的让人觉得很有道理，人说五十知天命，黎大明才三十岁就把人生看得如此通透。王霄将思绪从万家灯火中抽回来，稳了稳情绪，打趣他说："黎大明，你脑子里到底装有多少人生哲理？干脆整理出来出版得了，书名就叫《大明箴言》，或叫《大明语录》，如何？"

黎大明说："大才女，你到底是在夸我还是讽刺我？"

王霄笑自己这张嘴，明明是真心想夸他，怎么一出口连自己都觉得像是讽刺呢？她努力组织了一下语言，说："当然是夸你了，对你了解得越多，越觉得你对很多事情的认知很深刻，不是一般人能达到的高度。"

"举个例子呗。"黎大明乐了，他喜欢被人夸，特别是被王霄夸。

"比如，在我被辞职这件事情上，和孙方谈判时，你精准地抓住了他的要害，让他不敢不答应我的条件，帮我讨回了公道，这体现了你有胆有识。"

"再比如？"黎大明哈哈大笑起来。

"再比如，你通过车牌号打114套出了我的电话号码，你支的着儿给方晓棠解决了两年的医药费，这体现了你智商超群。"

"还有吗？接着说。"

"还有，"王霄犹豫了片刻，说，"当生命进入短暂的倒计时，有人惶恐不可终日，有人及时行乐得过且过，而你却给自己列出了一张清单，在生命的最后时刻，做最有价值的事情，把生命的意义发挥到极致，体现了你的豁达与高情商。"

"哈哈,王霄,你嫁了个老公这么优秀,你不亏啊。"

"亏大了,简历上多了次婚史,老公却是山寨的。"

"难道,你还想让我转正不成?"黎大明嬉笑说,"那你岂不是亏得更大了?"

"黎大明,我们谈场恋爱行不?"王霄顿了顿,突然红着脸说,"就像丛睿想要谈的那种恋爱。"

"啊?王霄,你在向我表白吗?你觉得我的大脑受得了这样的刺激吗?"黎大明笑得直不起来腰。

王霄知道黎大明把她好不容易鼓起勇气的表白当成玩笑了,她又气又窘,为了掩饰自己的尴尬,她狠狠地揪着他的耳朵,把他拽起来:"我都二十八岁了,还不知道恋爱的滋味,让你当一回陪练,就不行吗?"

"你觉得我这个陪练合格吗?我还能蹦跶几天?"

"对我来说合格,咱俩旗鼓相当,我也不知道自己还能蹦跶几天。"

黎大明突然不说话了,王霄也不得不松开手安静下来。但此刻的王霄更尴尬了,好在他们所在的位置光线暗,黎大明看不清她的脸,两人就这样并排站着,一起直视前方。

就在王霄恨不得找个地缝钻进去的时候,手机响了,是何首乌打来的,王霄像抓到了救星一样立即按了接听键。

"霄姐,我相亲成功了,他今天邀我看电影了。"何首乌的声音里带着掩饰不住的兴奋。

"啊？你是怎么把鱼钓上钩的？"王霄同时按下了免提键，她想把黎大明的注意力转移过来。

"我用的就是你老公教我的那几招。"

"他怎么教你的？"王霄对着电话问，眼睛看向黎大明。

"我不告诉你，你都名花有主了，还学这个干吗？想背叛黎大明啊？黎大明现在是我师父，对不住师父的事情我不干，我还指望他多给我支几着儿呢。"

黎大明闭着嘴笑，不敢出声。

王霄怕她再遭受打击，提醒道："别高兴太早，上次那个不也一起看了电影吗，最后还是没了下文呀。"

"上次是我请人家看的电影，这次是人家主动请我，性质不一样。"何首乌信心百倍。

王霄说："那你悠着点，别被人家劫了色，像你这种没和男生相处经验的，很容易受骗的，要不，你们看电影叫上晓棠姐，这样安全些。"

"我才不让她当电灯泡呢，再说，要劫色也是我劫他的，那家伙综合颜值比我强，我亏不了，等我把他彻底拿下，我就可以和丛睿一样，夜夜笙歌了，哈哈。"

"好吧，祝你早日成功。"王霄觉得再这样聊下去，脸面都被她丢光了，赶紧挂了电话。

黎大明这才敢笑出声，王霄问他到底给何首乌支的什么着儿，黎大明说："其实何首乌的率真、侠义、幽默这些性格魅力是很吸引男生的，可她太不自信了，在男孩子面前，她偏偏想把自己装扮成一个文艺淑女，这和她的性格完全相反，她当然装不像，显得很虚假。我只是引导她在男孩子面前展现自己真实的一面，发挥自身优势，男孩子被吸引，自然就愿意和她相处下去了。"

"我们明天去哪里？"王霄赶紧继续下一个话题，她怕黎大明再想起刚才的事。

"明天上午去都江堰看青城山天然图画坊，中午回来后午睡三小时，晚饭后看电影，后天上午去华山医院做透析，下午离开成都，自驾去雅安，然后从雅安去西昌，体验雅西高速。"

"看电影？什么电影？"王霄好奇地问，她不明白黎大明为什么还在旅途中安排一场电影。

"不能提前剧透，明天晚上就知道了。"

王霄不再问了，她知道黎大明是一个善于制造惊喜的人，她的期待一定不会落空。

两人回到酒店时已近晚上 9 点了，洗漱后的黎大明很快进入梦乡，王霄却失眠了，自己在万家灯火前表白的情景在她的脑海里挥之不去，她懊悔地问自己，王霄啊王霄，你怎么脱口而出要和人家谈场恋爱呢？你这样做是不是太不矜持了？黎大明会怎么想你呢？再说，你对黎大明到底是仅仅一份好感而已，还是爱？人家黎大明有没有一点喜欢你呢？这些问题缠绕在心头，让从来没谈过恋爱的王霄陷入了焦虑，一夜辗转反侧，她担心接下来和黎大明的相处会很别扭。

第二十四章

《爱的生死与共》

王霄的担心完全是多余的,黎大明似乎早已把那件事忘得一干二净,第二天在酒店吃过自助早餐后,他说:"咱们分工,你负责回房间收拾行李,我去租赁公司把车开来。哦,对了,你的驾照带来了吗?没带你的损失就大了。"

"能有什么损失?"

"在雅西高速上开车,不亚于在空中飞驰,身边白云朵朵,雾气飘绕,那种感觉像开飞机,你小时候没有当飞行员的梦想?你要没带,我可一个人过瘾了。"

"凭什么让你一个人过瘾,我当然带了。再说了,让你开,就你那技术,我还不放心呢。"

两个人又开始了互撑互吵,王霄心里踏实了,她觉得和黎大明在一起,吵吵闹闹才是正常的状态。

四十分钟后,黎大明开来了一辆八成新的老款奔驰。

"不是说要租别克吗?怎么改奔驰了,虽然是大牌子,但这么丑。"王霄问。

黎大明说："我临时改的，它虽然丑，但动力性能好，1.6T涡轮增压发动机，操控灵活，底盘低，开起来非常平稳，唯一缺点就是耗油高些，但咱们的行程短，多不了几块钱。再说，花的都是你的钱，我又不心疼，我何不趁机当一次奔驰车主呢，机会难得啊。"

王霄心里很高兴，如果能让黎大明感到快乐，无论花费多少，她都不觉得可惜。

王霄开了导航，黎大明驾驶，两人上了从成都通往青城山的高速路。出了成都市区，道路两旁林深树密，青翠葱茏，群峰环绕，绵延起伏。王霄平时忙于工作，很少外出旅游，这种天然的森林屏障她见得不多，如此高的森林覆盖率也让她一路惊叹。

黎大明问："王霄，中国的名山你爬过几座？"

王霄红着脸说："我只去过泰山。"

黎大明说："泰山是五岳之一。中国的名山里数五岳最出名，按照东西南北中的顺序，分别是东岳泰山、西岳华山、南岳衡山、北岳恒山、中岳嵩山。人说巴蜀胜地多名山，但其实中国的五岳没有一座在四川，咱今天要登的青城山是巴蜀六大名山之一。"

"巴蜀哪六座名山？"王霄有点想为难他的意思。

"青城山、峨眉山、蒙顶山、四姑娘山、夹金山、贡嘎山。青城山是道教名山；峨眉山是佛教名山；夹金山就是红军二万五千里长征爬雪山过草地的那座雪山；贡嘎山海拔7500米，是大雪山山脉的主峰，也是四川的最高峰，号称蜀山之王，中国第三高峰。我这样科普还行吗？"

王霄暗暗佩服他的博学。为了把黎大明难住，她接着问："四姑娘山这个名字我听说过，可不知道为什么叫这个名字，有没有三姑娘山呢？"

"不但有三姑娘山，还有大姑娘山、二姑娘山，四姑娘山就是由大姑娘山、二姑娘山、三姑娘山和幺妹峰四座山峰组成，这四座山峰海拔都在5000米以上，幺妹峰最高，海拔超过6000米，是四川的第二高峰，仅次于'蜀山之王'贡嘎山。相传这四座山峰是阿坝州的四姐妹为救父亲在和恶魔斗争时，为挡住恶魔而变成的山峰，这四座山峰统称四姑娘山。"

王霄心服口服！听说过或知道这些知识不难，但如此详尽准确地复述出来，简直就是一本百科全书啊。王霄肯定地说："黎大明，你一定看过很多书，要不然，你不可能知道这么多。"

"那可不，别人挑灯夜读、为高考备战的时候，我遨游在这些五花八门的闲书海洋里，除了《母猪的产后护理》，我什么书都看，我觉得哪本书都比学校里的课本有意思。"

"其实每一本书里都蕴含着知识与思想，人的三观和认知不就是一点一滴积累起来的吗？所以每一本书都不是白读的，你这不就用上了？"

"对现在的我来说，知道得多又有什么用呢？要是能够把这些你所谓的知识与思想储存在某一只腰子里转送给你，那就太好了，相当于买一赠一了，哈哈。"

这句话，黎大明说得极其轻松，王霄却听得沉重与沉痛，如果说几天前她还渴盼着用他的肾来续命,但此刻,她是多么渴望黎大明能活下来,哪怕就这样每天带着定时炸弹活着也好。

在停车场停好了车,又到门口买了票,两人进了景区大门。

青城山分前山和后山:前山古迹建筑众多,丹梯千级,曲径通幽;后山自然景观神秘绮丽,原始美丽如世外桃源。无论前山还是后山,漫山遍野植被繁茂,满眼都是青翠之色。虽然内心有挥之不去的阴霾,但长期处在繁华与疲惫中的王霄置身在参天大树的层层包围中,内心还是充满震撼与欣喜。

"黎大明,如果用一个字来概括青城山之美,你会用哪个字?"王霄问。

"你用哪个字?咱们都把自己心里想的字写在地上,看会不会一样。"黎大明找来两根小树枝,选一片平坦的空地,扒开地表的腐叶,两人背靠背蹲下,各在自己面前的地上写了一个字。

两个字竟然都是"幽",黎大明乐了:"咱们英雄所见略同啊。"

两个用树枝写成的歪歪扭扭的"幽"让王霄心里也激动不已,这充分说明她和黎大明的审美一致啊,王霄很想说是因为咱俩心有灵犀,但她没有说出口。

黎大明是一个喜欢夸大快乐的人,他的笑总是那么纯粹和张扬。王霄发现,她对黎大明的那张笑脸已经失去了免疫,这张脸既能让她快乐又能让她痛苦,随时随地能改变她的情绪。她拿出手机拍下了两个方向相反的"幽"字,录下了黎大明那没心没肺的笑声。

因为临近透析，黎大明担心王霄的体力吃不消，两人玩到下午2点便返回酒店休息了，黎大明说得保存体力，晚上还要看电影。

王霄所想象的两人手牵着手进入电影院，黎大明给她买一大桶爆米花，然后两人像普通情侣一样，在某一间豪华的放映厅落座，边看电影边吃着爆米花的场景一个也没出现。

下午4点30分，王霄便开始梳洗打扮，一切准备就绪后，她对黎大明说："几点的电影，该出发了吧？"

"去哪儿？"黎大明问。

"看电影啊，不是你说的吗？"

"谁说看电影一定要去影院的？"黎大明一脸坏笑地看着她，说，"用手机投屏不可以吗？你非要找影院的感觉，那就把灯关掉呗。"

"那你明知我刚才在做外出准备为什么不说，也不阻止？"

"因为我喜欢看你盛装之下又恼羞成怒的样子。"

王霄气得咬牙切齿，要不是看在他不能剧烈运动的分上，她真想给他一拳。黎大明分分钟把早已下载在手机里的电影投到了电视上，王霄怕错过剧情，顾不上和他吵架，决定看完电影再和他算账，她是真的没想到，人生第一次和男人单独看电影竟然是在酒店里，以葛优躺的姿势完成的。

电影是美国片，名字叫《星运里的错》，看了开头的画面，王霄惊叫道："我听过一首歌，名字叫 *All Of The Stars*，也有人翻译成《爱的生死与共》，配的就是这部电影里的画面。"

"就是这部电影的主题曲，你看过这部电影吗？"黎大明问。

"没有，但很喜欢这首歌。"王霄说，"我喜欢那种从歌词里能听出来故事的歌，比如《鹿港小镇》《父亲的散文诗》，这首也是。"

"那么好好看吧，看完后，你会更喜欢这首歌。"说着，黎大明关掉了灯。

电影时长132分钟，王霄躺在床上一口气看完，中途一分钟也没有离开，甚至连卫生间都没去，132分钟里两人没说一句话，都安静地窝在自己的被窝里。

这是一个以抗癌为背景的美国爱情故事，十七岁的甲状腺癌患者海泽尔和十八岁的骨癌患者奥古斯都在癌症支持小组相识并相爱，海泽尔因为病情发生了肺部转移，无论走到哪里都得背着重重的氧气瓶，否则就无法呼吸，而奥古斯都因做过切除手术失去了一条腿。无法中断的痛苦治疗让海泽尔对生命失去了所有热情，她唯一感兴趣的是作家范·豪滕的一本小说，小说的结尾是开放式的，海泽尔对这个结尾非常困惑，她很想知道主人公的最终命运。为了重新唤醒海泽尔对生命的热爱，奥古斯都隐瞒自己病情已经复发的事实，克服种种困难陪海泽尔去阿姆斯特丹见了作家，并和作家探讨了海泽尔最困惑的那个故事的结局及主人公的命运安排。令两人失望的是，作家说这本身就是一个没有结局的故事，而且作家本人也因为生活遭遇不幸成了一个烂人。不久，奥古斯都离世，临死前，他续写了故事的结局，并委托作家把这个故事的结局亲口告诉海泽尔，以此来鼓励海泽尔要学会在逆境中寻找力量，不放弃对生命意义的追求。

从艺术的角度来说，这确实是一部值得一看的好电影，故事中凄美的爱情以及在苦难中寻找生命意义的那份执着让人落泪。

但这部电影带给王霄强大冲击的不是它的艺术感染力，而是命运的代入感。电影里的海泽尔和奥古斯都就是现实中的她和黎大明，只是他们俩，谁是海泽尔？谁是奥古斯都？谁带着谁走出命运的沼泽？显然，黎大明想做现实版的奥古斯都。

"怎么样？故事还不错吧？"黎大明打开了灯。

"很好，但不喜欢。"王霄幽幽地说。

"为什么不喜欢？"

"为什么要让奥古斯都死，结局安排奥古斯都活下来不好吗？"

"那不符合艺术的真实，更不符合生活的真实。"

"让奥古斯都活下来怎么就不真实了？现实生活中肿瘤治愈者随处可见，作者只想追求艺术的唯美，却没有考虑观众的心理需求，我认为电影是艺术品但也是商品，结局应该让观众心里舒服，反正，我看完心里很难受。"说完，王霄竟然哭了。

黎大明怔在那里，他看着王霄，不知道该如何安慰她。

这样的身份，这样的感同身受，看着这样的电影，能做到不哭的，那不是圣人就是魔鬼。黎大明是一个普通人。王霄看着他，大声说："黎大明，你要想哭就哭出来，别装了！"

王霄的话像一把镢头，刨开了黎大明眼泪的决口，黎大明用双手捂住了脸，眼泪却顺着他的指缝无声地涌出来……

这是王霄第一次看黎大明哭，样子很丑，但王霄觉得很好，她认为黎大明太需要一场号啕大哭，一场肆无忌惮的宣泄了。这一刻，王霄看到了真实的黎大明，脆弱而无助的黎大明，会哭的黎大明，她确认，她爱上了他，在他的生命进入倒计时时爱上了他。她轻轻走到他身边，从后面紧紧拥住了他："黎大明，你失算了，你打着让我陪你完成遗愿的幌子带我来成都，从你带我体验宽窄巷子的烟火味，看锦里的万家灯火，我就明白了你的用意，不就是想让我像海泽尔一样振作起来，不放弃移植，努力回到原来的状态吗？但是，黎大明，你什么都算准了，但有一件事你没想到，我爱上了你，就像海泽尔爱上奥古斯都一样，我也无可救药地爱上了你。"

黎大明站着没动，也没说话，可王霄能明显地感受到他的心跳，她继续说："黎大明，我答应你，从此以后不再消极颓废，不再喝酒，不再吃地摊烧烤，好好保护自己的身体，为将来的移植做好准备，我也答应你，在爸爸有生之年，我活到哪一天，会好好照顾他到哪一天。"

"那你答应我，三个月之后，再次向OPO提出申请。"黎大明说。

"不，这个，我不能答应，因为，我不能要你的肾，你得和我一起，好好活着。"

黎大明沉默了，王霄的所有心思都写在脸上，他早就看出来了。王霄在职场上是个精英，但在婚恋问题上就是个"傻白甜"，就自己这座不知哪天就坍塌的破庙，别人都知道往外逃，她却闷着头往里钻。

被王霄喜欢，黎大明内心里是激动和欣喜的，但更多的是酸涩，而且令他很发愁，因为事情的发展完全偏离了他预定的轨道，他的目的是想用自己质地尚好的腰子给老黎换个闺女，将来给他养老送终。王霄心地善良，做事有担当，无疑是最好的人选，虽然第一次申请OPO没有通过，但何主任告诉过他，专家们也知道白白浪费掉一个器官对亟须移植的病人来说是犯罪，所以只要再坚持三个月，下一次申请希望是很大的，况且紧急情况还可以走"绿色通道"，可关键时刻王霄偏偏不按常规出牌，不要他的肾，要他留着命和她谈恋爱。

这怎么行？黎大明稳了稳情绪，把流到嘴角的眼泪悄悄用衣袖擦干，然后转过脸来，恢复了他吊儿郎当的痞态："王霄，你想嫖我吗？我告诉你，我卖肾不卖身，虽然小命不长，可我也得保住晚节，你要想耍花痴，当初为什么拒绝丛睿？"

黎大明以为，他的话一出口，王霄就会一拳挥过来，打在他脆弱的脑袋上，就算手下留情，也得给他一个响亮的耳光。可他猜错了，王霄眼泪汪汪地看着他，答非所问："黎大明，你说真话，你有没有一点喜欢我？"

真话？黎大明想说，真话就是，我早就爱上了你，我已经被这份爱折磨得遍体鳞伤；真话就是，就算你不履行承诺，我也心甘情愿把腰子给你。可是从黎大明嘴里吐出来的话是："大花痴，你没发烧吧？当个假寡妇你还不过瘾，你还想当真寡妇？只要你换了肾，将来什么样的男人遇不到？想怎么整就怎么整，非得现在拿我开涮？你饶了我吧！"

王霄明白，黎大明这是在拒绝她，可她并没有多难受，因为这完全在她的意料之中。再说黎大明虽然拒绝了她，但也没有说不喜欢她呀。

第二十五章

雅西高速

一大早，王霄还在睡梦中便被黎大明给摇醒了："不能再睡了，和医院预约好的时间，早上8点开始透析，我们8点之前必须得赶到医院。"

王霄睁开眼看了一眼手机，已经7点20分了，抓狂道："四十分钟之内赶到医院，光路上就得三十分钟，怎么来得及？"

"你只要在十分钟之内洗漱完毕，完全来得及，早饭我已经买好了，你可以在车上吃。"

看着旁边还在冒着热气的精致的小笼汤包和蛋花豆腐羹，王霄一个鲤鱼打挺坐了起来："是在十二桥包子店买的吗？"黎大明说是。

起这么早跑这么远去买早餐，不就是想让我多睡会儿吗？若不喜欢一个人，会对一个人那么好吗？王霄一边刷牙一边嘲讽他："不是不爱我吗？为什么对我这么好？"

反正事情都说开了，又有法定夫妻关系这个挡箭牌，王霄决定不再像以前那样矜持了。在车上，她趁等红灯的工夫，往黎大明的嘴里塞一口她咬过的包子。透析时,她当着医生护士和其他病人的面撒娇:"老公,我的腿麻了,给我揉揉呗。""老公,我困了,让我枕着你的腿睡一会儿。"

黎大明瞪她,要她有点边界感,王霄眉一扬:"两口子要啥边界?如假包换的夫妻关系,不是你说的吗?"

面对王霄的"骚扰",黎大明的内心遭受着矛盾的煎熬。一方面忧心忡忡,王霄这种没谈过恋爱的人,一旦陷入很难自拔,这不雪上加霜吗?另一方面,和王霄在一起的每一刻,他又甜蜜无比,快乐无比。

透析时,王霄头枕着他的腿,去抓他的手,想和他十指相扣。黎大明把手躲得远远的,让她够不着。王霄气得讽刺他:"哟,你还坐怀不乱啊?本姑娘虽然没谈过恋爱,但也被不下十个人追过,我就不信,和我拉个手还辱没你了?"

黎大明说:"王霄,你能不能理智一点,你明知道马上面临的后果是什么。"

"爱情本来就是不理智的,凡是考虑后果的都不是爱情。"王霄目光坚定地看着黎大明,"比如,你和米茵之间,根本就不是爱情,真正的爱情是不顾一切的。"这话一说完王霄就开始在心里嘲笑自己,这不明摆着在吃醋吗?人家都还没接受你,你吃哪门子醋啊?

黎大明接不了她的话,便转移话题:"你赶紧休息一会儿吧,下午我们要去西昌呢,养足精力体验雅西高速。"

看着血滤机上的参数都在正常范围内,王霄说:"你也回酒店休息吧,四个小时后来接我。"

"那怎么行?透析的时候你身边必须时刻有人,万一你透析液反应,我能在第一时间去喊医生和护士。"

王霄也不放心他一个人待在酒店里,便不再坚持。和王霄一起透析的大姐向王霄投来羡慕的目光:"你老公真好,又细心又体贴。"

王霄有些得意地说:"他呀,基本合格,缺点就是自以为是,不太容易接受别人的观点。"说完,满含深意地看了一眼黎大明,黎大明一边苦笑,一边摇头。

两个小时过去了,王霄安然无恙,显示器上的所有数据,都在正常数值范围内,黎大明把透析液的药瓶拍了下来,对她说:"看来这个费森透析液你也是适应的,我发你微信,你收藏好,记住,算上威高、华仁、青山利康,你已经有四种透析液可以选择了。"

"你帮我收藏,这是你的活儿,我不记。"王霄像赖皮一样又抓住了黎大明的手,强行和他十指相扣,这一次,黎大明没有抽回,任由她攥着他的手睡着了。

看着睡梦中的王霄嘴角微微上翘的笑脸,黎大明感觉到自己的心要被融化了。是的,早在王霄爱上他之前,他就爱上了王霄,在明知自己蹦跶不了几天的情况下,他不理智地爱上了王霄。王霄说得对,爱情就是没有理智的,能控制住的感情都不是爱情,自从知道王霄喜欢他,黎大明的内心就一直在体验着冰火两重天的滋味,看着王霄的笑脸他会觉得欢乐无比,想到自己不久的将来,他又如坠深渊。他对这个世界的眷恋增加了几百倍，对死亡的恐惧也增加了几百倍，他终于明白，人之所以惧怕死亡，是因为在失去对世界的感知之前，要先面对别离，而这是每个人的生命不能承受之重。

黎大明的一滴眼泪滴在两人紧扣的食指上，他抽了一张纸轻轻擦拭，尽管动作轻柔缓慢，王霄还是被他弄醒了，但她没有睁开眼，她顺势翻了个身，背对着黎大明，装睡。

背过身去的王霄任由眼泪无声地顺着眼角而下，浸湿了透析床上的枕头，她心疼黎大明，她知道黎大明的内心有多痛，她太懂他了，其实，她自己又何尝不是在煎熬中，她为几个月后和黎大明的生死离别而痛，也为此刻黎大明的痛而痛。

两人虽然都在遭受着内心的折磨，在面对彼此的时候又都会装作若无其事的样子，给对方一个灿烂的笑脸。透析结束后，两人去一家火锅店暴吃了一顿，然后便前往成都之行的最后一站——西昌。

这段行程是王霄最期待的，她甚至断定，这将是她或长或短的人生中最美好的时刻，在医院透析时，她就悄悄把手机充满了电，防止拍照和录视频时出现没电的情况。

王霄说："我先开，等我累了换你。"

黎大明说："好，成都到雅安这一段路程，和我们平时走的高速没什么差别，平稳。等到雅安高速的时候，都是崇山峻岭，我来开，你拍照。"

王霄的原意是想把最刺激，开起来最惊心动魄的那一段留给黎大明，让他尽情享受"在空中飞驰"的感觉。而黎大明也想着到景观最好的地方他来开车，让王霄好好欣赏，拍照。

过了雅安，地貌开始变得复杂，地势也险峻起来，山峦重叠，山峰尖峭。两人换了座位，黎大明开车。

王霄原以为雅西高速的魅力仅在于它的工程逆天，没想到沿途的自然景观也让她叹为观止。过了荥经，高速公路便穿进了龙苍沟国家森林公园，里面的溪流蜿蜒纵横，峡谷深不见底，瀑布飞流直下，溪依山流，山依溪转，夹岸绝壁上叫不出名字的山花，色彩斑斓。王霄兴奋地尖叫起来："远处看云海，近处看山水，太美了，黎大明，咱们是不是该停车欣赏？"

黎大明说："荥经境内到处是原始森林，汉源境内有大渡河峡谷，到了冕宁和西昌，又变成了高原风光，还有最高海拔3000多米的中国第三大深水湖泊泸沽湖，在雅西高速上，可以说沿途处处皆风景，处处都停车欣赏，我们天黑前就到不了西昌了。"

王霄说："你怎么知道前面的风景更好，你又没来过。"

"雅西高速的起点雅安海拔600米，终点西昌泸沽海拔3200米，海拔跨越这么大，温度气候变化肯定也大，再加上途中地质结构复杂，生态环境变化多端，不用说，自然景观也变化多端。"

不想在黎大明面前暴露无知，王霄赶紧闭上了嘴。

"大桥，天哪，这么高的大桥！"刚闭上嘴的王霄又大喊起来，因为前方一座悬挂在高空中的大桥映入了她的眼帘。黎大明减慢了车速，然后找了一个停车区，停了下来。

"不是说不停车吗？怎么又停了？"

"这个地方必须停,这是号称'亚洲第一高墩'的腊八斤特大桥。有人说,雅西高速是桥梁和隧道的博物馆,全程240公里,光桥梁就有270座,这些桥梁在建筑规模和科技含量上创下多个世界第一,比如,我们眼前的腊八斤特大桥,之所以号称亚洲第一高墩,你看,它的桥面高度、单墩跨度差不多有200米,桥墩的四个角为圆柱形钢管,中间灌有混凝土,这叫钢管混凝土叠合柱结构,在我国的桥梁建设上首次使用,在世界上也只有日本存在过先例。我们从远处看,大桥在云雾中若隐若现,是不是非常壮观?等一会儿,我们在上面开过的时候,你会有在空中飞驰的感觉。"

"这么高,遇到大的地震怎么办?"

"雅西高速全程跨越十二条地震带,我们脚下就是高烈度地震区,桥墩浇筑的混凝土的标号达到C80,采用这种结构和高标号的混凝土使桥梁的抗震能力得到极大的提升,抗震性达到九级。"

王霄想起她十四岁那年登东方明珠,站在东方明珠270米的上球体的透明走廊上俯瞰整个上海,她第一次被建筑的宏伟所震撼,而眼前的这座桥就有200多米高,关键它还是镶嵌在海拔2000米的悬崖绝壁上,设计者怎么敢如此设计?建造者怎么敢这么建造?王霄觉得太不可思议了!

黎大明也被震撼到了,虽然大桥的高度、长度、险峻程度,他都在资料介绍里看过,也想象过,但真正站在它面前的时候,强烈的视觉冲击还是让他惊叹无比,他无比肯定地对王霄说:"下一个停车点,干海子与铁寨子双螺旋隧道,你会更震撼。"

黎大明观赏大桥的样子，两眼放光，兴奋中带着贪婪，这让王霄有一种剜心一般的疼痛，她惋惜道："黎大明，你这么热爱建筑，大学为什么不转建筑专业，学了建筑，你就不会生病了，说不定现在的你已经是个小有成就的桥梁设计师了。"

　　"学了建筑就不会生病，这是什么逻辑？"黎大明笑问。

　　王霄说："你要是学了建筑，生活的内容、环境、方式都发生了改变，那么导致你生病的因素也没有了，当然就不会生病了。"

　　"如果我学了建筑专业，会不会生病我不知道，但不会认识你王霄是肯定的了。"

　　王霄想说，不认识我又如何呢？只要你能不生病，安安稳稳地活着，长命百岁，我宁愿从来不认识你。但王霄又觉得这些话说出来有些傻，没说出口。

　　而黎大明想说，傻丫头，人生的最后里程能有你相伴，能和你一起来到这个地方，我的人生算是画上一个圆满的句号了，但他也没说出口。

　　车子启动，两人在云中飞驰。穿山越岭，飞檐走壁，一会儿峭峰，一会儿谷底，一会儿阳光灿烂，一会儿云雾缭绕，一会儿遍地山花，一会儿白雪皑皑。一路上惊心动魄，如梦如幻，王霄不断尖叫，早已把她的矜持抛到九霄云外了，何首乌来信息向她汇报"相亲工程"的进展，王霄哪有闲心回复她，索性关了微信提示音。

　　王霄给黎大明拍了很多照片，她记录下了黎大明每一个她觉得必须留住的瞬间。

很快,他们"飞"到了黎大明所说的第二个停车点:坐落在拖乌山的双螺旋隧道。所谓的螺旋隧道可以理解为盘山隧道,只不过是在山体里面盘旋,远远望去,连接两条隧道的干海子特大桥像一条巨绳拴连着两个绿色的大陀螺,挥舞在天空中,威武壮观。但王霄一路上已经领略过众多特大桥的风采,对干海子大桥的"逆天"已经没有更多的惊讶了。

黎大明刚在停车区停好车,王霄就迫不及待地缠着他:"赶紧给我科普一下这个双螺旋隧道,我看不明白它举世无双的原因在哪里。"

黎大明说:"雅西高速翻越拖乌山的这一段,是从石棉县到菩萨岗,位于四川盆地和青藏高原交界地带,石棉位于拖乌山脚下,海拔仅600米,而菩萨岗海拔3200米,道路要在短短46公里的距离内,从海拔600米攀越至3200米,解决这2600米的高度差,是最大的难题。设计者设计了两条螺旋曲线型隧道,也就是让汽车在大山肚子里转圈儿,通过螺旋展线的方式,解决了坡度过大、快速爬升的难题,这条双螺旋隧道在全世界的高速公路中,仅此一例。干海子大桥虽然赶不上腊八斤大桥的高度,但在工程难度和技术创新上,它创下了五项世界第一。"

见王霄还是一脸茫然,黎大明指着干海子大桥,继续解释道:"你看这两个圆,圆周的一半在山里,一半在山外,山里是隧道,山外是大桥,汽车跑完这两个圆,仅仅几公里,高度上升400多米,这在世界上是罕见的,所以,拖乌山的双螺旋隧道工程是个奇迹。"

庞大坚固的结构,美丽奇特的造型,还有黎大明如痴如醉的眼神,明白过来的王霄再看这两个"大陀螺",简直就是美轮美奂。

"黎大明,这是你梦想中的地方,在这里留下一首歌吧。"王霄从车里拿出了吉他,递给了他,同时也打开视频录像。

吉他声起,悠扬的旋律夹杂着黎大明这次没怎么跑调的男中音在山谷中回荡开来。

> 我将在深秋的黎明出发,
> 伴着铁皮车厢的摇晃。
> 伴着野菊花开的芬芳,
> 在梦碎的黎明出发。
> 雨会从记忆的指间滑落,
> 带着血中曼舞的青鸟。
> 带着风中悲鸣的草帽,
> 从燃烧的风中滑落。
> 再见青春,再见美丽的疼痛,
> 再见青春,永远的故乡。
> 再见青春,再见灿烂的忧伤,
> 再见青春,永恒的迷惘。
> 我曾随迷失的航船沉没,
> 陷入璀璨虚空的碎梦。

沉入乱欲冰封的深谷,
随烂漫的星群沉没。
我看着满目疮痍的繁华,
感到痛彻心扉的惆怅。
听着心在爆裂的巨响,
陷入深不见底的悲伤。
再见青春,再见美丽的疼痛,
再见青春,永远的故乡。
再见青春,再见灿烂的忧伤
再见青春,永恒的迷惘……

　　黎大明沉浸在自己的弹奏中,夕阳照在他侧脸上,温柔而沧桑。王霄目不转睛地看着他。王霄觉得自己的灵魂在颤抖,震撼的景观驱散不了她内心的阴霾,她此刻的心情和那天在锦里看万家灯火的时候一样,很想尽情地大哭一场。

　　"黎大明,不要说再见。"王霄哽咽着从他的身后紧紧抱住了他,"答应我,和我一起活着,哪怕再疼痛再艰难,我们也要一起活着。"

　　歌声戛然而止。过了好一会儿,恢复理智的黎大明才轻柔地掰开王霄的手,说:"时间不早了,我们该出发了,到西昌后,先找家酒店住下,然后我去租车公司把还车手续办了。今天晚上得早点休息,明天坐上午9点回南京的飞机,我们7点就得往机场赶。"

第二十六章

葱兰花开

飞机在禄口国际机场降落的时候,南京天气晴朗,阳光灿烂。出了机场大厅,王霄便戴上了黎大明给她买的小红帽,为期五天的旅游就这样结束了,两人都有些意犹未尽,老黎打来电话说,已经做好午饭等着他们了,王霄犹豫着,她到底是回黎大明家还是回自己的家。

两人正要拦出租车,一个身影像幽灵一样从王霄后面蹿过来:"给我带礼物了吗?我来接你了。"

王霄抬头一看,原来是何首乌。"何首——"她刚要开口,突然发现何首乌身边站着一个年轻小伙,正对她和黎大明殷勤地笑呢。

"我来介绍一下,这是我男朋友徐卓,你俩叫他小徐好了。这是王霄姐和大明哥,他俩是两口子,都是我铁哥们儿。"何首乌三言两句介绍完毕,得意地向王霄眨眼,王霄明白她的意思是"我把鱼儿钓上钩了"。

徐卓身高一米八左右,颜值可以打八十五分,一脸机灵劲。"你好徐卓。"黎大明向徐卓伸出了手。

"大明哥和王霄姐好。"徐卓绅士地和黎大明、王霄握了手。

几个人一起把行李装进徐卓开来的车上，便离开了机场，徐卓开车，黎大明坐副驾驶，王霄和何首乌坐后排。一上车，黎大明就和徐卓聊起来，而王霄和何首乌立即转为面对面微信聊天模式。

"怎么样？长得还行吧？"

"打七十五分。"

"那你给黎大明打多少分？"何首乌一边打字一边翻白眼瞪她。

"九十八分。"

"凭什么你老公打九十八分，我千挑万选的男朋友才得七十五分？这二十三分的差距从哪儿来的？是不是连黎大明脑瓜上的伤疤在你眼里都是加分项？"何首乌不服气地掐王霄的大腿。

"到哪步了？接过吻了吗？"王霄继续打字问。

"已劫色成功，现在夜夜笙歌。"何首乌看着王霄，一脸得意。

"我不信。"

"他屁股上有两颗痣，不信你现在问。"

"你就作吧，别忘了考虑你那两只腰子的承受能力。"

"管它呢！一分钱的毒不排，要它干啥？今朝有酒今朝醉，不能让那两只无用的空腰架子搅了我的春宵大美梦。"

"哈哈哈哈……"王霄终于憋不住了，两人笑得人仰马翻，搞得坐在前面的徐卓和黎大明丈二和尚摸不着头脑。

把黎大明和王霄送到黎大明家，老黎要留徐卓和何首乌吃饭，但两人要赶着看下午2点的电影，便带着老黎做的蛋黄酥和栗子馅饼匆匆离开了。

看着两人手挽手离开的背影,王霄问黎大明对徐卓的感觉怎么样。黎大明说:"首次印象一般,何首乌又不打算和他结婚,谈个恋爱而已,要求这么高干吗?"

王霄说:"那可不一定,何首乌嘴上污,内心不污,她要是坠入情网,那是非嫁不可的,我是怕徐卓是抱着玩一玩的心态,玩够了就散,到时候受伤的是何首乌。"

黎大明说:"那好,有时间约他们一起吃个饭,再了解了解,我教她钓的金龟婿,我替她把关。"

很久没吃老黎做的菜了,满桌子适合她吃而且她也喜欢吃的小菜让王霄觉得无比亲切,望着老黎在厨房里忙碌的身影,王霄甚至可笑地想,如果她妈岳明坤没有看上老孟,能和老黎组成一个家,对她和黎大明来说,那该是多么完美啊。

吃完饭,王霄抢着要去刷碗,老黎把她推出厨房:"坐了一上午的飞机,赶紧去休息一下。"

卧室的格局还和原来一样,王霄往床底看了看,军用床还在。黎大明小声说:"你今晚不会还要在我这儿留宿吧?左邻右舍以及老黎都知道咱们俩甜蜜的旅游刚刚结束,恩爱戏已经演足了,你今晚可以回你自己家,以后只要经常在这里露面就可以了。"

王霄说:"不用你下逐客令,我都跟我妈说过了今天晚上回她那儿住。"

王霄很明白,黎大明不想让他们两人的感情升温,准确地说是不想让她对他的感情升温。

等老黎收拾完厨房,王霄把给老黎带的礼物茶叶和一大包成都特产亲手交给了老黎,便离开了黎大明的家。

在地铁里,王霄给黎大明拟了一条短信:"黎大明,我理解你的想法,但我并不认同你的观点,我认为人活着就得遵循自己的内心,人是骗不了自己的,每个人最终都会凭着自己的内心,选择心爱的那个人,选择喜欢的那条路,否则你会不甘心,你会不安心。如果你对我心中无爱,我会死了这条心,但如果你像我喜欢你一样喜欢我,就别浪费我们俩能够同时存在于这个世界上的为数不多的时间了。对我来说,如此三番五次厚着脸皮表白很不容易,明天下午3点,我在紫金山梧桐大道等你。你若赴约,就必须接受我;若明天在紫金山下见不到你,我从此停止对你的骚扰。"

犹豫再三,王霄一咬牙按下了发送键,嘴里咕哝一句:"我豁出去了,黎大明,你看着办吧!"

王霄发出的消息如同一粒爆米花落入茫茫大海,没有激起任何水花。一整晚,王霄都在看手机,妈妈岳明坤问她关于旅游的事情,她心不在焉地敷衍着,回答得驴唇不对马嘴。明天她到底去不去紫金山?要真在那里等两小时不见黎大明的影子,那真成了她这辈子永远洗不掉的奇耻大辱了。

第二天早上醒来,王霄第一件事就是打开手机:还是没有黎大明的回复。下午1点,在屋里踱来踱去,实在憋不住的王霄给黎大明发去一个"?",仍然没有收到回音。

黎大明不会出什么事吧？有些担心的王霄给老黎打了一个电话，确认黎大明此刻正跷着二郎腿一边看电视一边啃西瓜，王霄这才恨恨地放下心来。

　　1点10分，王霄开始梳洗打扮，别管你黎大明去不去，反正她3点要准时到，她长到二十八岁才情窦初开喜欢上一个人，就算给自己一个交代也要去。

　　2点30分，王霄到了紫金山下。在一个停车场停好车，扫码打开一辆黄色的共享单车，把她从家里带来的道具——五个月前黎大明送给她的那盆葱兰，轻轻地放在车篮里，今天能不能撼动黎大明的铁石心肠，就看这盆已经绽放出第一朵花瓣的葱兰了。

　　王霄骑着自行车来到陵园路的梧桐大道，这里的法国梧桐有百年树龄，遮天蔽日，抬头望去，恣意生长的枝条直入云霄，再加上旁边又宽又深的绿化带，真的如黎大明所说，像片小森林。王霄选了一个旁边有椅子的地方停好车，然后，给黎大明发去了位置。

　　二十分钟过去，没有任何动静，王霄要绝望了。她怀里抱着那盆葱兰，背对着来路，不敢转头，似乎，只要她不转头，就还有希望。

　　"是在等我吗？"身后传来天籁。

　　王霄转过身，黎大明好像从天而降，穿的还是昨天下飞机时的那条牛仔裤，还是那副吊儿郎当的熊样子，王霄的眼泪喷涌而出，她看着手里的葱兰，答非所问："如果等不到你，我就准备在这里找个地方把它栽了，让它回归自然。"

　　"那可不行，我费了好大劲才把它从野外移栽过来。"黎大明小心翼翼地从王霄手里接过葱兰,欣喜地发现,这盆葱兰比原来长大了好多,上面长满了花骨朵,而且有两个已经绽出了洁白的花瓣,露出金黄色的花蕊。

"养得真不赖,好看,开得多了会更好看。"黎大明抚摸着葱兰的叶子说,"不对呀,它怎么这么早就开了呢?当初,我还以为我看不到它开花呢。"

王霄说:"冬天的时候我把它放在有暖气的房间里,现在,我天天给它晒太阳,所以它提前开了。"

黎大明发出啧啧赞叹。

王霄说:"黎大明,葱兰花如期开放,你还要拒绝我吗?"

黎大明收起了他的吊儿郎当,恨铁不成钢:"王霄,只要做了移植,你未来的人生美如画卷,我一个不知道还能活几天的人,为什么要在这幅画上涂上糟糕的几笔,让你的人生多一团阴影呢?除了痛苦和麻烦,我能给你什么?你醒醒吧!"

"不,黎大明,你错了,你已经在我的人生画卷里了,而且是主人公,不留点笔迹,才是我人生的最大遗憾。"王霄收起了她所有的矜持,"你我都给不了对方天长地久,我也不奢望和你白头偕老,对我来说,能拥有一份刻骨铭心的感情、一段美好的回忆就够了,我知足了。"

王霄在爱情面前的执着让黎大明头疼与心痛,他无奈地叹气,把葱兰固定在他的单车上,看了王霄一眼,说:"走吧,大花痴,我带你去看这里的树王,就在前面。"说完,骑上单车,扬长而去。

王霄心里一阵窃喜，赶紧骑上车追去，一边追一边说："那我就当你答应我啦，从今天起，你就是我男朋友了，不，是老公，正版老公，不是山寨的。"

绿色的长廊宛如爱情的隧道，两人骑行在"隧道"里，一前一后，黎大明在前，王霄在后，距离拉长了，黎大明会放慢速度，给她一个回眸。

虽然黎大明没有明确接受她，但他来赴约就是最好的答案，王霄快乐得像只小燕子，她庆幸自己早上意志坚决，没有打退堂鼓。如果说生这场病是和黎大明相识的必要条件，那么，此刻的王霄觉得生病也不是一件坏事了。

两人很快找到了黎大明说的那棵树王。"其实这些树是同一年栽的，只是这一棵最高最粗，我任命它为这里的树王。"黎大明解释道。

王霄仰望着它高高的枝头，说："它和别的树是同时栽下的，却是别的树的两倍粗，它称得上树王，黎大明，咱们在它面前许个愿吧。"

王霄从皮包上拆下一条红丝带，虔诚地系在一根树丫上，双手合十："大树王威力无穷，请保佑我梦想成真！"

要是在一个月以前，黎大明一定会笑话她"名校高才生给一棵树鞠躬，真是可笑到家了"，可此刻，黎大明笑不出来，看着王霄虔诚地拜着大树，他的心里五味杂陈，多好的一个姑娘，就要因为他坠入深渊了。

第二十七章

让我理性？我做不到

黎大明和王霄的日本签证下来了，可他们的日本之行却搁浅了，原因是王霄又发生了透析反应，住院了。

那天上午8点30分，黎大明和王霄来到303透析室时，何首乌、方晓棠和陈越已经上机开始透析了，何首乌带来了男朋友徐卓，陈越带来了女儿小西，徐卓和小西的到来使303透析室更加热闹起来。

方晓棠夸小西说："小西真棒，这么小就能照顾爸爸了。"小西指着自己的书包，不好意思地回答："是爸爸说要趁这个机会给我补习英语和数学，所以我就跟爸爸来了。"

陈越解释说："她妈妈不在家，我怕她在家玩游戏，就带来了，顺便给她检查一下作业。"

方晓棠看着王霄与何首乌，在她们的三人群里发了一条信息："有没有感觉陈越大哥变了？"

何首乌立即回复说："是的，我也发现了，他心态好了，狂躁期已过，开始接受现实了。"

王霄想起黎大明的话，心态变好不过是对现实的一种妥协。从生病之初的不接受，到接受现实，再到适应现实，这应该是每一个找不到肾源的尿毒症病人的必经之路，王霄一声叹息。

丛睿是最后一个到的，他的到来立即改变了透析室的气氛，房间里开始充满火药味。

先是何首乌的眼神里充满挑衅，她把徐卓带来透析室就是为了气丛睿，虽然徐卓的颜值不比丛睿强，但个子比他高，又是个健康人，所以，何首乌理所当然地认为，丛睿见到徐卓一定会受到那么一点打击的。

但偏偏她从丛睿的脸上没看到半点自惭形秽的样子，得知徐卓是何首乌新任男友，丛睿上下打量着徐卓，嘴里阴阳怪气："怪不得能摘走我们303室的室花，徐哥这颜值这身高果然压倒一片啊，何首乌，你眼力不错，你男朋友的身材和你很般配。"

何首乌看着丛睿不屑的眼神，心里咬牙切齿，嘴里却乐呵呵地说："还行吧，至少身高令我满意，以后咱们303室再遇上找不到遥控器，要拔空调电源这样的活儿就让徐卓来干，省得你爬椅子了。"

不了解丛睿和何首乌的"恩怨史"，徐卓自然看不出丛睿和何首乌之间的硝烟，丛睿求他帮忙把自己的尿液样本送到护士站，看着徐卓屁颠屁颠地奔向护士站的身影，丛睿给了何首乌一个得意又无耻的笑："他一来，咱整个303室的平均智商都被拉低了。"何首乌气得牙痒，恨不得把丛睿的眼珠子挖出来。

一屋子人正津津有味地观看何首乌和丛睿的隐形大战，王霄突然间感觉不舒服，她说了一句"我想吐"，便开始抽搐起来，而且口吐白沫。

黎大明大惊失色："王霄，你怎么了，你哪里不舒服？"可王霄突然间失去了意识。

"又是透析反应，赶紧叫医生！"方晓棠第一个反应过来，丛睿、陈越和何首乌同时按下了紧急呼叫灯。

"医生，医生，303室19号机病人出现透析反应！"黎大明箭一般地冲向护士站。

"用的什么透析液？"医生护士边跑边问。

"青山利康，两周前还用过的，当时一切正常，最近四次用的都是费森。"黎大明说。

"是不是剂量大了？用了多少？"医生问身旁的护士。

"两升。"黎大明替护士肯定地回答，"批号也是和两周前一模一样的，我检查过。"

"停止超滤，吸氧，静脉滴注甘露醇，补充高渗葡萄糖，送重症监护室……"

直到王霄被推进重症监护室，医生阻止黎大明跟着进去，浑身冷汗的黎大明这才从慌乱中稍稍镇静下来，他先给自己喷了几下喷剂，然后打电话通知岳明坤。

"两周前用的时候好好的，为什么会突然发生透析反应？"黎大明返回透析室问医生。

"和个人的体质变化情况有关系，这和同一个人有时候对青霉素过敏，有时候对青霉素不过敏是一个道理，对一个不耐透体质的人，用任何种类的透析液都有过敏的可能。"

"有什么办法预防吗？"黎大明问。

"没有。"

"透析液反应会有生命危险吗？"

"当然。"

两小时后，一个医生出来告知，王霄已经脱离了危险，人也醒来了，黎大明苍白的脸才渐渐恢复血色，他问医生，能不能让他进去看一眼，医生看他惊魂未定的样子，说："进去吧，但时间不要太长。"

王霄浑身上下都插着管子，脸色惨白，见到黎大明的第一眼，她问道："我刚才的样子是不是很丑，我的丑样子都被你看到了，是不是？"

"是，很丑。"黎大明抓住她的手说，"所以你要尽快做移植，告别透析。"

见黎大明一副失魂落魄的样子，王霄知道他被吓着了，安抚黎大明说："不用担心，透析反应而已，都发生过好几次了，住几天院就好了。"

"嗯。"黎大明点点头，脸上遮不住的担忧与心疼，"好好休息，明天还我一个活蹦乱跳的老婆。"说完，在王霄的额头上轻轻地亲了一口。

黎大明这一情不自禁的小动作，在王霄的心里却掀起了波澜，因为黎大明虽然赴了她的约，但在肢体上始终和她保持着距离，她从未谈过恋爱，正不知该如何改变这样的局面，现在，黎大明竟然主动吻了她。虽然吻的只是额头，她乐观地认为此刻应该是个分水岭，她和黎大明的亲密时代就要拉开序幕啦！

医生不识趣地催黎大明离开重症监护室，王霄极不情愿地松开了黎大明的手说："你让护士把我的手机拿进来，有什么事我们好联系。还有，我争取明天就从重症监护室转到普通病房，你让护士长给我开个单间啊。"

黎大明说："好，反正你也不差钱。"

黎大明回到透析室时，刚好岳明坤也赶到了，丛睿还在透析中，方晓棠、何首乌和陈越三人已经结束了透析，但为了等王霄的消息都没有离开，黎大明告诉大家王霄已经脱离危险，只是还要在重症监护室再待几小时，大家这才松了一口气。何首乌着急地说："这已经是霄姐第四次发生透析反应了，一次比一次严重，这可怎么好呢？"方晓棠也忧心忡忡，但看到岳明坤吓得苍白的脸，她把到嘴边的话又咽了回去。

平时对任何事都不发表意见的陈越这次也开了金口："王霄这种情况得赶紧想办法移植呀，我们都能等，她不能等。"谁不知道这个道理？话音一落，陈越就意识到自己说了一句废话，除了增加黎大明和岳明坤的焦急，毫无意义。

每个人的心情都很沉重，再也没有人接话了，平日里最热闹的303透析室此刻安静得能听见透析机里的血液流声，黎大明先打破了沉寂说："大家不要担心了，肾源的问题我们再想办法。现在，我把王霄的手机送过去,她在里面正无聊呢。"说完,他拿着王霄的手机走了出去。很快,被何首乌命名为"303难民营"的五人群里传来了王霄的信息:"我已完全好了,众位兄弟姐妹勿念。"

日本没去成,王霄心情很沮丧,因为她精心设计的蜜月旅行泡汤了。虽然黎大明缠着护士长给她安排了一个小单间,两人可以天天泡在一起,除了医生查房、护士输液、保洁员打扫卫生,基本上无人打扰,但王霄还是不开心。因为她心里期待的和黎大明的甜蜜模式并没有开启,自从重症监护室的那个纯洁的"贴面吻"之后,两人的关系没有突破。这些天,黎大明还是死守着他的"三八防线",连给王霄递杯水都不带碰她的手指甲的,王霄又气又恼,又无可奈何。

按王霄的想法,她和黎大明已经领证,只要注入感情,就是正常的夫妻关系了。她暗示黎大明说:"别人是先恋爱再结婚,咱们是先结婚再恋爱,虽然走的程序不一样,但结果是一样的。"王霄的意思很明白,我们俩是正儿八经的两口子,什么亲热的举动都不过分,你在我面前不要那么装正经。

"不一样。"黎大明说,"我们是有协议的,我们的婚姻是交易。"

"协议早就失效了,从那天申请被驳回就失效了,我早说过我不要你的肾了。"

"那咱们的结婚证还有什么用呢?干脆离婚算了。"

"不离!我偏不离!"王霄开始了河东狮吼,"黎大明,你猪脑子!"

"我要是有一颗猪脑子就好了,要是哪头猪愿意和我换脑子,我一百个乐意。"见王霄真生气了,黎大明赶紧赔笑脸。

就王霄的那点小心思,黎大明当然一清二楚,他装作榆木脑袋,不解风情,目的只有一个,在他离开这个世界之前,不要让王霄陷得太深,尽管这样做对他自己来说很残忍。

方晓棠来看王霄,趁着黎大明去拿检查单,王霄把心里的烦恼说给她听,方晓棠大吃一惊,摸着她的额头说:"你没发烧吧?你为黎大明付出什么都行,就是不能付出感情,他能活几天?你这不是引火自焚吗?"

王霄摇了摇头:"你不懂,爱情来了挡都挡不住,在这件事上,你让我理性,我做不到,我不能要他的肾,我要和他一起活着,否则,就我活下来了又有何意义?"

方晓棠激动地说:"我不懂?你以为程乾抛弃了我,我和他之间就从来没有过爱情吗?我们也曾海誓山盟,曾以为可以为对方付出一切,可最终爱情还是输给了疾病,输给了现实。虽然分道扬镳,可我也并不认为程乾有多坏,如果我没有生病,他多半是一个好丈夫、好父亲。我是想说,爱情是美好的,但是,当爱情和生命、生存有冲突的时候,爱情一定不是第一位,王霄,听我的,这段感情要不得,你赶快清醒过来,两个月后再向OPO提出申请,一切按原计划进行。"

"不!"王霄泪流满面,拼命地摇着头,"我不能看着他一天天走向死亡而无动于衷,我更不能接受用他的死换取我的再生。"

方晓棠说:"你不要他的肾,他就能活下去吗?你别犯傻了。我承认黎大明是个好人,但他的本意并不是为了救你,而是想让他自己的生命价值最大化,你移植了他的肾,以后尽一个女儿的责任照顾好他的父亲,才是对他最好的安慰。"

"可是——"

"没有可是,"方晓棠打断了王霄的话,语气不容置疑,"你现在赶紧打住,黎大明没有利用你的感情说明他厚道善良,你就别再折磨他了。"

"晓棠姐来了?"黎大明推门进来,第一眼看到方晓棠,第二眼发现了王霄脸上的眼泪,疑惑地问,"你俩聊什么呢?怎么还哭了?"

方晓棠忙说:"没事,聊起了她爸爸,她心里难受。"

关于王霄的父亲王旭生为什么没有给王霄捐肾,黎大明听到过两个版本,一个是来自王霄的"肾动脉狭窄",一个是来自岳明坤的"狐狸精挑拨",无论是哪一个版本都不会令王霄感到愉快,所以在王霄面前,黎大明从来不谈论这件事。

"何首乌怎么没和你一起过来?"黎大明转移了话题。

"她呀,跌落在温柔乡里了。"方晓棠笑着说,"估计和徐卓一起,夜夜笙歌呢。"

王霄也擦干了眼泪,骂道:"这个见色忘友的家伙,也不过来看看我,短信也不给我发一条。"

"谁见色忘友?谁惹我霄姐不高兴了?"门外传来一阵大嗓门

的指责声，话音未落，何首乌抱着一束盛开的白百合，笑盈盈地推开病房门。

"丛睿，我们在说丛睿。"王霄和方晓棠几乎是异口同声。

第二十八章

政审老孟

方晓棠和何首乌刚离开，岳明坤给王霄打来电话，说："王霄，你孟叔想来医院看看你，已经在住院部门口了，我想把他带进去，又怕你生气，没敢，现在征求你的意见。"

王霄气不打一处来："你要真想征求我的意见，就应该先给我打电话，而不是把人带到楼下了才来征求我的意见。"

"那怎么办？"

"还能怎么办？你把他带回去，我不见。"王霄说完挂断了电话。

黎大明已经听明白了是怎么回事，他拿起王霄的手机给岳明坤打了回去："妈，既然孟叔已经到楼下了，就一起上来吧，你放心，王霄不会生气的，我能说服她的。"

"你能说服个鬼呀！"王霄气得踹了他一脚。

黎大明说："不放他进来，怎么考察他？不考察他，怎么知道他是个什么样的人？现在多好的机会啊！他要是真不靠谱，总会露出马脚的，到时候你反对你妈妈也有理有据。他要能通过咱俩的考核，你妈妈身边有个知冷知热的人，你是不是也了了一块心病？再说了,他只是以你妈妈朋友的身份来看望你,你要是拒绝,你妈妈在他面前还有一点面子吗?"

黎大明这张嘴总能把他想做的事情说得合情合理,王霄找不到反驳的理由。有人说当你爱上一个人后,你的思想、观念和行为都会发生很大变化,会不由自主地向他靠近,王霄是领教这句话了,只要是黎大明的意见和建议,她总能听得进去,她对黎大明说:"既然如此,这政审工作交给你了。"

几分钟后,岳明坤带着老孟来到病房。一进门,黎大明立即迎上去接过老孟手里的水果,热情地说:"孟叔来看看王霄就行了,怎么还买这么多水果?让您破费了。"王霄勉强挤出了一丝笑容:"谢谢孟叔叔。"

老孟看着王霄,腼腆中带着怯意说:"你妈说你爱吃猕猴桃和柠檬,我就买了这两样。"岳明坤看了女儿一眼,总算心里一块石头落了地。

虽然这已经是王霄第二次和老孟会面,但王霄今天才认真地审视他,确实如岳明坤所说,老孟长着一副憨厚的面孔,一脸和善,没有一丝杀人犯的气质,他中等身材,看上去也很健康。

"孟叔抽烟吗?"黎大明装模作样地去包里找烟,王霄知道,他的包里根本没有烟。老孟连忙摆手:"别找了,别找了,我不会抽烟。"

"那孟叔酒量如何?中午,咱爷俩去酒馆喝两杯?"

"哪有什么酒量?"老孟红着脸说,"我一年也喝不了两次酒,半两酒喝下去就开始头晕。我今天就来看看王霄,一会儿就回去,洗车房那边离不开人,今天周末,洗车的人多。"

"孟叔在洗车房工作?是自己投资还是给别人帮忙?"黎大明问道。

老孟说:"我自己开的洗车房,闺女出钱给我租的门面,我自己买的设备,又请一个老哥给我当帮手,虽然挣不了几个钱,但有事做心里踏实,也给孩子减轻负担。"

黎大明又问:"孟叔几个孩子?"

"就一个闺女,比王霄大两岁,今年三十了。"说起自己的女儿,老孟一脸幸福,"不过,她结婚早,我外孙子都上幼儿园了。我闺女在长沙,她让我去长沙养老,虽然闺女和女婿对我都好,可我在那儿住了几个月,不习惯,孩子有保姆带,我也帮不上忙,反而给他们添乱,于是就回来开了这家洗车房。"

话说得不多,但信息量大,很快,黎大明把老孟的情况摸了个底朝天。

交谈中,老孟说话温和谦卑,每一句都实实在在,对于自己曾经进过监狱的过去,他也毫不避讳。王霄终于明白了她妈说的"老孟是个老实人",其实关于老孟的这些信息,她完全可以从妈妈嘴里得知,只是她从来没有给过妈妈跟她聊聊老孟的机会。黎大明从王霄的眼神里读出了她的想法,他知道王霄心里还有一个疑团,他看了看王霄,又看了看老孟,说:"孟叔,我有一个疑问,不知说出来是不是不礼貌,您要是不想说,权当我没问。"

"你说，你说！"老孟一脸诚恳。

黎大明说："孟叔，我不明白，您这么温和的一个人，怎么会犯法呢？您当年是因为什么事进的监狱？"

"这个呀，看来你妈没给你们说。"老孟看了岳明坤一眼，缓缓道来发生在十多年前的事情。那时老孟四十一岁，闺女才上初中，他在自己家的小区门口开了一家煤气充气站，城管找过他几次，说这是危险性经营，必须搬离居民区，他没听。因为和几家同行比，他的店安全系数是最高的，他买的液压装备都是质量最好的，没有爆炸的风险。可最后还是出事了，起因是一个老太太把一块未烧尽的煤块放进了垃圾桶，引燃了里面的垃圾，那天晚上风又大，引燃的垃圾被吹到了隔壁的五金店门前，又点燃了门前的一堆还没来得及收走的废纸箱，因为是晚上，大家都关门回家了，等有人发现的时候，老孟家的充气站和隔壁的五金店都已经烧起来了。因为有煤气，旁人都不敢靠近，老孟当时不在场，隔壁五金店的老板和老板娘魏哥两口子心疼店里的东西，就冲进去救火，就在这个时候，老孟家的装有500升液化气的大气罐炸了，两人当场就炸没了。

老孟被判七年，为了赔偿魏哥一家，他让老婆卖掉了房子。入狱第二年，老孟的老婆提出离婚，考虑到刑期太长，他签字同意了。"七年大牢也赎不了我的罪，两条人命啊。"虽然事情已经过去了十几年，老孟讲起来还是心痛万分。现在，闺女大学毕业后已成家立业，前妻也有自己的家庭，日子过得很好，他这才算安心了。

说到这里，老孟看了看王霄，接着说："王霄，孟叔虽然有案底，但不是坏人。一年以前，我认识了你妈，我们有一起相互照应、相伴到老的想法，对于我和你妈这个年龄，能遇上一个知冷知热的人不容易，我和你妈都是真心实意的，希望你能给孟叔一个机会。"

本来是想考察老孟，现在反被老孟将了一军，王霄不知说什么好了，只得尴尬地笑着，黎大明赶忙接过话题解围："哈哈，瞧孟叔这话说的，我和王霄哪里做得了妈妈的主，这事得妈妈说了算。"

"是的是的，这事妈妈说了算。"王霄终于找到了托词，这时候岳明坤满含深意地看了女儿一眼，王霄自然明白她妈的意思，偏不和她对视。

尽管王霄没有明确表态，但这次"会谈"对岳明坤来说可以说是异常成功，她总算让王霄知道了老孟是个"非正常的杀人犯"，岳明坤把这份功劳都记在了黎大明身上，对这个山寨女婿，她原是七分感激三分心疼，现在倒过来了，心疼多于感激。

老孟和岳明坤走后，黎大明问王霄："怎么样？"

王霄说："什么怎么样？你是问老孟人怎么样，还是你的政审水平怎么样？"

黎大明说："当然是问你对孟叔的感觉怎么样？"

"你的感觉呢？我想先听听你的感觉。"

"我觉得你可以放心地把你妈妈嫁给他。"

"就凭他七年大牢情有可原？你的意思是只要他没有故意杀过人，就配得上我妈？"王霄不满地看着黎大明。

"你看人看经历、看过去；我看人看神情、看人性。"

王霄不明白他的话，黎大明说："一个十恶不赦的人就算长着一张温和的脸，说着温柔的话，眼神也会透着阴毒与杀气，而老孟的眼神很纯粹，说明他是一个老实本分的人。还有，刚才护士庄妍来给你扎针的时候，我的眼睛一直盯着老孟，而老孟的眼睛一直盯着你扎针的手，第一次扎的时候，他还皱了一下眉头。庄妍是这个病区里除你之外大家公认的大美女吧，我无聊的时候，经常用庄妍的这张脸来测试这里来来往往的男人，我只要观察这个人看庄妍时的眼神，就知道他在生活中是个什么样的人，是否会出轨，实不相瞒，丛睿和徐卓的测试结果都不及格，这个孟叔却高分通过了我的检阅，生活中的他绝对是个心无杂念的人。"

"我想知道，你测试自己了吗？你给自己打多少分？"王霄一脸坏笑，又一副迫切想知道结果的样子。

"我？哈哈——"黎大明的反应很迅速，"我第一次见庄妍的时候，我们刚大婚一周吧，我正在向全世界展现我和老婆多么恩爱，那时候，除了你，我对谁都目不斜视。再说了，你比庄妍漂亮多了，我看她还不如看你呢。"

"狡猾！"王霄虽然撇着嘴，内心却很受用。

也不知是因为知道了老孟坐牢的缘由，还是受黎大明的"人性论"影响，王霄决定不再阻止妈妈和老孟相处，至于以后两人能不能结婚，则另当别论，那就看以后的情况发展了。

第二十九章

上帝安排预演了

这次透析反应,让王霄在医院又住了整整十天。终于熬到了出院的日子,黎大明跑前跑后办好出院手续后,两人把大包小包的住院行头提上车,黎大明一边发动车子一边问:"去哪儿?"

"回家。"王霄说。

"回哪个家?"

"当然是回我们的家,估计咱爸都已经做好饭等我们了。"

黎大明奇怪,王霄是从什么时候开始称呼老黎为"咱爸"的?她说出这句话的时候竟然没有违和感。

"说不定你妈妈也做好饭等你了,要不,打电话问一下?"黎大明从后视镜里看了一眼王霄,试探着问,他是想把王霄赶回她自己家。

"她呀,估计正在我的特赦令下明目张胆地和老孟谈情说爱呢。"

黎大明还想再找个能说服王霄的理由,老黎打来电话,问他们多久能到家,他已经包好了三鲜包子,想掐点上笼,等他们到家正好吃上热包子。

黎大明实在找不着更充分的理由把王霄赶回"娘家"，只得又把她带回家来了。王霄太明白黎大明的心思了，他就想在外人面前造大声势，让全天下都知道他们俩很恩爱，但独处的时候保持着距离，时不时给她的大脑浇点水，让她保持着头脑清醒，不忘初衷。王霄知道黎大明的软肋是他爸老黎，老黎到现在还沉浸在儿子已经娶到媳妇的喜悦中，在他还未找到合适的时机和老黎说明真相之前，他不能让老黎察觉到他和王霄之间的异样。

老黎做的香菇荠菜虾仁三鲜包简直是王霄长到二十八岁吃过的最好吃的包子了，馅儿里的香菇粒剁得和花椒一样碎，荠菜叶和香葱叶凭肉眼根本分辨不出来，透着薄薄的皮能看到里面绿的是荠菜，黑的是香菇，红的是虾仁，吃在嘴里，汤汁四溢，又香又鲜。王霄因为刚刚透析过，胃口又超好，吃一口便停不下来了，一边吃一边夸："爸，香而不腻，太好吃了，扬州富春茶社的蟹黄包都没有咱家这个包子好吃，调馅儿的诀窍是什么？你得教会我和大明，这技术得一代代传下去，不能失传。"

看王霄大快朵颐的样子，老黎把脸上的皱纹笑成了一朵花："哪有什么诀窍，我就是在馅儿里加了些鸡汤，鸡汤熬得浓，再和虾仁、香菇搭配，鲜味可不就出来了？"

黎大明"喊"了一声，对王霄说："你以为这方法是他原创的？他也是抄袭别人的，天津狗不理、南京的小笼汤包、扬州的蟹黄包，他都抄袭过。"

老黎也不否认，坦然承认："做厨师的都这德行，看人家做得好吃就买过来研究人家的配料，你说的这三家，我确实都研究过。"

"做到老学到老，爸这叫与时俱进，永远走在美食界的前沿。"王霄一只手朝老黎竖起了大拇指，另一只手又从碗里拿起最后一个包子塞进嘴里，说，"爸，我觉得咱们可以开一家包子店，租个门面，雇几个工人，你负责调料技术，我和大明负责买料子等外围工作，用不了三年时间，肯定能开成连锁店。"

老黎的眼睛又乐成了一条缝："连锁店咱不敢想，哪怕能开一家像咱小区对面的老台门包子店也不错啊，听说他们一个月的盈利好几万呢。我每次经过他们店门口，都看见排着老长的队，说实话，就他们卖的那个包子，我还真看不上。"

"哈哈，咱家的包子店就叫'黎香阁'，'黎香'和'离乡'谐音，寓意为离开家乡也能吃到家里的味道，也许若干年后，满城尽是黎香阁，到时候在哪儿都能吃到咱家的包子了。"

"黎香阁，这个名字好，像家包子店。"老黎一边琢磨一边点头。

王霄说："到时候我们提供免费品尝，顾客只要进了我们家店，就一定能成为我们的回头客，因为咱家的包子，只要尝一口，就一定忘不掉。"王霄说得天花乱坠，好像包子店马上就要开张一样。

"到时候，等赚了钱，你们就买套大房子。"老黎也不由得沉浸在王霄画的大饼里了。

"哎，大明，这个名字怎么样？"王霄一脸兴奋地等待着黎大明的夸奖，在和黎大明对视的那一刻，她怔住了！

就算世界上最善于描写人物表情的作家在眼前，也难以描述黎大明脸上的那副复杂的神情：说是憧憬，但憧憬里分明写满了绝望；说是凄楚，但凄楚里又充满柔和的向往。这副表情深深地刻在了王霄的脑子里，以至于多年之后，她无数次在梦里看到黎大明的这张难以描述的笑脸。

给一个生命进入倒计时的人规划人生前景，而且告诉他未来多么美好，王霄这才意识到自己做了一件多么愚蠢、多么残忍的事情，明明怕他受到任何伤害，为什么一开口就撕扯他的伤口，王霄懊恼得恨不得给自己一记耳光。

"大明，我的手机放哪里了？你帮我打一下，我看我妈来信息了没？"为了打断黎大明的思绪，王霄情急之下找了一个拙劣的借口。

"你忘了，你的手机在卧室充电呢。"说着，黎大明走进卧室给王霄拿手机，王霄也跟了进去。

王霄的任何一个心思都瞒不过黎大明，他关上门，对王霄说："你小心眼啥，对这些类似的话我早就免疫了，你将来要真能开一家包子店，给我爸找个事做，让他能找到成就感，那我就太欣慰了。到时候你封他为黎香阁包子店技术顾问，还不把他美死，哈哈。"

"大明，你答应我一件事，好吗？"王霄的眼睛里写满了乞求。

"什么事？说。"

"和我一起去一趟北京，再去一趟上海，我想找北京和上海的专家再给你诊断一次，医学在发展，也许几年前解决不了的难题现在已经攻克了，我们再做一次努力。"

"你以为我没去过北京、上海的医院吗？手术之前，全国知名的肿瘤医院几乎被我跑遍了，给我做手术的主刀医生不是何琳，何琳只是助手，主刀是何琳的导师王乃琛教授，在脑肿瘤领域，他就是中国的权威，他早年在斯坦福大学留学，可以说他的同学及医学界的朋友遍及全世界，至少在他了解的范围内，目前还没有人攻克这个难题。你觉得有必要再做无谓的折腾吗？"

王霄的眼泪像断线的珠子，黎大明递给她一张抽纸，笑道："鼻涕流到嘴里了，是不是比黎香阁的包子味道还好？"

王霄被他逗笑了，问："今晚怎么睡？"

"老样子，你还睡大床，我还睡小床。"

"不行，小床太硬了，一起睡大床，你可以用围巾在中间拉起一条'三八线'，你放心，我不会越界骚扰你的。"

黎大明刚想争辩，突然间，他眼前一片黑暗，什么也看不见了！黑暗持续了十秒钟，黎大明的眼前才开始出现模糊的光线，过了片刻，恢复了正常。

整个过程持续不到二十秒，黎大明知道，这是间歇性失明，要么是肿瘤压迫脑血管导致脑供血不足引起的视力病变，要么是肿瘤直接挤压到了枕叶的视觉中枢，无论是哪一个原因，都传递给了黎大明一个重大信息：上帝安排预演了！该来的要来了！

黎大明强迫自己镇静下来，给了王霄一个灿烂的微笑："好吧，就听你的，前提是不许占我便宜。"

王霄丝毫没有察觉出黎大明的异样，"呸"了他一口："我就从来没见过比你更自恋的。"

怕黎大明反悔，王霄赶紧把床底下的折叠床拽出来，并扛到了阳台上。老黎看着这一切，悬着的心终于放下，虽然儿子曾经给他解释过原因，他多少还是有些担忧的，现在，王霄亲手把小折叠床搬了出来，自己所有的担心都是多余的了。

"三八线"不是用黎大明的围巾拉起来的，而是用一堆叠好的衣服和书本垒起来的，长2.3米，宽0.2米。望着横卧在大床正中间，黎大明耗时二十分钟才完成的这项宛若城墙的庞大工程，王霄哭笑不得，不过转念一想，别管怎样，今晚总算实现和黎大明"同床"了，至于"共枕"，再等下一步。

晚上，两人在"城墙"两侧聊起下一步的计划，黎大明说去学蝶泳，王霄却想再次申请签证，去日本。

黎大明知道，以他现在的情况，去日本是不可能了，他目前迫切要做的事情有三件：第一，恳求何超主任，确保在紧急情况下，何主任能站出来证明他的捐献愿望，并和医院沟通，开通绿色审核通道，完成审核与捐献；第二，悄悄帮王霄做好移植前的准备工作；第三，也是最难办的，那就是告诉老黎真相，让他接受这个事实，并在捐献同意书上签字。还有，他随时都有可能持续性失明或意识丧失，所以他不能单独行动了，他的身边必须时刻有人陪同，这个人要么是王霄，要么是父亲，而且，有些事，他还要背着王霄。

黎大明说："这个时候去日本不合适：一是等签证下来，樱花也落了；二是透析的问题，如果去日本，至少要在那里透析两次，日本的透析液你没用过，你最近又频发透析反应，在那里的医院透析还是有风险的。"

王霄问："那什么时候能去？"

"稳定一段时间再说，或者等有了完全适合你的国际通用的透析液。"

王霄想反驳，但转念一想，要真在日本发生了透析反应，那真是太麻烦了，还不把黎大明愁死，所以没有继续坚持，等她连续几次正常透析再说吧。

第三十章

随时随地

连续十几个小时没有再发生间歇性失明现象，黎大明紧绷的神经稍稍松弛了一些，但他知道，他要做的事情不能拖。早饭后，王霄要回她自己家拿换季的衣服，而老黎上午又歇班，黎大明知道，这是和老黎摊牌的绝好机会。

在阳台上目送王霄的车子远去，黎大明对老黎说："马上到妈妈的忌日了，今天正好有空，咱去墓园给我妈上坟吧。"

老黎说："还有几天呢，今年春天来得早，洋槐树都冒芽了，我正想着等市场上能买到洋槐花，给她烙几块洋槐花饼带上，她爱吃这个。"

黎大明说："今天天气好，你又歇班，我也有空，咱还是去一趟吧，你要想给她做槐花饼，等槐花上市你再去一趟呗。"

老黎想反驳他说，你哪天没空？工作三天打鱼两天晒网，除了带来旺撒欢，你还有啥正经事？但他隐约觉得大明心里有事，便说："行，我洗个澡，然后换件衣服，不能让你妈看见我邋里邋遢的样子。"

老黎洗个澡的工夫，黎大明打了三个电话。第一个打给他的主治医生何琳，第二个打给何琳的父亲何超，他用简短的语言向他们父女俩说明了他目前的情况，恳请他们在紧急情况下帮他向医院申请开通绿色审核通道，帮助父亲完成一系列的捐献手续。早在去成都之前，黎大明已经把自己的申请材料及带有视频的遗嘱交给何超了，面对黎大明的殷切恳求，何超叹了一口气说："我没有百分百的把握，但我会尽最大努力。"

第三个电话本想打给岳明坤，但想来想去，他还是把电话打给了方晓棠，有关移植的申请手续，方晓棠比岳明坤懂得多，也知道他和王霄之间的所有真相，他想，找一个能帮王霄做好移植前准备工作的人，方晓棠是最好的人选。

接到电话的方晓棠很难受。王霄就要获得新生了，作为王霄的朋友，她应该高兴才对，可是她很难过，在认识黎大明之前，在她心里黎大明只是王霄的一颗行走的肾源，现在的黎大明也是她的朋友，一个朋友的死换取另一个朋友的活，原来难过是多于高兴的。

挂了电话，黎大明又给方晓棠发去一条信息："晓棠姐，不到最后一刻，不要让王霄知道。"

"你放心，我知道怎么做。"回复过后，方晓棠哭了。

老黎竟换上了一套西装，黎大明记得这套西装老黎只穿过一次，是在他和王霄的婚礼上。黎大明说："你是去上坟，不是去相亲，你打扮得这么光鲜亮丽给谁看呢？"

老黎憨笑道："给你妈看，你妈走的时候还很年轻，我这都成糟老头子了,她该嫌弃我了。"

黎大明一边换鞋一边说:"祭扫是活着的人给自己的心理安慰,你真以为有阴阳两界啊?要真有阴界的话,我妈也早就转世了,她不会等你的。再说,她就是没转世,以后你到了那边她也看不上你了,你充其量是个第三者。所以啊,我劝你还是在这边再找一个老太太吧,搭伙过日子,多好。"

老黎说:"不行,要真再找一个老太太,以后到那边我就没脸见她了。对了,别忘了带打火机,路上买些香。"

临出门时,老黎又到阳台端了一盆月季,黎大明问:"你这又是哪一出?带这个干啥?"

老黎说:"这黄月季,开花最香,你忘了,这是你妈最喜欢的花,咱把它栽在她墓地旁边的花园里。"

"管理员能同意你随便栽?"

老黎说:"墓园里有那么多花草,多栽一棵而已,不会有人在意的。再说,那里也有月季,只是没有这个颜色的,我帮忙栽一棵,他们高兴还来不及呢。"

以前每到妈妈的忌日,老黎都把自己关在屋里,他心底的那份痛,只有黎大明明白,祭扫对于正常家庭是沉重的话题,对于老黎,那简直就是久违的幸福。一路上,老黎兴奋得像个马上要和久别的亲人见面的孩子,一直在回忆和妻子的过往。从后视镜里看着老黎,黎大明觉得自己就是一个已经将子弹上膛的刽子手,就要向老黎的胸膛开出致命的一枪。

途经黎大明的母校，刚安静一会儿的老黎看着窗外突然大笑起来，黎大明问他笑什么，老黎说："我想起当年从老家送你来大学报到，第一次到大城市，第一次打车，司机说二十八块，结果我给了人家五十六块，我以为一人二十八块。这个笑话陪了我一辈子，你还记得吗？"

黎大明也笑了："那么丢人的事，我怎么能忘？当时我就下定决心，我要在这座大城市立足，把你接过来，咱天天打车，不，开自己的车。"大明叹了口气，又说："没想到十年过去了，竟然混成这个熊样，什么都没有，只有这辆破车，还是二手的。"

老黎说："婚也结了，车也有了，你这就算是成家立业了，就是差个房子差个娃，着什么急，慢慢都会有的。"

一句"慢慢都会有的"把黎大明打入无底深渊，他闭上了嘴，专心开车。

墓园建在半山腰，旁边有一个小型停车场，停好车，黎大明让父亲抱着那盆月季，自己提着祭品，父子俩一前一后进了墓园。

清理了墓前的杂草，种上了带来的月季，擦干净了墓碑，同时又擦干净了旁边的两块石板，老黎对儿子说："说吧，有什么事？"

黎大明问："你怎么知道我有事要跟你说？"

"你这几天吃饭都心不在焉的样子，我还看不出来？说吧，是王霄的事还是你的事？"

"爸，对不起，我骗了你。"黎大明直视前方，没敢看老黎的脸，他从口袋里拿出他和王霄签订的协议，递给了老黎，"其实，我和王霄结婚是一场交易,我的病在半年前就复发了。"

"复发了?"老黎颤巍巍接过来,一字一句地看完。

墓园太安静了,安静得连鸟叫声都没有,老黎茫然地看着香樟树上掉下来的红叶,努力去判断,到底眼前的情景是一场梦,还是这几个月来一直在做梦,刚刚他还在和大明讨论他成家立业的事啊,怎么说变就变了呢?揉了揉眼,眼前妻子的墓碑,手里的摁着红色指印的协议书,让他渐渐清醒过来:眼前的场景才是真实的,这几个月自己一直活在梦里。

足足有二十分钟,父子俩就这样安静地坐着,最后还是老黎先打破了沉寂:"我就说嘛,老天爷怎么会对咱这么好?让你命保住了,还白捡到了这么好的媳妇。"

黎大明说:"爸,生命无常,想通了就不难过了,比起那些三五岁就死掉的人,我能活三十岁,不算是最糟糕的。现在就是担心你,别让我担心,也别为难王霄,我走后,去养老院吧,我看了,环境挺好,凭我对王霄的了解,以后,她会经常去看你的。"

"还有,"黎大明指着妈妈墓碑旁边的那块空墓穴,说,"这块墓地我也买下了,但不是给你买的,是给我自己买的,你就把我埋在这里,以后你来祭扫也方便。还有,有我陪着我妈,你对她就不要再愧疚了,以后,你好好保养身体,一定要长寿,把我和我妈少活的阳寿都补回来。"

老黎突然间崩溃,他拍打着妻子的墓碑,号啕大哭:"你一回来就和我抢孩子啊,这么多年了,你还是不放过我啊,早知道这样，我就不盼着你回来了……"

这样的场景是黎大明预料之中的，他没去阻止老黎，他认为让老黎哭一会儿也好，比窝在心里强。

老黎终于平静下来，缓缓问道："为什么不继续瞒着我？你给我说实话，你现在到底什么情况？"

黎大明艰难地吐出了四个字："随时随地。"

过了一会儿，黎大明又加了一句："在那天来临之前，还是不要让王霄知道吧。"

第三十一章

老黎的网络课

黎大明和老黎回到家的时候,王霄已经回来了。见老黎眼睛红肿,王霄赶忙问:"爸,你怎么啦?"老黎揉着眼睛说:"刚才和大明一起去墓园给他妈妈上坟了,有些激动,没控制住情绪。"

王霄揪着黎大明的耳朵把他拽到了卧室里:"不管真假,我好歹也是你们黎家明媒正娶的媳妇,给妈妈祭扫,为什么不叫上我?"

"你刚刚出院,春天花粉又多,我怕你花粉过敏呢。"

"你这是找理由,明明就是不想——"这样的托词哪里应付得了王霄,正当王霄要兴师问罪时,方晓棠来了。

王霄一脸惊讶:"晓棠姐,你怎么找到这里来了?"

方晓棠一手提着个大榴梿,一手提着电脑包:"我是来找大明的,我的电脑坏了,上不了网,我想起你说过大明是计算机专业的,我想让大明帮我看看是哪里出了问题。"

"你还真把他当专家了?我记得你家小区门口就有一家电脑维修店啊,怎么不去维修店找人修?"

方晓棠说:"你没听说过吗,病毒是卖杀毒软件的人制造的,汽车是4S店给修坏的，电脑只要进了一次维修店，以后就成了维修店的常客了，我不相信他们，所以就来找大明了。"

趁着王霄去厨房洗水果，方晓棠难过地问黎大明："大明，真的没有一点希望了吗？要不要再努力一把？"黎大明偷偷地把装在文件袋里的资料从柜子里拿出来，交给方晓棠："到了这一步，已经没有任何努力的必要了，这是申请资料和遗嘱，以及我和王霄的身份证复印件。晓棠姐，一切交给你了，有你帮忙处理，我就放心了。"方晓棠含着眼泪把文件袋装进了电脑包。

方晓棠的电脑里有太多的垃圾文件，开个机都要五六分钟，黎大明帮忙把这些垃圾删掉之后，开机时间立马变成了十秒钟，为了防止垃圾文件堆积，黎大明又帮她下载了定期清理垃圾的软件，并教会她使用，方晓棠佩服得五体投地："到底是计算机专业的，大明，你太厉害了！"

看着黎大明行云流水一般的操作，听着方晓棠的啧啧赞叹，王霄很是受用，她一边把洗好的圣女果喂到黎大明的嘴里，一边得意地说："那当然，他要是没有两下子配当我老公吗？"

方晓棠小声地揭开她的老底："秀啥恩爱呀，你别忘了，我可是除了你妈之外，唯一知道大明是你山寨老公的人。"

"呸！什么山寨老公？我们俩的结婚证可是货真价实的，是有法律效力的，那份狗屁协议早作废了，以后谁也不许再提了，我现在正式向你宣布，黎大明——"王霄不忘看了黎大明一眼，"是我王霄原装正版的老公，钦此。"

方晓棠和黎大明都笑了起来，但两人笑得多么艰难，沉浸在快乐里的王霄没看出来。

聊了一会儿，方晓棠起身准备回去，王霄把她推到沙发上："留下来吃午饭，今天让你见识一下我们不外传的黎家厨艺。"说完又对在阳台上浇花的老黎大喊道："爸，今天的中午饭我来做，我想亲自实践一下那天你教我做的几个菜，料我都已经备齐了。"

"好，需要什么就叫我。"老黎在阳台答应着。

从老黎空洞的眼神里，方晓棠知道黎大明已经把一切告诉了父亲，她突然意识到，老黎应该很想和儿子单独在一起，而王霄根本不知道自己是个大灯泡，他很难找到和儿子独处的机会。

"那好吧，大明，你陪黎叔聊天，我来给王霄打下手，看能不能偷学一招你们黎家的独门厨艺，今天的午饭交给我和王霄了。"说完，方晓棠把王霄拉去了厨房。

黎大明朝老黎喊道："爸，过来上课了，网络培训课。"

老黎说："不是学过了吗？话费、水电费、燃气费我都会在网上交了，买东西也会了，淘宝、天猫、京东上的东西我都会买，银行转账我也会。"

"今天有新内容，我今天教你使用QQ相册。"黎大明把老黎拉到卧室，打开老黎的手机，下载了最新版的QQ，给老黎注册了一个新的QQ号，昵称"黎家大御厨"，密码设置为老黎名字的拼音加生日，在"我的相册"目录里，黎大明替老黎建立了六个相册，每一个相册都起了名字。

"第一个相册叫'备忘录',经常忘记的东西你可以拍照放在里面,比如,身份证号码、银行卡密码、微信号、微信登录密码等,你都可以拍下来上传到这里,或者重要的事情你也可以写下来用手机拍成图片上传到这里,等一下我会教你怎么原图上传,怎么设置仅自己可见。第二个相册叫'孽债大明',里面装着我从小到大的照片和一些视频。第三个相册叫'我和大明妈',里面装着我翻拍的你和我妈以前的照片。这两个相册的照片都在我电脑里了,下午就给你传过来,以后想我或想我妈了就打开这两个。剩下的三个我暂时给起名叫'我的新生活''黎家包子店''养老院的美女们',这三个得靠你自己去拍了。爸,生活要向前看,不要老沉浸在过去里,以后要过得快乐而充实,我希望三年后,这三个相册被你放得满满的,而且你又建立了很多新的相册。"

"要是我的手机坏了、丢了怎么办?或者需要换手机怎么办?这些照片还能找到吗?"老黎哽咽着问了一个傻问题。

"这和手机没有关系,照片是放在网上的,放在你的QQ空间里的,你使用任何一部手机或电脑登录你的QQ账号就可以了,这就是QQ相册和手机相册的区别。如果有一天你登不上QQ,在大街上随便找一个年轻人都可以帮你。"

"会了。"

"还有两件事没跟你说。第一件是我两年前从影视公司撤资的时候还留了5%的股份,我当时和展翔等几个哥们儿说好了,如果以后公司破产了,负债了,这5%的股权不要了,也不负责债务;

如果公司做大了,每年会给我分红。我离开的这两年,公司半死不活,没赔钱,也没赚到钱,以后会怎么样,我也拿不准。但你记住有这回事,股权书在书橱里,到时候展翔会帮你办理继承手续。"

黎大明知道,说这些对老黎是折磨,但他又不得不说:"还有一件事,我前段时间买了一只有关计算机网络设备的股票叫新易盛,未来的世界是网络的世界,我预测这只股票几年之内可能会翻十倍甚至几十倍,当然,如果公司经营不善也可能会退市倒闭,账户是在华泰证券开的,用的是你的身份证,和股票账户对接的银行卡就是你那张农行卡,本金不多,就两万,五年之内你不用管它,五年后,拿着你的身份证和农行卡去华泰证券营业厅要求卖出股票,说不定取出来的钱够你和新老伴到全国转一圈了。"

老黎又生气又心酸。想起两年前自己东奔西走给他筹集手术费,他竟然背着自己留了一手,藏了两个小金库,他骂道:"你这个熊孩子瞎担心什么?我有手有脚,还能叫饿死?"

黎大明说:"你不能只追求温饱,还得活得快乐,活得有质量。如果一切顺利,我的肾能成功移植到王霄身上,你就把她当成亲闺女,以后帮她带带娃,做做饭。万一移植不成功,你也要过好自己的日子,这两笔钱都是不确定的,算是给以后的生活留一份希望,留一个盼头。"

怎么听都像临终遗言,尽管极力控制着,老黎的眼泪仍然不听话地流到嘴边,黎大明递给他一张抽纸:"哭啥?家里还有客人呢。再说,就我这样的身体,活一天拖累你一天,我要再多活两年,你下半辈子的时间还不都得用来挣钱还债。"

"我情愿还债，明天，我陪你去医院做检查，我得知道你的病情发展到什么程度了。"老黎说，"把你说的这两样东西都换成钱，只要能有半点希望就再做一次手术。"

黎大明说："半点希望也没有，你要这样做那就是害我，除了让我多受些罪，没有任何意义。"

老黎还想争论，厨房里传来王霄的叫声："大明，菜好了，和爸一起出来吃饭了。"

"来了。"老黎擦干眼泪，挤出笑容，和黎大明一起从卧室里出来。

王霄的"黎家菜"竟然做得有模有样，黎大明尝了一口，惊叫道："从品相上看，和我爸这个大厨师做的几乎没有差别，王霄，看来你真的得了我爸的真传，秘方没泄露给晓棠姐吧？"

黎大明脸上那份不带半点掺杂的笑容让方晓棠又一阵感动，她也终于明白为什么王霄在这种情况下仍然会爱上他，甚至甘愿为他放弃可以移植的机会。

生病六年，方晓棠看到太多人性的丑陋与脆弱，看过太多在求生路上分道扬镳的夫妻，满腹怨言的家人。以她自己为例，生病之初，哥哥、嫂子、公公、婆婆和程乾都对她关心备至，为了筹钱给她治疗，嫂子拿出了结婚时的彩礼钱，公婆拿出了攒了一辈子的养老金，那时的方晓棠感动得热泪盈眶，觉得自己遇上了最好的家人。可随着时间的推移，随着她对大家的拖累越来越多，所有人的热情都褪去了，最终，公婆成了她和程乾离婚的推动者，哥嫂三个月也不给她打一个电话，甚至回一趟父母家也尽量避免和她"偶遇"，现在，除了靠每月三千元退休金糊口的父母，方晓棠能指望的只有她自己。所以，在方晓棠眼里，亲情是会随着灾难的逐步加剧而消耗殆尽的，爱情，那更是与疾病绝缘的奢侈品。

但这一刻，方晓棠的观点有点动摇了，她觉得，黎大明就是个可以推倒她观点的特例，如果把程乾换成黎大明，她可能就不需要离婚了，能不能携手共渡难关并不是仅取决于难关的困难程度，更多的是取决于一个人的品质。

"哈哈，至少这几个菜我是学会了。"方晓棠指着桌子上的四个菜装作笑出了眼泪，其实是她没控制住眼泪。

第三十二章

相识半周年纪念日

黎大明祈祷那一刻的到来是在白天,而且最好不要赶在周末,因为这样就会顺利很多,也不会给很多人造成麻烦。此后的一周,他一直相安无事,除了有两次半分钟以上的间歇性失明,连平时经常有的阵发性头痛都消失了。黎大明很奇怪,头为什么不痛了?是瘤子长得偏离了方向,不再压迫那根掌管头痛的神经了?还是神经被瘤子压断了,连不上了,没有痛觉了?

越是这样,黎大明心里越紧张,他总觉得这是在酝酿一场更大的风暴,所以这些天他天天待在家里,哪里也不敢去,最多去附近公园走走。王霄偏偏要拉着他去学游泳,黎大明说:"王霄,你是不是很想看我脱光的样子?我才不上你的当呢。"王霄气得一把薅下他的假发:"是的,你光头的样子,光脚丫子的样子我都见过,就是没见过你光屁股的样子。哼,是谁说一定要学会蝶泳的?"

"天气还是有些冷,容易着凉,等夏天再学吧。"老黎出面阻止了。

王霄吐了一下舌头,她不明白,为什么老黎最近变得爱管闲事了,她甚至敏锐地察觉到,老黎对她好像也不如以前好了。

的确,自从看了那份协议后,老黎对王霄的美好感觉便骤然褪色,原来王霄对他和黎大明的每一分好都是演的,都是假的,都是带着目的的。虽然明白即使王霄不要他儿子的肾,他儿子也活不下去,但是,自己的儿子黎大明是为了保住人家的这条命提供材料,一想到这一点,老黎就觉得自己的心被别人一片片地往下割。所以再看王霄,他的目光里再也没有了关爱,没有了心疼,虽然一日三餐,他还是按时做好适合王霄吃的营养餐,蒸她最喜欢吃的三鲜包子,但在他心里,王霄已不再是家人,而是一个盼着他儿子死亡的催命鬼。王霄从成都给他买回来的茶叶,他原来是很喜欢喝的,从墓园回来后,那个精致的茶叶盒,他再也没有打开过。

王霄没辙了,日本去不成,游泳也学不成,就连去一趟附近的公园,老黎也远远地跟着。到了晚上,王霄还没上床,黎大明就已经把一尺高的"城墙"垒好了,有时,她的胳膊想"越界"一下,半分钟以后就被黎大明"遣送"回来。王霄是个女孩子,而且是一个恋爱史空白的女孩子,对于怎么把一个男人"勾搭"到手,她经验为零,还好,黎大明没有赶她回家,王霄知道,黎大明虽然表现出拒她于千里之外的样子,其实内心是想和她待在一起的,这一点,她还是很自信的。

夜里睡不着的时候,望着"城墙"另一侧酣然入睡的黎大明,王霄问自己:她和黎大明算是在谈恋爱吗?就算她和黎大明是在恋爱,这么"纯洁的恋爱关系"又能持续多少日子呢?她和黎大明,谁会先离开这个世界？没有了她的黎大明和没有了黎大明的她，生活还会回到原来的轨道上吗？黎大明啊黎大明，属于我们共同的日子像金子一样珍贵，你怎么就不知道珍惜呢？

早上起来，王霄一边整理她的透析专用包，一边问黎大明："今天是什么日子，你知道吗？"

"知道呀，今天是你该透析的日子。"

"笨蛋，今天是我们相识半周年纪念日，说吧，怎么庆祝？"

"我第一次听说还有相识半周年纪念日。"

"不但有相识半周年纪念日，以后我们还要过相识200天纪念日，相识300天纪念日，相识周年纪念日，结婚半周年纪念日，结婚200天纪念日，结婚300天纪念日，结婚周年纪念日。"不多弄几个名堂，王霄怕没有机会过纪念日。

"想要啥礼物？"黎大明问。

"玫瑰，九十九朵红玫瑰，然后去旋转餐厅，行不行？"见黎大明竟然要给她送礼物，王霄兴奋不已。

"买那玩意干啥？又花钱又不顶用，张罗一桌菜还不容易，想庆祝就在家里庆祝。"没等黎大明开口，老黎就在外面替儿子抢答了。

"九朵也行。"王霄用乞求的目光看着黎大明，等待他推翻老黎的方案。

黎大明却说："还是在家吃好，又省钱又干净，吃得也放心。"黎大明说完又对老黎说："爸，等会儿我陪王霄去医院透析，你去市场买菜。"

老黎说:"今天让你岳阿姨陪王霄透析,你陪我在家做饭。"

岳阿姨?王霄心里一惊!老黎嘴里说的岳阿姨只能是她妈岳明坤,一直以来,在黎大明面前,老黎称呼她妈都是"你妈""你岳母",今天怎么变成"岳阿姨"了?还有,这些天以来,老黎班也不上了,天天在家里阴沉着脸,不说也不笑,除了侍弄他的几盆花,就坐在客厅里发呆,只要她和黎大明有外出的活动,他就千方百计阻止,对待她的态度也是180度大转弯,他怎么了?难道他知道了什么?

此刻,王霄非常肯定老黎"有问题",她疑惑地看向黎大明,希望黎大明能告诉她原因。没想到,黎大明说:"那也好,王霄,今天就让你妈妈陪你吧,我在家帮忙做菜,你先把早饭吃了,等会儿我给你妈打电话,让她直接去医院。"

眼泪在王霄眼眶里打转,她认定,不仅老黎"有问题",黎大明也"有问题",到底是什么问题呢?

然而当着老黎的面,王霄又不好发作,她只有压抑着把饭吃了,想着先去透析,等晚上再审问黎大明。

其实最焦急的是黎大明,如果老黎和王霄就此结下梁子,以后还怎么相处,这可就破坏了他的大计划了。黎大明知道老黎心里有疙瘩,他得在他离开之前帮老黎解了这个疙瘩,让他过了心里这道坎,而现在就是最好的时机。

王霄前脚刚走,黎大明就开始训起老黎来:"这件事,主意是我出的,协议也是我求着人家王霄签的,你向人家撂脸子,这太没道理了吧?"

老黎说:"一想到她是来催命的,我就难受,就压抑,我不想看到她。"

"你怎么这么死脑筋呢?我生病是人家王霄的错吗?她不要我的肾我就能活命吗?说到底是我在利用人家,让我这条命再创造点价值,再说,她身上有我的一颗肾就如同是你的儿女,你将来有个亲人,不好吗?"黎大明说着说着,情绪就开始变得激动。

"你说的这些我都懂,可是——"

"可是啥?"黎大明打断了他,"我知道你心里难受,但你无论多难受也得保持理智,你不能把这份情绪发泄到王霄身上,她什么也没做错,多无辜呀。"

老黎一边收拾碗筷,一边听儿子的训斥,眼泪吧嗒吧嗒地滴到水槽里。

这些天,老黎一直求儿子把那只什么股票和那5%的股份卖掉,凑些钱去北京再博一次,可黎大明态度坚决,油盐不进,焦急加悲伤,几天工夫老黎就瘦了一大圈,白头发也明显多了。这一切,黎大明看在眼里又何尝不难过,但他没有办法,这份煎熬对老黎来说是迟早的事,免不掉的,老黎的这份痛只有用时间来缓解,他唯一能做的就是别给他留下债务。

黎大明换好衣服要陪他去菜场买菜,老黎有些担忧:"菜市场人多拥挤,你去能行吗?"黎大明说:"我一个人留在家你更不放心,走吧。"老黎犹豫了一下便同意了。

好久没出来陪老黎逛菜市了,黎大明发现菜场入口处又多了一家烤饼店,烤饼店隔壁的奶茶店也变成了鲜花店。因为第一次手术,黎大明不但味觉失灵,嗅觉也受到了影响,空气中弥漫着浓郁的香味,黎大明努力去判断,这香味到底来源于哪里,是烤饼上的鱿鱼丝被烤焦的香味,还是鲜花店里白百合散发的香味?大街上热闹非凡,黎大明贪婪而平静地看着眼前的车水马龙,想想自己就要和这一切诀别,每一股香气都可能是他最后一次闻到,每一种体验都可能是他最后一次感知,黎大明内心涌起一股悲壮的豪情,他很感慨自己竟然能够平静地接受这一切。

时不时有熟悉的商贩和老黎打招呼,老黎一边机械地回应着,一边娴熟地挑选各种蔬菜、鱼虾、牛羊肉。看着老黎篮子里的菜几乎都是自己喜欢吃的,黎大明皱起了眉头:"你这一篮子清一色我喜欢吃的菜,王霄吃什么你考虑了吗?"

老黎没好气地嘟囔道:"我这不正买着吗,还能让她饿着?"说着便向卖甘蓝的蔬菜摊走去。黎大明本想再说老黎几句,突然一阵眩晕,接着眼前一片漆黑,什么也看不见了。

黎大明一只手紧紧抓住了身旁的一个卖作料的柜台架子,另一只手摸索着从随身包里掏出了喷剂,对着两个鼻孔狠喷了一阵。一分钟过去了,眩晕的症状减轻了,但视力还是没有恢复,黎大明既不敢移动,又不敢大声叫喊老黎,他怕吓着老黎,而老黎买完甘蓝后又转到另一个摊位去买香菜,根本没发现儿子的异样。

两分钟,三分钟,五分钟过去了,黎大明越来越恐惧,他不能死在这里,他必须死在医院里,他必须在捐献手续和王霄的移植工作都准备就绪之后死在医院里。正当想大声呼喊老黎的时候,眼前有了微弱的光感,随后便逐渐明亮起来,黎大明这才稍稍松了一口气。

终于等老黎把所有的菜买齐,黎大明才若无其事地和父亲一起慢慢悠悠地返回家中,途经那家鲜花店,黎大明犹豫了一下,走进去买了九朵红玫瑰。

回到家,老黎开始在厨房里忙活,黎大明找到一个干净的玻璃瓶,把九朵含苞待放的红玫瑰放进去,又小心翼翼地把花瓶搬到桌子上,看着自己插放得错落有致的造型,他很是满意。做好这一切,黎大明刚坐到沙发上,准备休息一下就去给老黎打下手,又一阵眩晕猛烈袭来,眼前再次一片漆黑。

这间隔也太短了!黎大明再次恐惧起来,难道今天就是他的末日?难道早上和王霄那最日常的一别竟是永别?黎大明强迫自己镇静下来,想想现在最要做的事情是什么。"大明,你想不想吃蛋黄娃娃菜?我现在就给你做一个?"厨房传来老黎的声音。黎大明说:"不用,我现在不想吃。爸,你帮我拿张纸,再拿支笔来,可能刚才走路多了,我有些累,不想动。"

老黎当即放下手里的活儿,过来问道:"除了累,你还感觉哪里不舒服?头疼不疼?"黎大明说不疼,就是有些累。

老黎把找到的纸和笔递到黎大明面前,说:"给,你要纸笔干什么,要写什么?"见黎大明把手伸向错误的方向,老黎突然意识到儿子的眼睛出了问题,一把抓住儿子的手惊叫起来:"大明,你的眼睛怎么了?你是不是看不到?"

黎大明知道不能再瞒着父亲了,也许这一次失明就是永久性的,也许很快他就意识不清了,他还有一些事情要和父亲交代。

黎大明说:"你不用担心,这只是间歇性的,过一会儿就恢复正常了,只是有些事我得提前跟你说。"黎大明摸索着在纸上写下了两个手机号:"这两个号码,第一个是方晓棠的,第二个是我的主治医生何琳的,出现紧急情况,一定要先打这两个电话,一切听她们的安排。还有,爸,王霄是个非常善良的女孩子,能在这个时候遇到她是我们的运气,只要她能活下来,你老了以后就不会孤苦伶仃,你老有所依,我才踏实安心。以后把王霄当亲人,其实,我喜欢她,她也喜欢我,即使没有那份协议,我也心甘情愿把肾捐给她……"

"什么话都别说了,马上去医院。"老黎打断他,这就要打120。

黎大明坚持要再等一会儿,如果视力恢复不了就去医院,老黎坚决不同意,在父子俩的争论中,黎大明的眼前又亮起来,视力重新恢复,但是,只过了半小时,又看不见了。老黎不顾儿子的阻止,拨打了120。

趁恢复视力的间隙,黎大明立即给方晓棠和何琳打去电话,让她们开始做相关准备,何琳让他赶紧来医院检查。

救护车到来的时候,黎大明又陷入了无边的黑暗,不过脑子还是清醒的,他提醒老黎:"别忘了带上放在柜子顶上的文件袋。"这是他备份的一份捐献材料，原版的那份已经给方晓棠了，让老黎带上，是想到方晓棠此刻应该也在透析，回家去拿，怕时间来不及。

上了救护车以后，黎大明就进入了昏迷状态，老黎大声地叫"大明，大明——"，得不到任何回应。

第三十三章

我才是他的第一监护人

王霄刚下透析机就接到方晓棠的电话："你现在来四楼脑外科主任办公室，我在这里等你。"

王霄不情愿地问："什么事啊？我急着回家，大明正在家等我呢。"

"不行，我有重要的事情，你必须来，立刻！"方晓棠的语气坚硬而反常，王霄只得拨打了黎大明的电话，想告诉他，自己可能要晚一会儿到家。

没人接听，又打了老黎的，也是无人接听。脑外科！方晓棠为什么让自己去脑外科？大明和老黎为什么同时不接电话？一种不好的预感像电流一般立即传遍王霄的全身，她箭一般冲向四楼。

推开脑外科主任办公室的门，气喘吁吁的王霄愣住了：黎大明和老黎并不在这里，屋子里有八九个人，除了方晓棠和妈妈岳明坤，还有几个半生不熟的面孔。王霄仔细辨认一下，认出其中一个是OPO评审委员会的何主任，不用说，其他几个都是OPO的评审委员。

没等王霄开口,何主任说:"王霄,鉴于黎大明目前的紧急情况,我们 OPO 评审委员会决定给你们开通绿色审核通道,现场对你们的申请再次审核,现在——"

"黎大明有什么紧急情况?他到底怎么了?他在哪里?"王霄打断了何主任,目光投向方晓棠,"快告诉我,黎大明现在在哪里?"

"在抢救室。"方晓棠说,"王霄,你不要过去,你要留在这里配合 OPO 的审核,这完全是大明的意思。"

"抢救室!"王霄只听到了这三个字,又箭一般冲了出去。

抢救室外,穿着绿色手术服的何琳医生手里拿着两张单子,一张是红色,一张是蓝色,正在和老黎谈话:"决定手术,就要在这张红色的手术告知书上签字,然后立刻交费;放弃的话,就在这张蓝色的病危通知单上签字,黎大叔,您得赶紧拿方案。"

"手术成功的希望有多大?"老黎问。

"50% 吧,但这个概率只是针对这一次手术。这次导致他昏厥的不是主瘤体,是扩散到枕叶部位的一个新的瘤体,并且压迫了视觉中枢,这个瘤体是可以切除的,但以后复发是必然的,因为连着脑干的主瘤体不可能切除,它会一点点长大,这次手术只能解决临时问题,延长病人的生存期限。"

"要开颅吗?"

"微创开颅。"

"手术费用多少?"老黎又问。

"可以先交十万，不够再交。"

"你让我想想。"老黎把何琳手里的两张单子同时接过来，却没接住，纸落到地上，他捡了几次，都没捡起来。

给黎大明治病几年，何琳和老黎已经很熟悉了，她有些同情又有些着急，帮老黎从地上捡起两张单子，轻声说："黎大叔，说实话，大明这种情况，就算这次手术成功，也只是多活几个月而已，所以，您怎么选择，我都能理解，只是，现在您不能犹豫，必须立即定方案。"

老黎没有第二种选择，因为他手里只有三万七千元，他颤抖着手从何琳手里抽出了蓝色的病危通知单，就在他哆哆嗦嗦要落笔的时候，一个声音从他身后传来："不签这张！"

王霄从何琳手里抽出另一张红色的手术通知单，飞快地签上了"王霄"两个字，交给了何琳："立即手术，我是病人黎大明的妻子，我才是他的第一监护人。"

何琳惊愕地看了王霄一眼，说："好。"然后一边开缴费单，一边大声下达指令："准备手术。"顷刻间，抢救室内所有医务人员忙碌起来，没等王霄进去看一眼，黎大明就被护士转移到手术室。

反应过来的老黎老泪纵横，他走到王霄面前，把手里的一张银行卡递给她："王霄，谢谢你，我这里有三万七，你先拿着，剩下的钱我慢慢还你。"

王霄把老黎的手推回去，委屈地说："爸，大明出事，你第一时间应该告诉我而不是晓棠姐，钱就更不用还了，支付大明的手术费是我的义务,不是你的义务,再说,我们俩也不缺钱。"

老黎说:"王霄,你们签的协议,我看过了。"

王霄并没有多吃惊,她已经猜到了,她说:"爸,那是以前,现在不一样了,那份协议已经作废了,不算数了,以后不要再提了。现在,我和大明就是正常的夫妻关系。"

难过,感动,加上愧疚,老黎心里百感交集,泣不成声。

方晓棠和岳明坤赶过来时,王霄已经交完费,回到了手术室外的等待区。看到王霄手里的收据,方晓棠明白了一切,她什么都没说,只是紧紧地抱了抱王霄,在她身旁坐了下来。岳明坤深叹了一口气,错失了这样的机会,她自然很难受,但看着满脸泪痕的女儿,看着沧桑憔悴的老黎,岳明坤不忍心多说一句,只是默默地陪他们等待手术结果。

手术进行了五个小时,下午6点,手术室的门终于开了,一脸疲惫的何琳从里面走出来,四个人同时迎了上去,王霄慌张地问:"怎么样?"何琳告诉他们,手术基本上算是成功的,在不伤害神经的情况下,能切的都切了,目前,他的各项生命体征都很稳定,应该在四十八小时内能醒来。

何琳的话让所有人都松了一口气,老黎让她们三个回家休息,自己守在这里等大明醒来。何琳说:"你们留一个人到我办公室来一趟,填一下病人信息,办理住院手续,剩下的都回去吧,病人马上要转到ICU,有消息会电话通知的。"王霄叫了一辆网约车,让司机把他们三个人挨个送回家,然后去了何琳的办公室。

填好病人信息后,何琳问王霄:"黎大明一直正常服用 Bufo-tanine 吗?"

王霄问:"您说的是羟基它里宁吗?"

"是。"

"他一直正常服用。"

"那就奇怪了,理论上讲,在药物维持的情况下,瘤体不应该长得这么快,和三周前那次检查相比,今天切下的这个瘤体几乎比三周前扩大了三倍,如果他确实一直正常服药,那就说明这个药已经对他无效了,得重新换药。"何琳发愁地说,"找到效果好的靶向药很难,如果找不到适合他的药物,虽然切了,还会长得很快。这次算他的运气好,没有破裂,否则,脑干部位出血,基本上是没救的。"

王霄倒吸了一口凉气,越想越后怕,这些天,她还缠着他去学蝶泳,去郊外兜风,殊不知,轻轻一个趔趄就可能要了他的小命!王霄一再请求何琳寻找适合黎大明的靶向药。

办理好住院手续,王霄接到了她妈岳明坤的电话:"你应该一天没吃饭吧,我给你熬了小米粥,你回来吃饭。"

王霄知道,妈妈除了让她回家吃饭,更重要的是要审问她今天为什么会有这番操作,问她到底想干啥。她无法回答,于是她说:"我得回大明家,帮他拿一些住院需要的衣服什么的,吃饭的事我自己解决,你不用管,我正开车,挂了啊。"没等岳明坤开口,王霄赶紧挂了电话。

走出门诊楼的大厅,一阵冷风袭来,王霄下意识裹紧了外套,肚子里"咕咕"作响,她这才想起自己已经十二小时滴水未进了,医院门口有一家热饮店,王霄要了一杯五谷豆浆,一边喝着一边在路边徘徊,她问自己:今天是不是太冲动了,头脑发昏了?现在是不是后悔了?答案是:她很清醒,她不后悔,她必须救他,她现在唯一关心的是,重症监护室里的黎大明什么时候能醒来,醒来后是否还能记得他们的成都之行,是否还记得答应过和她一起过相识半周年纪念日,醒来后的他还能活多久……想着想着,王霄泪流满面,大滴大滴的眼泪落到了喝了一半的豆浆里。

王霄回到家已经快夜里11点了,怕吵醒老黎,她轻轻地旋转钥匙打开了门,却发现老黎正坐在沙发上。看见王霄,老黎站起来说:"王霄,你还没吃饭吧?我给你熬了一碗百合莲子粥,炒了香菇和芦笋,在蒸笼里还热着呢。"

王霄庆幸自己回来了,否则老黎可能要再等两小时,虽然她一点都不饿,但为了让老黎心里好受一些,她说:"爸,这么晚了,你怎么还没休息呢?我马上吃,吃完了我自己收拾,你快去休息。"

老黎说:"好。"然后帮她盛好了粥,又把蒸笼里的菜端到桌子上,这才回卧室休息。

桌子上除了老黎炒的香菇甘蓝和清炒芦笋两盘菜,最显眼的要数黎大明插在瓶子里的那九朵红玫瑰了,王霄进门的第一眼就看到它了,一朵朵插放得错落有致,每一朵都含苞待放,他到底还是买了。

喝着百合莲子粥，吃着香菇甘蓝和清炒芦笋，看着鲜艳欲滴的红玫瑰，压抑着不出声的哭泣，这就是王霄永远忘不掉的相识半周年纪念日晚餐，一个人的纪念日晚餐。

收拾好碗筷，洗了一把脸，王霄回到卧室。没有"城墙"的大床很宽很大，王霄躺在黎大明的"地盘"上辗转难眠，突然想起何琳说的关于用药的问题，她起身打开黎大明专门用来放药物的抽屉，从里面找到了羟基它里宁药瓶，轻轻拧开，发现里面还有很多剩余的药片，王霄倒出来一粒，奇怪地发现黄色的药片上有"Vc"的字样，羟基它里宁为什么要打上"Vc"标志？王霄迅速在各个抽屉里翻找起来，最后在最下层抽屉的最里端发现了 Vc 药瓶，里面的药片和 Vc 很相近，但没有"Vc"标志。

羟基它里宁药瓶里装着 Vc，Vc 瓶子里装着羟基它里宁。

一瓶 Vc 一共 100 粒，王霄数了数，还剩下 40 粒，那么他吃下了 60 粒 Vc，也就是说他少吃了 60 粒羟基它里宁，按每天 3 粒的剂量算，他已经停药二十天了。他为什么要停药？他不知道停药意味着什么吗？二十天前发生了什么事刺激他停药？

二十二天前，王霄发生第四次透析液反应！

他是怕她来不及移植他的肾！怕她哪一天就在透析反应中死掉了，怕她失去这个机会，所以，他宁愿选择早一天离开。停药以后，他应该感受到了身体发生了变化，所以告知了方晓棠和老黎，让老黎有心理准备，让方晓棠协助处理申请捐献的事情，他应该是在晕倒前给何超主任打了电话，否则，OPO 评审委员会成员不会那

271

么整齐地出现在四楼脑外科主任办公室……

为了验证自己的推理,王霄找到黎大明留在家里的手机,查看了他的通话记录,果然,上午 10 点 28 分,他给何超主任打了电话;10 点 30 分,又给方晓棠打去电话。而在一周以前,他也相继给他们两个打过电话。

如果她的推理是正确的,前段时间方晓棠的意外造访,老黎情绪的一反常态,黎大明的拒绝外出都有了合理的解释。

拿着两个完全不同的药盒,看着外形极其相似的两种药片,王霄清晰地感受到自己心脏的颤抖。

不行,她今晚必须知道答案!把两个药瓶装进包里,抓起车钥匙,王霄飞速赶往医院。

第三十四章

因为它是永生花

脑外科的值班医生小杨百分百地向王霄肯定：羟基它里宁药瓶里装的是 Vc，Vc 瓶子里装的是羟基它里宁。

王霄的眼泪喷涌而出，但并不是感激感动的泪水，而是委屈的泪水。黎大明，你这个自作主张的蠢驴！我早就不稀罕你的狗屁腰子了，我稀罕你这条狗命，我稀罕能和你待在一起的每一分每一秒！

又累又困，脸上还挂着泪痕的王霄在重症监护室外的长椅上睡着了，这一觉竟然睡了十小时，第二天上午醒来时，她的身上盖着一条羊毛毯，妈妈岳明坤和老黎都坐在她的旁边。她问道："大明醒了吗？"老黎说还没有醒，但医生说一切都很稳定，让她不要担心。

王霄喝了几口她妈带来的皮蛋瘦肉粥便去找何琳了。得知黎大明竟然停药二十天，何琳唏嘘不已："黎大明这是疯了，他为了你真是不顾一切啊。"

王霄问："等他醒来后，羟基它里宁是不是可以接着用下去？"

何琳说："可以的，黎大明用羟基它里宁后，一直控制得还不错，如果这次他没有擅自停药，再撑上三个月都没有问题。"王霄长舒了一口气。

晚上 7 点，黎大明手术后三十小时左右，王霄接到重症监护室医生的通知，黎大明醒来了，意识清醒，视觉和听力都正常，家属可以进去探视，但仅限一人。见老黎激动得直抹眼泪，王霄想把这个机会给老黎，老黎却说："王霄，还是你进去吧，他最想见到的是你。"

醒来后的黎大明虽然浑身插满了管子，动弹不得，但精神状态很好，第一眼看到王霄，他就认出了她。王霄俯下身，嘴巴贴近他的耳朵，说："你味觉失灵，分不出 Vc 和羟基它里宁的味道，但你的眼睛也瞎了吗？看不清 Vc 和羟基它里宁形状与颜色的差别吗？"

黎大明眼角渗出了泪滴。

"等你恢复好了以后，如果不能给我一个合理的解释，我就挖掉你这两只连药片都分不清的眼珠子。"王霄想做一个挖眼的动作，可刚伸出去的手就被黎大明紧紧抓住了，十指相扣，手心贴着手心，传递着彼此的体温，传递着生离死别后又重逢的百感交集，两个人都泪流满面。

在天堂里转了一圈，又被死神遣送回来的黎大明内心万马奔腾，各种心情交织，虽然完全打破了他的计划，但再次看到王霄这张掺杂着忧伤、混合着愤怒的可爱又美丽的小脸，他又欣喜至极，甚至于抓着王霄的手不愿松开。监测仪上显示黎大明的心率加快，医生说，黎大明刚做完手术，不宜情绪激动，让王霄早点离开。王霄轻轻拭擦掉黎大明眼角的泪滴，依依不舍地对他说："你现在好好休息，这笔账等你回到普通病房咱们再好好清算，明天的探视机会让给爸爸，我后天再来看你，你要好好配合治疗，争取早一天转到普通病房。"

"遵命，老婆。"黎大明的声音小得像蚊子哼，但王霄还是听到了。

王霄吻着他的耳朵说："从此刻起，咱们俩都转正了，我是你的正版老婆，你是我的正版老公，你以后要再装蒜，再敢在床上垒墙，我就真挖你的眼珠子。"

黎大明笑了。

王霄从重症监护室出来后便给老黎打去电话，告诉他大明醒来后的情况很好，让他不要担心。她本想开车去商场给黎大明买把剃须刀，刚走到停车场，老远就看见妈妈岳明坤正站在她的车旁。这是在堵截她的节奏啊，王霄知道这场质问是躲不过的。果然，岳明坤下命令道："今晚跟我回家，你得像样地吃顿饭。"没办法，王霄只得服从。

王霄以为这场训斥马上就要拉开序幕，她已经准备好了应对策略，可一路上岳明坤只是在问黎大明在重症监护室的情况，一直到回到家里，她都没说一句埋怨的话。

王霄知道问题是回避不了的，回到家之后，她主动问妈妈："妈，我这样做你没生气吧？"岳明坤叹了口气说："人心都是肉长的,大明是个有情有义的孩子,换作我在场,可能也不忍心。不过,理解归理解,我问你两个问题,你得给我说实话。"

"哪两个问题?"王霄警惕地问。

"第一,你现在和黎大明到底是什么关系?你救他是出于朋友之间的同情还是你从心里喜欢上他了?第二,他的肾你到底还要不要?这次你救了他,下次呢?一次次救下去吗?"

这两个问题在王霄心里都有肯定的答案,但她不知如何回答,否定就是欺骗,肯定却对她妈有些残忍,所以她只能沉默。

而沉默就是默认。

这是岳明坤最害怕的结果,因为这意味着女儿将要或已经在承受着巨大的痛苦,而她只能眼睁睁地看着。岳明坤把炖了一个下午的山药乌鸡汤端到女儿面前说:"不用急着回答我,先把汤喝了,想清楚了再说。"

王霄边吃边哽咽:"妈,你知道吗?为了尽早把肾捐给我,大明偷偷停了抗肿瘤的药,否则也不会这么早就发作,他为了我连命都不要了。"

这次该岳明坤沉默了,过了许久,岳明坤说:"我不阻止你用自己的钱去延续他的命,但你必须答应我,到了救不了的时候,你要想得开,你得接受他的肾。我想,这一定也是大明最想要的结果。"

"我做不到。"王霄摇了摇头,同意接受黎大明的肾,就意味着等待甚至渴盼他的死亡,她的美好未来不但没有了黎大明的参与,还要以黎大明的死亡为背景,如此悲壮而凄烈的人生悖论是王霄不能接受的。

岳明坤叹了口气,她知道要让女儿接受,需要时间。

六天后黎大明转入普通病房,没等王霄苦苦哀求,何琳主动找到护士长给黎大明安排了单间。为了庆贺黎大明从ICU转入普通病房,王霄从家里带来了黎大明送给她的那九朵玫瑰。

黎大明问:"这是你买的花?"

"不,是你买的,你晕倒之前为了庆祝我们相识半周年纪念买的。"王霄说。

黎大明睁大了眼睛,的确,还是那个包装,还是那个造型,只是,他疑惑地问:"我是六天前买的,它怎么还这么鲜艳?一点都没有枯萎。"

"因为我把它做成了永生花。"王霄说。黎大明用手摸了摸,果然是干花。

王霄给了黎大明一个意味深长的笑:"哎,正版老公,你送我的红玫瑰将永不凋谢哟。"黎大明也笑了,在重症监护室醒来的那一刻,他就知道他和王霄的这场"孽情"是确定躲不掉了,既然躲不掉,那就轰轰烈烈、不留遗憾地爱一场吧。

以前是王霄住院,黎大明陪床,老黎送饭;现在是黎大明住院,王霄陪床,老黎送饭。模式看上去和王霄住院时差不多,但只有王霄和黎大明知道,他们的关系发生了翻天覆地的变化。

王霄说:"黎大明,你背着我偷偷停药,你自己说该受什么样的惩罚？"

黎大明讨饶道："我甘愿听候老婆发落，只要别挖我两只眼珠子就行，我得留下它们看你这又傻又笨又花痴又蛮横无理的丑样子，否则，我白挨这一刀了。"

"罚你每次和我分开的时候必须吻别。"

"我去趟卫生间算不算分开？"

"黎大明，你欠我一个洞房花烛夜。"

"什么时候还？今晚行吗？"

"不行，你现在颅压还有些高，不能激动，出院以后吧。"王霄满脸绯红。

"那我现在就去问问何医生啥时能出院。"黎大明说着就打开病房门，奔向何琳的办公室，刚走了几步又折了回来，"哦，对了，忘了吻别。"

黎大明的油嘴滑舌此时在王霄的耳朵里简直就是天籁，连他吃面条时吧唧嘴的声音王霄都觉得很好听，她一会儿给黎大明喂点鸡汤，一会儿给黎大明削个苹果，一会儿逼黎大明吃她亲手做的霄式沙拉，黎大明的指甲她来修，黎大明的臭袜子她来洗，连刮胡子这样的事情，她都想代劳，黎大明反抗说："大花痴，你这是以爱的名义来统治我，我连留个指甲的权利都没有了。"

王霄说："那当然，婚姻就是对权利的限制，以后你所有事情都归我管了，包括指甲的尺寸形状。哦，对了，以后给任何女性朋友发信息，内容我得先过目。"

转到普通病房不到一周，黎大明被王霄喂胖了三斤，看到黎大明日渐红润起来的脸色，王霄心里溢满了快乐，但这份太具体太真实的幸福有时候又让她无比伤感，因为她知道不久的将来她会突然失去这一切。

第三十五章

我黎大明今晚是你的人了

王霄提着买回来的水果刚走到病房外,就听到里面人声鼎沸,推开门一看,是方晓棠、丛睿、陈越,还有果果,他们正和黎大明聊得热火朝天,窗台上还有他们带来的水果和鲜花。王霄惊叫道:"哟,你们组团来了。"

方晓棠说:"陈大哥和丛睿要来看大明,我就跟着来了。"

"何首乌呢?她这么爱凑热闹,怎么没来?"王霄问。

"我干妈病了,她在输液呢。"果果抢先回答了。

"输液了?"王霄问方晓棠,"她怎么啦?我上次透析时就没见到她,她说临时有事,改为下午透析,这些天我光忙大明的事了,也没来得及和她联系。"

"没什么大问题。"方晓棠说,"她前段时间查出钙磷代谢异常,轻微的高尿酸血症反应,现在正住院调整呢。"

"血管没钙化吧?"王霄有些担忧,尿毒症患者最容易引起的是血管钙化,最怕的也是血管钙化,因为血管钙化会导致心脏增大和脑出血,80%的肾病患者都死于这两种并发症,这是所有尿毒症病人都知道的常识。

"没有没有,只是钙磷代谢有些异常,输几天液就好了,你不用牵挂她,顾好大明就行了。"方晓棠说。

"那就好。"王霄没有注意到方晓棠目光的闪烁。方晓棠这样说是何首乌特意交代的,事实上,一周前何首乌被查出严重的血管钙化,心脏也有小幅度增大,她已经不在303透析室透析了,当时黎大明还在重症监护室,怕王霄难受,何首乌没有对王霄说实话,来的路上,方晓棠交代丛睿和陈越不要说漏了嘴。

丛睿和黎大明已经一笑泯恩仇,两人就哪支球队将获得下届世界杯冠军的问题争得面红耳赤,护士站的护士还特意跑过来看一眼到底发生了什么事。陈越提醒他们声音小些,别影响其他病人休息。

果果从什么时候开始称呼何首乌为"干妈"的?陈越大哥从什么时候开始变得这么温和了?王霄发现这两个月她光把注意力放在黎大明身上了,外界发生了这么多变化,她竟然浑然不觉。

方晓棠和丛睿他们走后,王霄有些不放心何首乌,便拨通了她的视频电话,视频里的何首乌一边输液,一边啃着哈密瓜,嘴里含混不清:"姐,想我啦?我现在动不了,钙磷代谢异常,正输液呢,等过几天我出院了就去看你们两口子,我师父怎么样啊?"

"你师父好着呢。"王霄把摄像头转向黎大明,黎大明配合着向镜头挥挥手:"放心吧,我很好,能吃能睡。"

王霄没看见徐卓出现在镜头里,问她:"徐卓呢?没在医院陪你吗?"

"我把他开除了。"何首乌轻描淡写地说,手里的哈密瓜又改成了烤地瓜,一边说一边大快朵颐。

"啊?"王霄问,"怎么搞的?上手的鱼又脱钩了?"

何首乌说:"不,这次是我甩的他,我提的分手。"

"为什么?"

"当着师父的面我说不出口,见面谈。"

"那好吧。"王霄说,"你好好休息,不许胡吃海喝,过几天我去看你。"

因为黎大明发病那天打了120,惊动了不少邻居,房东知道了黎大明是个重病患者,坚决不同意继续把房子租给他们了,老黎和黎大明商量着出院后再重新租一套房子。王霄直接说:"搬到我那里去。"王霄说的是她工作后自己买的一套两居室,有70平方米,距离她原来的公司比较近,认识黎大明之前,她一直单住,偶尔也去她妈岳明坤那里住一夜,搬到黎大明家之后,这房子就一直空着。

黎大明自嘲说:"那样我不成入赘了?还是带父入赘。"

王霄笑道:"不算入赘,以后咱们有了孩子,姓黎。"王霄说这话的时候是脱口而出的,没过脑子。孩子?多么遥远、梦幻、美丽的童话,老黎听得泪眼迷离,黎大明怔了一下,然后傻笑着伸出手指:"拉钩,说过的话,不许反悔。"王霄意识到她又说错话了。

黎大明说:"要让我搬到你家住,你必须答应我一个条件。"

"什么叫我家,是咱们家。"王霄问,"啥条件?"

"一个月后和我一起第二次向OPO提交捐献申请。"

王霄猜到了他会提这个条件，为了让他心安，她说："我答应你，但你也必须答应我一个条件。"

"说。"

"以后必须老老实实吃药，不许耍滑头。"

"成交！"两人拉了钩。

有能力给黎大明一个家对王霄来说是一件幸福的事，她用两天的时间把她的小家装扮得焕然一新，给老黎的房间添置了一张新床和新的铺盖，新换了一台更大、超清的液晶屏，给每个人买了整套的洗漱用品，给来旺买了一个舒适的狗窝安放在阳台，又买了好几盆漂亮的绿植分布在客厅的各个角落，然后把家具重新调整了位置，整个家看起来清爽、温馨，王霄自己看着很满意。

得知黎大明父子要搬到王霄的房子里去，岳明坤一开始觉得有些不合适，但转念一想，这样更利于以后OPO的审核，对黎大明这个弄假成真的女婿，她也是很心疼的，况且，女儿决定的事她根本阻拦不了。思来想去，岳明坤决定不再阻止。为了表明自己的态度，在黎大明出院的前一天，她帮王霄和老黎一起到原来的房子里收拾好了东西，打好包，帮他们把东西搬了过去。

黎大明无法形容自己搬进王霄家的那一刻心情有多复杂。简约的风格，精致的装饰，每一个位置的每一个物件都摆放得恰到好处，可见王霄花费了多少心思和精力。客厅墙上的一个藤制的壁挂篮里插放着那九朵红玫瑰永生花，结婚那天送给她的那盆葱兰也被她搬来了，放在了卧室的书桌上。

怕老黎住得拘束，王霄对老黎说："爸，我再次向您声明，那份协议不算数了，我和大明的婚姻是合理合法的，你一定要把这里当成自己的家。"

到了这个份上，老黎还能说什么呢，他连连点头："都听你的，对我来说，你们俩到哪儿，哪儿就是家。"

老黎还不太会使用新厨房，王霄说："爸，你先收拾你自己的房间吧，今天晚饭交给我和大明。"

王霄把长发扎成了一个高耸的马尾，系着一件合身的围裙，面带笑意，娴熟地洗菜、切菜。黎大明看呆了，他想起第一次见到王霄时的样子，优雅、知性、高冷，拒人于千里之外，黎大明感叹，王霄是如何一步步变得如此接地气的，他和王霄的关系又是怎么一点点发展到今天这一步的？

发现黎大明在看她，王霄害羞起来："看我干什么？"黎大明过去搂着她的腰，说："想看，我老婆就是与众不同，连穿围裙都那么有范儿！"

王霄头一扬："那当然，你老婆我上得厅堂，下得厨房。"

王霄从冰箱里拿出早上买的基围虾交给黎大明："你只负责一件事，把这些虾线挑了，其余的事我来做。"说着找来了挑虾线的专用工具，给他示范了一次，然后就去忙其他的了。

等王霄炒好了两盘菜，过来看黎大明的任务完成情况时，登时笑得肚子疼，黎大明不仅把挑过虾线的虾排队码放得整整齐齐，居然把挑出来的虾线也一丝不苟排成了一排，像小学生作业本上的格子一样平行。"你排这个干什么呀？"

黎大明说："一共是二十二只大虾，你示范时挑了一只，虾线被你扔到垃圾袋里了，剩下二十一只是我挑的，二十一只大虾，二十一根虾线，完全对上，请验收。"

王霄说："你把虾线排这么整齐有意义吗？"

"当然有意义，你检查的时候只要数虾线的根数就行了，不需要把这些大虾一只只扒开了看，虾线的根数够不够代表着有没有漏网的，虾线的长短代表着挑得干净不干净。"

"好吧，算你说得有道理。"

两人的笑声传到了室内老黎的耳朵里，老黎老泪纵横。假媳妇变成了真媳妇，他又欣慰又心酸，如果这两个孩子都没有病或是没有这么重的病该有多好啊。老黎越想越难受，此刻在他的心里，王霄就如同他的亲生女儿，如果他的肾能给王霄他是一百个愿意的，可他偏偏血型不符。"既然大明的肾适合她，那就给吧，"老黎找了一张纸擦干了眼泪，自言自语道，"两个孩子，能保一个就保一个吧。"

王霄做了四菜一汤，虽然味道赶不上老黎做的，但也是色香味俱全。吃完饭后，老黎说："王霄，你累了一天了，快去休息吧，碗筷我来收。"王霄还要帮大明收拾衣物，就没和老黎争。

洗漱完毕，王霄把装着黎大明衣服的箱子搬到卧室，打开衣柜，一边把衣服一件件往柜子里挂，一边交代黎大明："左边区域是我的，右边区域是你的，毛衣放在最上方的柜洞里，大衣和衬衫要挂起来，大衣和羽绒服放在长衣区，衬衫放在短衣区，短裤和袜子分别放在这两个抽屉里。还有，我不在家的时候你一定要把手机带在身边，每隔两小时要给我发一条信息，家里的重活儿你不要干，超过十公斤的重物你不许提，要叫我帮忙……"

黎大明知道，王霄滔滔不绝地讲话更多是为了掩饰她内心的紧张，两人心里都清楚，今晚，注定是他们的不平凡之夜。

黎大明趴在王霄的耳边说："这入赘的待遇就是不一样啊，古人言，嫁鸡随鸡嫁狗随狗，王霄，我黎大明今晚是你的人了。"

第三十六章

不要赌这个概率

黎大明和王霄真正的婚姻生活拉开了序幕。每天清晨，两人依偎着从梦中醒来，王霄睁开眼的第一件事就是用她的吻去"袭击"黎大明。黎大明呢，想反攻回去，但王霄不同意，理由是："你头部的动作幅度不宜过大，像洗脸、刷牙、吃东西这些活儿必须你自己干，其余的都可以由我来代劳。"王霄要做的第二件事是监督黎大明吃下餐前口服药，无论黎大明怎么保证，她都要认真检查、确认，亲眼看着他把药丸咽下去。

等他们洗漱完毕后，老黎总能掐准时间将热气腾腾的早餐端上桌子，吃过饭后，两人要么手拉手在小区里散步，要么一起去附近的小菜市场买喜欢吃的蔬菜和水果。这样的日子太销魂了，几天后黎大明就开始不安了，总觉得这样坐吃山空不是回事，他和王霄商量，想从原来的自媒体公司里接一些文案策划、视频编辑之类的活儿，赚点生活费。王霄坚决不同意，她怎么能让黎大明把像金子一样珍贵，不，比金子还珍贵的时间用在挣钱上呢？她明确地告诉黎大明："不可以，你的脑瓜子不宜思考复杂的事情。再说咱们不缺钱，卡里有 150 万，足够我们花的了。"

黎大明反对："那不行，你将来的移植手术要花一大笔费用，术后恢复期，还得吃老本，而且要终身服用抗排斥药物，这些都要钱的。"

王霄劝他："未来是遥远的事情，咱们过好眼前的每一天才是对生命最大的负责。"

关于出去工作的事情，老黎拿出了自己的意见："你们俩的身体情况都不允许工作，我打听过了，我原来工作的那家餐馆开了一家分店，离咱们住的这个地方不远，骑自行车过去也就十五分钟，他们那里正缺人手，我已经和老板说过了，每天六小时，工资还是六千块钱。用这六千块维持咱们一个月的生活开销不成问题，以后花钱的事多着呢，王霄的钱不能动。"

王霄不在乎钱，但最终还是答应了老黎的方案，不为别的，只为让这父子俩过得心安踏实。

王霄从网上查到，马齿苋可以抑制肿瘤生长，便要和黎大明一起去郊外挖野生的马齿苋。黎大明笑她说："大才女，你没在乡下待过，你知道马齿苋长啥样吗？"王霄说："我不但能认出马齿苋，我还学会了不下十种它的做法，马齿苋炒蛋，马齿苋炒鸡丝，蚝油马齿苋，马齿苋绿豆汤，马齿苋饺子，马齿苋饼，凉拌马齿苋，等等。"

"你什么时候学的？"

"昨天晚上。"

"在哪儿学的？"

"在被窝里。"王霄又补充一句,"百度教的。"

"那好吧。"黎大明又问,"但是,去哪里挖?你知道什么地方能挖到马齿苋吗?"

"知道呀,一个卖菜的大妈告诉我,沿着滨河大道往西大约二十公里,路左侧有一个山坡,上面有一片竹林,竹林的南边是一片荒地,里面长着很多马齿苋。马齿苋的生长旺盛期是在六月到八月,现在是五月底,虽然它长得有些小,但也是口感最好的时候。"

黎大明又说:"野地里面和马齿苋长得相像的植物恐怕也有,我估计你这个城里长大的姑娘分辨不出来。"

王霄不以为然地从手机里调出了三张图片:"和马齿苋非常相像的植物是地锦草和垂盆草,就是这两种,第三张图才是马齿苋。我要是挖错了一棵两棵,还有爸爸呢,我相信爸爸一定能区分出来。再说,我查过了,地锦草和垂盆草都是无毒的,错吃了也不要紧。"

王霄的攻略做得如此到位,黎大明真是服了,他找到老黎用来栽花的小铲子和买菜的竹篮子,又帮王霄找到车钥匙,说:"出发吧。今天晚饭吃马齿苋专宴。"

暖暖的阳光,微微的风,清澈而湛蓝的天空,再加上两人忧郁而略带欣喜的心情,这注定是一次难忘的郊游。

挖完马齿苋,两人正躺在草地上看天上的云,突然方晓棠打来电话。

"王霄，何首乌情况不太好，我们今天下午去看看她吧。"

"什么叫情况不太好？"王霄一骨碌坐了起来，"她怎么了？"

"她血管钙化了。"

"不对！她只是钙磷代谢异常，她前几天亲口告诉我的，我还和她视频了呢。"

"她让我们瞒着你的，因为当时大明刚刚手术，她怕你担心。"

王霄的血液瞬间凝固！血管钙化是不可逆转的，而尿毒症患者一旦到了血管钙化的阶段，所有可怕的并发症都会蜂拥而至，这意味着何首乌的生命进入了倒计时，她剩余的时间甚至比黎大明还要短暂。

见王霄一句话不说，石化一般地僵坐在地上，黎大明接过她手里的手机，方晓棠告诉黎大明，何首乌的病情很重，现在心脏增大，呼吸困难，随时都可能脑出血。

两人当即开车去医院，途中接到了方晓棠母女，因为方晓棠来过两次，四个人以最快的速度找到了何首乌所在的病房。

进入病房看到何首乌的第一眼，王霄就感到一种揪心的痛，何首乌明显瘦了很多，脸色苍白，鼻子上插着氧气管，监控仪的各种颜色的线乱七八糟地缠在她身上，王霄下意识地扫了一眼监控仪上的数据，还好，脉搏、血压和血氧饱和度都处在正常值。

看见他们，何首乌立马来了精神，坐了起来："哎哟，要不来都不来，要来一起来，真是的，就不能轮流来吗，那样还能多陪我说说话，多给我买几次好吃的。"

王霄和方晓棠让她赶紧躺下，王霄攥着她的手，努力克制着眼泪："你可真会装，为什么要瞒着我？"

何首乌一副有气无力的样子，但俏皮劲不减："我怕耽误你们俩小别胜新婚啊，大明哥在 ICU 一待就是四五天，出来后你们还不得时时刻刻腻在一起啊，再说我知道自己一时半会儿死不了，能等到大明哥出院，这不，你们不一起来了？不过以后你们还真得多来看我几次，我怕我能陪你们的时间不多了。"

"瞎说什么。"尽管王霄努力控制着，但声音里仍然带着哭腔，"你不是说你要当一名采草大盗，多采几棵漂亮的鲜草气死丛睿吗？你才采了徐卓这一棵鲜草，不足以证明你的实力啊，你的采草工程才刚刚启动呢。"

"就是，瞎说啥呀？"方晓棠说，"你是不是想骗我们多来几次给你买吃的？"

何首乌苦笑着说："你俩在我面前还装什么傻呀？都是千年的狐狸，我能不知道血管钙化以后要面临的是什么？想哭就哭，哭完之后我还有正事给你们说呢。"

连果果都感觉到了空气中的酸楚味，她哭着问何首乌："干妈，你真的要死了吗？"

黎大明一把抱住果果说："果果你说什么呢，你干妈不是好好的吗？"

"可是来的路上，我妈妈和霄阿姨一直在哭呢？"

孩子揭穿了每个人的伪装，四个人都安静了下来，病房里静得只剩下氧气管的"哧哧"声,何首乌示意果果给每个人送一张抽纸,然后先打破了沉寂:"我知道你们难受,但咱们都明白,只要做不了移植,这一天早晚会来,只是从我先开始了。我走了以后,你们不要着急去见我,我可不想那么早就和你们会师。现在,我想给你们俩提个建议,那就是要想尽一切办法去做移植,晓棠姐和哥哥嫂子不是没配过型吗?去努力一把。霄姐,你也再去求求你爸爸,和命相比,自尊、面子都不值钱,该求就求,该要就要,不做就是等死。靠透析能活十年、二十年的人太少了,不要赌这个概率。还有,以后多给我烧些纸钱,到了那边我不想再做穷人了,我想当有钱人,就是那种看到自己喜欢的东西想买就买,不需要考虑价格,非常爽的有钱人。"

"别说了。"方晓棠忍不住哭出声来,"你忘了,咱们三个立过誓要一起好好活着的,你不能这样吓我们,果果也不能没有你这个干妈,你说过和我一起养大她的,你必须好起来。"

何首乌看着果果,说:"我这个干妈做得太不称职了,半路脱逃。我有一个用了一年的iPad,还挺新,送给你当纪念了,里面有我给你下载的图画书和故事书。果果,这是我唯一能送给你的,哈哈,算是留给你继承的财产吧。"

王霄终于崩溃了,号啕大哭起来:"何首乌,我们是来看望你的,不是来和你临终告别的,别说这些话好不好,我受不了了。"

"好好好,转移话题。"何首乌对黎大明说,"大明哥,你和果果回避一下,我要向她俩透露一个秘密。"黎大明领着果果出去了。

"不说出来我能憋死,说出来又怕你们俩笑话我,这话也只有在你们俩面前我能好意思说,对别人我还真说不出口。"何首乌整理了一下氧气管,鼓起勇气说,"我以前说的夜夜笙歌都是假的,骗你们的,我只是过了嘴瘾,其实,老娘到现在还是处女一枚,实在是愧对'何首乌'这个称号了,真是丢人啊。"

"那你为什么把徐卓甩了?"王霄问。

"徐卓喜欢我,可我喜欢丛睿,没办法,我就是这么犯贱,从始至终只喜欢丛睿,虽然他很可恨。我无法接受丛睿以外的人,徐卓那小子想玩真的,被我拒绝了,我只能提出分手。你们俩记住,如果丛睿死在你们俩前头,你们可得到我的坟墓前告诉我一声,他到了阴间我也不会放过他。我最大的遗憾就是在阳间二十五年竟然没尝过男欢女爱的滋味,就算你们俩不嘲笑我,估计到了阴间也得被鬼嘲笑。"

何首乌说得云淡风轻,王霄和方晓棠听得泪水绵绵,三个人抱在一起痛哭失声。

临回去的时候,王霄找到了何首乌的妈妈,问她何首乌的治疗费有没有缺口,需要的话就给她一个账号,她把钱打过去。何妈妈含泪说:"孩子,难得你对阿凝有这份情谊,她病情到了这一步,已经花不了多少钱了,别说没有肾源,现在就是有肾源,也没法移植了,晚了。"

当晚的马齿苋专宴是老黎做的,色香味俱全,可王霄和黎大明还沉浸在对何首乌病情的伤感里,吃不出味道的鲜美。

晚饭过后,王霄一直在客厅里发呆,黎大明攥着她的手在一旁陪她。8点,王霄犹豫着打开手机,给丛睿发去了一条短信:"我有事要当面跟你说,今天晚上能见一面吗?"

第三十七章

你没有遗憾

何首乌的病情发展得很快，血氧饱和度跟不上，导致全身的组织器官缺氧，由功能减退到逼近衰竭，各种并发症也接踵而来，消化道大面积出血，四肢皮肤出现紫绀，呼吸也越来越困难。

王霄每次来看她都心如刀绞，生病快一年了，她不止一次经历过身边病友的离去，但何首乌不一样，何首乌是她形影不离的小姐妹，是她身边一只快乐的小乌鸦，在她生病初期，是何首乌教她如何调节心情，如何保护透析的瘘管，告诉她什么东西不能吃，什么东西可以多吃。可以说，何首乌和方晓棠是她心灵的避风港，是她苦涩中的一道光，现在，她近距离地看着死神张着血盆大口，张牙舞爪地向无处躲藏的何首乌一步步走来而束手无策，并且在不久的将来，她和方晓棠也将要重蹈一条和何首乌一模一样的路，王霄除了钻心的痛，还有一份恐慌。

每天早上8点，王霄都会给何首乌发一条短信，然后就坐下来等回复，只要半小时收不到回复，王霄就开始坐立不安。王霄一发呆，黎大明就知道王霄又在想何首乌的事了，他知道言语上的安慰是无济于事的，每当这个时候，黎大明便攥着王霄的手，或把她揽在怀里。有时候，王霄在他的怀里哭，哭着哭着就睡着了。看着王霄脸上的泪痕，黎大明深觉撕心裂肺：何首乌离去时，也许自己尚能在身边陪她；等自己离去时，谁来安慰在手术中受着双重折磨的她呢？

何首乌的离去是在一个周末的凌晨。那天早上6点，王霄醒来后打开手机，发现有一条何首乌的短信，是昨晚11点50分发的："姐，是你告诉丛睿的吧，那家伙竟然施舍我一个吻，还给我买了红丝绒蛋糕，还是姐懂我，最后一次感谢。保重！"王霄激灵灵打了一个寒战，不好的预感向她袭来，她对黎大明说："何首乌、何首乌她可能不好了，我现在就去医院。"

王霄慌慌张张穿好衣服，装好手机，走到门口时，黎大明已经拿好车钥匙在等她了："你心里慌张，不能开车，我来开。"

王霄和黎大明赶到的时候，何首乌因心脏功能衰竭正在抢救中，抢救室外除了何首乌的父母还有方晓棠母女和丛睿。王霄问丛睿："你怎么也来这么早？"丛睿说他昨天就来了，一直没回去，是他通知的方晓棠。

一小时后，医生宣布抢救无效，何首乌的心脏停止了跳动。

葬礼在三天后，那天正赶上是透析日，303透析室里空无一人，门上不知被谁插上了三朵白色的小菊花，四个人为了参加何首乌的葬礼不约而同地将透析推迟了一天。葬礼现场除了何首乌的家人、朋友，还有很多来送行的病友，何首乌是整个肾内病区的开心果，是病友们的一剂良药，一想到压抑的病区里再也听不到她张狂的笑声，大家都泪眼婆娑，连陈越也失声痛哭。

果果全程参与了何首乌的葬礼，她抱着何首乌的遗像跟前跟后，像个小大人，黎大明担心地问方晓棠："果果还太小，让她跟着经历这些，以后她的心理会不会有创伤？"方晓棠含泪对他说，何首乌早已成了果果的半个亲人，果果享受了干妈对她的疼爱，她有义务送干妈一程。再说，以后还有更惨痛的离别伤痛，她早晚要学会面对。

在一个偏远的角落里，王霄发现了抱着鲜花的徐卓，别人送的是黄色和白色的菊花，而徐卓怀里抱的是一束蓝色玫瑰。王霄走到他身边说："谢谢你能来给她送行。"徐卓哽咽道："王霄姐，我喜欢何凝，何凝喜欢丛睿，丛睿喜欢你，你爱大明哥，而大明哥偏偏又生了这么重的病，你说，这是我们的宿命吗？"王霄接过他手里的花，说："每个人都违背不了自己的内心，我们尊重何凝内心的选择。"

何首乌的墓碑旁除了黄色和白色的菊花还有一束蓝色的风信子，王霄猜是丛睿送的，她把徐卓的蓝色玫瑰放在风信子的旁边，抚摸着何首乌那张镶在墓碑上的年轻而俏皮的笑脸，说："何凝，你没有遗憾，这二十五年你没白活，我们都爱你。你在天堂一定会追寻到更美好的爱情，到时候需要什么装备尽管在梦里告诉我，姐给你买。"

何首乌在花丛中灿烂地笑着，仿佛听见了王霄说的每一句话。

303透析室又安排进来新的病人,一个四十岁左右名叫饶曼的女人。饶曼是个做抖音直播的女网红,粉丝量上百万,她一进来就问大家认识她吗?见大家都摇头,她很失望,也很不屑。饶曼打扮得时尚又前卫,如果不是一脸病态的黝黑和手臂上的透析瘘管,你会认为她是逛商场走错了地方。

明知道透析室床位紧张,不可能一直空着,医院再安排病人进来是必然的,可看着何首乌的透析机被别人占了,王霄心里很难受,她抬眼看了看方晓棠、丛睿和陈越,发现他们三个的脸色也是阴沉沉的,估计他们的心情和她是一样的,就连果果也生气地嘀咕着:"那是我干妈的机器,为什么让别人躺上去?"方晓棠制止女儿:"不要多说话。"

女网红话很多,不停地问这问那,还满腹牢骚,很烦人,她一会儿嫌床太硬睡着不舒服,一会儿嫌置物架上太脏了,怀疑没消毒。陈越、丛睿和方晓棠根本不理她,只有王霄偶尔机械地回答一句她的问题。当听说这台透析机的上一个主人刚刚去世,女网红立马不干了:"啊,死人用过的,太不吉利了,我不要这台机器,我要换机。"护士说:"科室只有这一台空着的机器了,您要么等下午来,要么换其他医院看看。"这两个方案女网红都不接受,在透析室里和护士闹起来。

正当大家都心烦意乱不知如何处理的时候,丛睿突然站起来说:"我想问一下这位美女,什么叫不吉利?死人用过的怎么就不吉利了?这屋子里有五台透析机,用过这五台机器的人都还活着吗？除了护士，我们五个都是尿毒症患者，我们都会死，我敢肯定我们死后这五台机器一定还会有人接着用。别说透析机了，医院里的每一张病床，每一件病号服，甚至每一个体温计，都被死去的人用过，你使用之前难道都要去调查一遍吗？"

丛睿的话刚落音，陈越接着说："人在海里，还怕水吗？进了医院就不能再讲究吉利不吉利了，看样子你也是个老病号，还有什么想不开的，你就是到银行去取钱，也不能保证每张钞票没有被死去的人摸过。"

女网红被他俩撑得没有词应对了，便挑衅地说："你们俩不在乎你们用啊，你们谁愿意和我调换？"

"我和你调换。"丛睿当即拿起他的水杯和手机，躺到了何首乌曾经用过的17号机上，"我不怕死人，也不需要消毒，你去护士站把我和你的名字换过来吧。"

事情就这样解决了，女网红得意地认为小伙子输给了她的激将法，只有王霄心里明白，丛睿不想让何首乌成为翻页的历史，他想让何首乌的气息留存得再持久一点，女网红正好给他提供了一个理由。

有人直播上课，有人直播旅游，有人直播种菜，这个叫饶曼的女网红的直播内容竟然是透析，而且收割了百万粉丝。护士给她打开机器，接通瘘管后，她娴熟地整理好手臂上的管子，从随身包里拿出梳子、口红、粉底垫，简单补了妆，然后把手机架放在置物架上，让镜头对准自己，分分钟就开始了直播，看得所有人眼都直了！丛睿这才明白，饶曼想跟他换机器的根本原因是他原来的那个透析位置光线好，角度也利于她直播。

饶曼的直播持续了两小时才结束，这两小时里大家都很少说话，怕影响她。饶曼让大家该说话说话，该干啥干啥，影响不到她。方晓棠问她直播能赚多少钱，饶曼说："赚不了多少，一年差不多二十万，基本能解决我的生活费和治疗费，没办法，生病九年了，所有的人情都被我用光了，我现在只能靠自己。"

方晓棠想，这女人除了没有孩子，其他情况和自己一模一样。

何妈妈来到303透析室，把一个包装漂亮的盒子交给了方晓棠，说："阿凝特意交代我，让我把她的iPad交给你，说是送给果果的。"方晓棠深知何妈妈来这个地方一定触景生情，心里更加难受，便不安地说："阿姨，您怎么亲自送来了？打个电话，我过去拿不就行了。"

何妈妈说："阿凝怕我忘了，交代我好几次，她交代的事我得给她办好了，充电器和数据线她都给放里面了。"

果果长期陪妈妈在医院，看见过也从大人的嘴里听到过有关死亡的事情，这一次，她又目睹干妈从抢救室被推出来的场景，也全程参加了干妈的葬礼，已经对死亡有了更深的理解，她知道她再也看不到那个总喜欢给她买好吃的、好玩的东西的干妈了。果果哇地哭了出来，这一次没有人责备她，除了那个新来的女网红用莫名其妙的眼神看着她，其他人都默默地抹着眼泪。

黎大明提出送何妈妈回家，何妈妈哭着说了最后一句话："早知如此，我就是违法犯罪、去偷去抢，也要给阿凝移植，说不定她现在还能活着。"

第三十八章

OPO 全票通过

时间在王霄的提心吊胆和小心翼翼中一天天度过，很快迎来了黎大明最盼望的日子——距离第一次被 OPO 驳回申请三个月了，也就是说，他们可以第二次提出申请了。

黎大明和王霄一个兴奋无比，一个忧心忡忡，因为有言在先，黎大明再次向 OPO 递交申请材料的时候，王霄无法提出反对意见，只得配合。

黎大明感慨自己又活了三个月，而且是"人生中最奢华的三个月"，王霄问他："怎么奢华了？这三个月里你经历过一次大手术，每天吃药，每隔十天要做一次 CT 检查，有时候还要扎针抽血，没有嗅觉和味觉，时不时还会头痛发作。除此之外，每周还得两次陪我去医院透析，这样的日子算得上奢华？"

黎大明说："这三个月，和自己心爱的人在一起，每天睡到自然醒，不用工作不用劳累，出去旅游过，体验过在向往中的雅西高速上飞驰，看过震撼的桥梁，完成了很多心愿，还可以经常出去郊游，挖挖野菜，放放风筝，这简直就是现在每个年轻人梦想中的躺平生活，这样的日子不奢华吗？"

马上就要接受 OPO 的面审了，黎大明想提前彩排一下，王霄却说："不需要，放平心态，从容应对，这次要还是失败，那就再等三个月。"

黎大明知道自己能再活三个月的可能性为零，这次审核只能胜不能败，他们必须做好充分的准备。他给王霄列出了 100 个可能被问的问题，并给出了最佳答案，逼着王霄记下来背熟，他又全面研究了七位评审委员的学历资料、家庭背景、性格特点，甚至生活经历，分析他们可能提出哪些更尖锐的问题，怎么说怎么做才能获得他们的信任和同情。七个人中只要有四个人投赞成票就算通过，而上次已经有两个了，这次黎大明对何超主任投赞成票很有信心，只是他拿不准上次的两张赞成票有没有一张是何主任的。如果没有，那么加上何主任目前已经有三票了，他只要再争取到一票就成功了；就算上次的两张赞成票里包含何主任的，毕竟他能活过三个月再次提出申请不容易，善良是人性的底色，黎大明相信用他的表现再争取两票，希望很大。

终于到了面审那天，黎大明拉着王霄提前来到 OPO 审核处。还是那间会议室，还是那七位评委，气氛还是那么庄严肃穆，虽然信心百倍，但黎大明到底是有些紧张，手心都冒汗，而王霄倒神情自若，很是坦然。

第一个程序还是何超主任宣读申请内容以及申请人黎大明和受捐人王霄的基本情况，内容和三个月前没什么不同。第二个程序还是申请人黎大明的个人陈述，黎大明稳定一下紧张的情绪，站起来说："各位评审委员：记得第一次申请没通过的时候，我说如果三个月后我还活着，我们还会来，但大家不知道我当时是多么绝望，因为那时候我对自己能活到今天连 1% 的把握都没有。五十天前，我又经历了一次脑部手术，在 ICU 里躺了五天，几经挣扎，我再次活了下来，今天能站在这里，真的是非常非常不容易，连我自己都觉得是个奇迹。我和我的妻子王霄都是独生子女，我母亲早逝，未来，我们双方有三个老人——我父亲、我岳父岳母都需要赡养，我们俩，无论是谁，只要有一个能有机会活下来，我们都会竭尽全力去成全对方，现在，我的妻子王霄和我血型一致，配型相合，这是上天眷顾我们一家，给我们的机会。还有重要的一点，我非常爱我的妻子，能给她一颗肾让她活下来是我此生最大的心愿。在此，我再次恳请各位评审委员，成全我们，给我们这个最后的机会。说是最后的机会，是因为这真的是最后一次提出申请了，我再活三个月的概率是零，恳求大家能让我在活着的时候看到审核通过，谢谢！"说完，黎大明眼含热泪，深深地给大家鞠了一躬。

黎大明短短几句话，包含着三个主题：第一，我能活到今天不容易；第二，恳请给我们的父母留下一个孩子；第三，恳请满足一个将死之人的遗愿。条理清晰，层层递进，句句扎心，再配合他自己切切实实的眼泪，黎大明在心里排练了无数遍的演讲起到了绝佳的效果，七位评审委员被深深地打动了，个个都十分动容，甚至有两位还抹起了眼泪。

秘书小韩宣读秘书处外调结果说明:"从上次申请被拒至今,黎大明和王霄是正常夫妻的生活状态,被调查的邻居和病友均反映他们非常恩爱,看不出利益交换的迹象。"

从各位评审委员的神情里已经看到了定局,黎大明暗暗地松了一口气。何超主任打算象征性地问王霄一个问题便进入最后一个程序——投票表决。一位女评审委员接到何主任的示意,问王霄:"我想问一下受捐人王霄,你爱人黎大明提出要给你捐肾的时候有没有向你提出什么附加要求?也就是说他给你捐肾是不是有条件的?"只要王霄说出"没有"两个字,审核通过就是板上钉钉的事了。

王霄看着女评审委员,一字一顿地说:"有,他给我捐肾是有条件的。"

所有人都愕然了!

女评审委员不敢相信地看着王霄:"是我没听清吗?请你再说一遍好吗?"

"黎大明给我捐肾是有前提条件的。"王霄又清晰地说了一遍。

"王霄!"黎大明看着王霄,发出一声绝望的惨叫。

王霄装作没听见黎大明的惨叫声,在众目睽睽之下,镇静从容地从包里拿出一份文件:"我和黎大明是假结婚,我们的婚姻是一场交易,这是我们结婚前签订的协议书。"

按照 OPO 的审核原则,所有材料必须公开,何主任接过王霄手里的协议书,当场宣读:"捐肾协议:'王霄、黎大明就捐肾一事达成以下协议。一、若黎大明死于王霄之前（以脑死亡为准），黎大明自愿捐肾给王霄。二、若移植手术成功，王霄要在自己有生之年照顾黎大明的父亲，直至老人去世……"

全场哗然！黎大明一下子瘫坐在那里。

女评审委员不解地问王霄："我不明白，你为什么要把这件事情公开？这次审核明明是可以通过的。"

"我知道真正的原因。"不知何时，何琳来到了评审现场，"对不起，我是黎大明的主治医生何琳，我知道自己没有权利参加这次评审，但是，关于黎大明要给王霄捐肾的问题，我是唯一的知情人，我认为我有义务在这里告知大家真相。"何琳一边说一边把一个U盘交到女评审手里："黎大明和王霄刚结婚不久就找我咨询有关夫妻之间捐肾的问题，当时我就怀疑他们之间有交易，他们结婚之后第三个月向你们提出第一次申请也是我建议的。可是后来，他们的协议性质改变了，他们之间有了感情，成了真正的夫妻。因为王霄数次发生透析反应，黎大明为了早一天给王霄捐肾，把自己一直服用的抑制肿瘤生长的药物偷偷停掉了，导致瘤体疯长，最终昏厥。当时黎大明的父亲黎岐山决定放弃手术，王霄本可以配合绿色通道的审核，并按照协议接受黎大明的肾脏，可是王霄放弃了这个绝佳的机会，她以黎大明妻子的身份否定了黎大明父亲的方案，为黎大明签字做了手术，并为黎大明交了十五万元的费用。那时候你们正在四楼办公室为黎大明的申请开通绿色审核通道，因黎大明接受手术，审核停止，大家对这事还有印象吧？U盘里的视频文件是我从监控里调取的，音频文件是我几次与王霄交流时的录音，算是我为这件事提供的证明。"

女评审委员将何琳的U盘插入电脑，很快，大屏幕上出现了那天手术室外的场景，老黎、王霄和何琳都在画面里，何琳打开手机里的一条条录音文件，大家清楚地听到了王霄与何琳每次交流的内容。黎大明曾经在脑子里想象过这个场景，没想到他竟然能在这个场合看到这个画面，黎大明的两次手术何琳都参与了，第一次是协助，第二次是主刀，可以说何琳是他的救命恩人，可从来没有哪一刻能让黎大明像现在这样对何琳充满感激。

"你救黎大明我们能理解，"一位评审委员问王霄，"但我还是有一点不明白，你公开这个秘密显然是不想让审核通过，不愿意接受黎大明的肾脏，为什么呢？"

黎大明替她做了回答："她担心一旦审核过关，我无所顾忌后可能会停止用药。"然后，他又转向王霄，说："王霄，我现在当着何琳医生和各位评审委员的面向你保证，我决不会停药，我会尽最大努力把生命维持到最后一刻，请求你收回你刚才的话，同意接受我的肾。"

全世界都安静了下来，等着王霄的回答，王霄泣不成声，一句话也说不出来了。

何超主任站起来说："也许在这之前，黎大明和王霄的动机真的存在问题，但是我们真切地看到，现在的他们是相爱的，而且感情深厚。可以说，在当今社会，在我们这些健康人的世界里，这种不顾自己、完全为对方着想的真挚爱情已经很稀缺了，我们成立OPO组织的根本目的还是救人，所以，我个人认为黎大明的申请完全符合条件，我也建议大家给黎大明机会，让他实现给心爱的妻子王霄捐肾的愿望。现在开始投票表决。"

全票通过！

现场响起热烈的掌声，黎大明含着泪和何琳医生以及每一位评审委员握手致谢，何超主任给了黎大明一个紧紧的拥抱。最后，黎大明向评审委员会郑重表示："我愿意无偿捐献我的眼角膜、肝脏、心脏、肺脏和另一颗肾脏等其他的有用器官，愿除王霄之外，能再救更多的人。什么时候签捐献协议，我随时等候评审会的通知。"

王霄边哭边捶打着黎大明："这么大的事，你总得跟我商量一下呀，你凭什么自己做主？"黎大明拥抱着王霄："这个想法早就在我的脑子里了，好好的器官陪葬了多可惜，把它们留在这个世界上给需要的人用不好吗？老婆，你就权当我还想再出一次风头，满足我吧。"

王霄说："除了一颗肾，如果我还想再向你要一样东西，你会同意给吗？"

黎大明说："当然同意，我的东西，你要啥都行。"

第三十九章

婚礼

王霄要的东西是黎大明身上的活体精子,这个黎大明拒不接受。

黎大明说:"王霄,你疯啦?你在 OPO 审核会上发疯还不够吗?你现在还要继续发疯?"

王霄说:"我没疯,我是深思熟虑的,你想,以后如果我移植了你的肾能够活下来,我一个肾移植者,终身服用抗排斥的免疫制剂,能嫁出去吗?我要想有一个自己的孩子只有做试管婴儿,与其使用精子库里来路不明的精子还不如用你的呢,知根知底,你的智商、颜值都还将就,所以我想联系做试管婴儿的专业机构提前取你的精子做冷冻处理。而且,这样一来,爸爸有了亲孙子或亲孙女,对他来说是多大的安慰呀。"

"不行。"黎大明一口否决,"肾移植者是不可以生孩子的,风险太大。"

"移植两年之后就可以,这是常识,也有很多先例。"

"就算可以生,你也应该先拥有一个正常的婚姻与家庭,生一个能在正常家庭中成长的孩子,而不是生一个没有爸爸的孩子,当单亲妈妈。"

王霄知道，骗取黎大明的精子不是那么容易的事，得从长计议，让他有个接受的过程，她说："这事不急，你先考虑一下。"

黎大明说："这事不用考虑，话题到此为止，以后不要再提起了，不过作为补偿，我打算送给你一个礼物。"

"什么礼物？"

"暂时保密。"

王霄兴奋起来，她知道又要有惊喜的事情发生了。虽然两人彼此相爱，衣食无忧，但进入生命倒计时的日子还是苦不堪言，黎大明总喜欢给她制造些惊喜，给她的生活添加一些期待的快乐。

得知OPO的审核通过了，岳明坤心里的一块石头落了地，但她并没有多高兴，事到如今，黎大明已经成了她的真女婿，两个孩子，一个奔死一个奔生，她的心里五味杂陈，黎大明提出为了庆祝审核通过，让她叫上老孟，两家人在一起聚个餐。"不聚。"岳明坤想也没想就回绝了。

黎大明还沉浸在审核通过的快乐中，审核通过后的第一个透析日，黎大明就忍不住在303室公布了这一重大消息。除了方晓棠热泪盈眶，其他人都怔住了！

丛睿给了黎大明友好的一拳："好兄弟！王霄嫁给你，值了。"陈越也拱起双手说："其实上次王霄发生透析反应的时候我就有这样的想法，我怕说出来伤害大明，所以就没说，现在才知道是我的境界浅了。大明，你给所有患者家属上了一堂珍贵的示范课，两个字，敬佩！"

饶曼对这件事的反应和别人不一样，一开始，她听得云里雾里，当完全明白了是怎么一回事时，她不由得感慨万千。黎大明不在场的时候，饶曼向王霄竖起了大拇指："高明啊，你这招太高明了！你年纪不大，病龄也不长，却想出了这个曲线救国的妙招，佩服佩服！我原以为生了这病就三条合法的路可走：一是透析等死，二是指望父母和兄弟姐妹捐肾，三是遥遥无期地在医院排队等肾。现在，你开辟了第四条路，找一个配型相合的人结婚，让他以配偶的身份给你捐肾。我今年三十八岁了，生病九年，都没有想到这条捷径，王霄，还是你厉害，你太牛了！"

对于饶曼这种口无遮拦的人，王霄不想接她的话，只是严肃地回了一句："不要拿我开玩笑。"

方晓棠很反感饶曼的关于"第四条路"的理论，她很不友好地反驳说："什么第四条路，王霄才没有那个心思呢，这是上天眷顾，给善良人的一种补偿，这种巧合不是每个人都能碰上的。"

饶曼仍然不识趣："你没明白我的意思，我的意思是先选择好配型相合且愿意捐献的人，然后再结婚，这个方法合理合法，毫无风险，它比走另外一条路要强一万倍。"

"另外一条路？"方晓棠疑惑地看着她。

饶曼环顾了一遍每个人的脸，说："花钱买呗，你们是真不知道还是装不知道？这是移植圈内公开的秘密，只是这是犯法的事，无法在正规医院进行，风险大。但有人成功了。说实话，我想过，但没敢。"

每个人的脸上都若有所思，但没有人接饶曼的话，饶曼觉得很无趣，便结束了这个话题。

透析结束后，王霄陪黎大明去做了CT复查，然后拿着结果去找了何琳，何琳说："很好，切除的部位没有小的瘤体出现，看来目前对羟基它里宁还没有产生耐药性。"

王霄问："脑干部分的主瘤体呢？有变化吗？"

何琳笑了："王霄，你真是越来越专业了。"又认真地看了另一张胶片，说："和我预料的一样，有一点点增大，但近期没危险，至少在一个月内没有危险，说实话，能控制到这个程度已经非常理想了。"

黎大明对这个结果很满意，可王霄不满意，她想要的结果是脑干上的主瘤体永远不变，黎大明生命的长度不受影响，而不是像现在这样以月为单位。何琳的话还没落音，王霄的眼泪就下来了。

出了何琳的办公室，黎大明提出去他们第一次喝茶的陶春茶社坐一会儿，去回忆一遍他们"微信建交"这一伟大的历史事件，王霄擦干眼泪说："好。"

来到了陶春茶社，王霄选了原来的座位，黎大明又点了两杯碧螺春，两人不约而同地开始"回放"当时的情景。

"哎，我的这两颗品质优良的腰子，对你真的就没有一点诱惑？"

"说不动心是假的，但我觉得，这不是正规的渠道。"

"正规不正规，就看你以什么为标准来衡量，我们这个交易合情合理合法,而且双赢。"

"我担心,我照顾不好一个老人。"

"你不需要马上做决定,现在,我们先加个微信,怎么样?"

说着,黎大明打开了自己的微信二维码,把手机推到王霄面前。

"对对对,我们当时就是这样加上微信的,哈哈哈哈……"王霄大笑起来,两人一边回忆,一边对台词,一切仿佛就在昨天。

黎大明说:"现在,你哭完了也笑完了,我该批评你了。"

"为什么要批评我?"

"因为你的贪婪和脆弱。人家何琳医生说至少在一个月内没有危险,又没说只能活一个月,你当着人家医生的面就哭了,说明你很脆弱;其实你明知道这个复查结果已经很好了,你还是不满意,说明你很贪婪。"

"和我的期望值不一样。"

"你的期望值是多少?两个月还是三个月?"

王霄不作声了。

黎大明说:"我保证超过两个月,努力争取三个月行吗?再多就不现实了。"

黎大明知道这样说无异于在王霄的伤口上撒盐,但是,不训练她的心理承受力,那一天到来的时候她如何承受?她要是一边崩溃大哭一边上手术台,手术风险会大很多,现在就得让她提前体验这个结果。

王霄何尝不明白他的想法,为了让他不担心,她索性直接揭穿他:"你担心我啥呀?和你在一起,我早就变得刀枪不入、百毒不侵了,期望值和心理承受力是两码事,我期望值高不代表我承受力差,我现在什么样的承受力都有,也做了最坏的心理准备。"

黎大明拥住她说:"那我就放心了,我争取再陪你三个月,这三个月,我们要把一辈子该做的事情都做了,把这三个月过成一辈子,好不好?不过,生孩子这事除外。"

老黎打来电话,问他们何时到家,菜都要凉了。今天是王霄的透析日,按惯例,至少要六菜一汤,两人这才感觉到肚子都饿了。

早上起来王霄就发觉了黎大明的不正常,又是整理头发,又是刮胡子,还对着镜子龇牙咧嘴,王霄笑问他:"干吗呀?你现在是有妇之夫,不需要勾搭小姑娘,打扮这么帅干什么?"

黎大明一边照着镜子往头发上喷啫喱水,一边说:"一会儿陪你去逛街,我得打扮漂亮些,万一在街上看到了金秀贤的巨幅照,我和他比一比谁更性感。"

临出门的时候黎大明又换上一身西装,这让王霄更感觉到今天可能有什么戏,而且黎大明唱的是主角。王霄拿起车钥匙问:"去哪儿逛街,万达还是德基?"

黎大明从她的手里拿过钥匙并把钥匙放回桌子上:"今天不开车,坐公交,你跟我走就是了。"

王霄也不问他葫芦里卖的什么药,乐呵呵地拿起包跟在他的后面。

两人来到公交站台，王霄问黎大明："我们要坐几路公交？"黎大明说："520路。"王霄仔细看了一遍公交牌，肯定地说："这里没有520路。"可王霄话音刚落，一辆520路公交车开到了面前，黎大明说："上车。"

车上除了司机，空无一人，黎大明选择了中间的两个座位，拉着王霄坐了下来，王霄说："你是想让我体验一下坐公交专车的感觉吗？"黎大明神秘一笑："今天我们来一次520专列专线游。"

可是车在下一站停了下来，上来了一个人，王霄一看，是李展。李展一上车就问王霄："嫂子，你还记得我吧，我可是你俩相识相恋的'始作俑者'，要不是我，你们俩还不认识呢。"

王霄高兴地说："这么巧在这里碰上你，前几天我和大明还说着要感谢你呢，今天逛完街请你吃饭。"

"好嘞。"

三个人正聊着，公交车又停了下来，上来了一男一女两个人，女的看上去好面熟，王霄想起来了，是米茵，不用说，男的一定是她男友了，王霄和黎大明赶紧热情地和他们打了招呼。没有站牌的520路公交车，两次上来的都是熟人，王霄知道蹊跷之中必有原因，她悄悄地问黎大明："快告诉我，你到底在搞什么鬼？"黎大明在她的耳边说："耐心点，谜底马上揭晓。"

米茵说："王霄，出门怎么不化妆呢？你要是不嫌弃，我来帮你妆饰一下，在这方面，我可是很专业的。"说完就打开了她随身携带的化妆包，王霄实在无法拒绝，确实也想看看接下来的发展，便同意了。

米茵的化妆技术确实不错，几分钟的工夫，一张耀眼夺目的明星脸出现在米茵的镜子里，米茵说："王霄，你太漂亮了，我嫉妒！我真的很嫉妒！"黎大明在一旁幸福地傻笑着。

第三站上来的是方晓棠和果果，果果看到王霄便惊叫着扑上来："霄阿姨，你太漂亮了，我要抱你一下。"方晓棠还背着一个鼓鼓囊囊的大背包，王霄抓着方晓棠的胳膊急切地说："我到现在都不知道黎大明搞什么鬼，你快告诉我。"

方晓棠说："那你先穿上这身套装，这是我给你选的。"说着，方晓棠从大背包里掏出一套白色的礼服套装。"你发财了？这件衣服不便宜，你给我买这么贵的衣服干什么？""穿上我看合不合身。"因为是外套，也不需要回避三位男士，方晓棠三下五除二帮王霄换好了衣服。

"你们到底搞什么鬼？"

车又停了，这次上来一大群人，王霄定睛一看，女的是自己的三个大学死党郭雨、龚丽和陈芊芊，男的里面她认识的有周正和展翔，不用说都是黎大明的铁哥们儿。这一群人一上车，没等王霄打招呼，就听有人大呼一声"开始吧"，突然间，鲜花、气球、红色的剪纸拉花好像从天而降，顷刻之间，小小的公交车变成了一个婚礼现场，王霄还没反应过来，就被人给戴上了有新娘标志的胸花，王霄这才明白，这就是黎大明要送她的礼物——一场真正意义上的婚礼。

接着上来的是老黎、岳明坤、老孟，还有大明的舅舅、舅妈，舅妈将两枚戒指交到黎大明手里："我代替你妈给你们俩买了这对戒指，就当作你们的结婚戒指吧。"黎大明感动地说："谢谢舅舅、舅妈，我们收下了。"

最后一拨上来的是医院的医生、护士和病友们，丛睿和陈越也在里面，何琳抱着一大束红玫瑰，送给了黎大明和王霄："作为肿瘤科医生，见过太多病人和家属的百态人生，你们俩是最让我感动的病人，没有之一，今天，我以医生和朋友的身份来参加你们的婚礼，黎大明、王霄，祝你们幸福！"在大家的掌声中，何琳和王霄、黎大明紧紧地拥抱在一起，黎大明对何琳说："你也是最让我感动的医生，没有之一。"

丛睿怀里抱着两束鲜花，一束红玫瑰，一束蓝色风信子，丛睿把红玫瑰献给黎大明，风信子献给王霄，说："王霄、大明，这两束花，一束是我送给你们的，一束是我替何首乌送给你们的，祝你们和和美美，相亲相爱！"王霄含泪收下。

"大家安静，安静。"李展拿起话筒大声喊道，"我是今天的司仪兼总策划，大家今天得听我的。现在，我宣布婚礼进行第一项，新郎黎大明讲话，大家掌声欢迎！"

黎大明接过话筒，先给大家深鞠了一躬，说："在座的各位亲人和朋友有一半参加过我和王霄的第一次婚礼，所以我得在这里先解释一下为什么我们还要再举行一次婚礼。我和王霄的第一次婚礼是假的，那时候，我想和她做一场交易，我给她捐肾，她以后替我照顾父亲，可是在后来的相处中，我们深深地爱上了对方，我毫不夸张地说，这份爱超越了生死。爱是真的，婚礼也必须是真的，所以，我们应该有一场真正意义上的婚礼，为了给王霄一个惊喜，我请各位帮忙瞒着王霄策划了这场公交婚礼，感谢大家的祝福！"

没等众人的掌声落下，李展从黎大明手里抢过话筒，说："该新娘发言了，婚礼仪式第二项——新娘王霄讲话。"

王霄接过话筒，含泪说："我和大明因病相识相爱，这份爱让我觉得即使身患重病人生依然可以美好，在这里我感谢大明，感谢他愿意接受我的感情，给我的人生赋予了新的色彩，让我感觉此生无憾。"

李展见缝插针来了一句："你最应该感谢的是我，我才是你们的月老。"

王霄接着说："是的，感谢我们的月老李展，没有他就没有我们的相识，感谢在座的各位亲朋来见证我们的爱情，给我们送上祝福。谢谢大家！"

李展宣布，婚礼进行第三项——交换戒指。黎大明说："再等一分钟，还有一个人要来。"王霄猜测，黎大明说的这个人应该是她的爸爸王旭生，没有父亲参加的婚礼是有缺憾的，黎大明肯定会为她考虑到这一点。

果然，婚车再次停靠的时候，站在站台上等候的正是盛装打扮的王旭生。黎大明拉着王霄下车迎接，王霄抱住了爸爸。王旭生嗔怪她说："王霄，我前天才知道你和大明的事，你该早告诉爸爸，我都没来得及给你准备嫁妆。"王霄看了妈妈一眼,岳明坤微笑着向女儿点了点头,王霄明白,黎大明邀请爸爸一定是取得了妈妈的同意。

不知是谁用手机播放了莫文蔚的《我愿意》,黎大明在歌声中捧着玫瑰向王霄单膝下跪:"王霄,嫁给我吧,岁月打折,爱不打折,我爱你,非常非常爱你。"

王霄哽咽着说:"我愿意。"

第四十章

方晓棠失踪了

方晓棠失踪了。

时间差不多在王霄婚礼后的两周左右,在这之前,王霄没发现她有任何异样。那天中午,王霄接到她的最后一条短信:"王霄,我要消失二十天,不要找我,更不要报警。果果在我妈那里,你若能抽出时间,每周去看她一次,就告诉她我去外地上课了,很快就回来。你是个聪明人,能猜出我去了哪里,也能猜出我目前面临的境地。我的朋友不多,真正信得过的只有你一个,所以,有些事我只能托付给你。如果我回不来,就让果果回到她爸爸身边,姐求你能经常去看看她,别让她走上歪门邪道。如果她实在不愿和郝琼在一起生活,就让她跟着我妈,还得请你出面和程乾协调。还有,我给果果留了十万元,以备她有不时之需,我转账给你了,你把这十万元钱取出来交给我妈。"

王霄的心脏狂跳起来,当即拨打方晓棠的电话,关机!

王霄能猜出来她要干什么,但她不相信天下第一理性之人方晓棠会做出这么不理性的选择,也许她还没有离开本市,也许阻止还来得及,王霄当即开车去了方晓棠家。

开门的是一个六七十岁的老爷爷,老爷爷告诉王霄,他现在是这套房子的主人,房子是他花四十九万从方晓棠手里买的,三天前办理的过户手续,王霄问:"她什么时候搬走的?"老爷爷说:"前天。"

"那您知道她搬到什么地方去了吗?"

老爷爷说:"不知道。"

王霄失魂落魄地回到家,黎大明看她神色不对,问她:"你刚才趁我睡着了,急匆匆地去了哪里?"

王霄把方晓棠的短信给他看了,黎大明沉默了,过了一阵,他说:"房子卖了,离家二十天,做了两手准备,也做了最坏的打算,这还用说吗?她冒险去了。"

王霄说:"我也猜到了,可现在怎么办呢?我觉得她那样做风险太大。"

黎大明想了想说:"我也觉得风险太大,咱们现在去找她的父母和哥哥,问问他们有没有她的联系方式,先联系上她再说。"

两人找到了方晓棠父母的家,方晓棠的母亲说:"她到外地讲课去了,说要二十天才能回来,还说上课期间接电话不方便,让我们不要主动联系她。"看来,方晓棠并未把实情告诉父母,怕两位老人担心,王霄也没有揭穿。

果果在外婆家见到大明叔叔和霄阿姨,还给她买了很多好吃的,很高兴,王霄强忍着眼泪对果果说:"妈妈在外地讲课会很忙,果果不要给妈妈打电话,这样会打扰她,打电话估计妈妈也不会接,等她讲课结束了,忙完了自然会回来。"果果听话地说:"我知道了。"黎大明则在与老人的闲谈中问出了方晓棠哥哥方成的单位和住址。

离开方晓棠父母家,两人又辗转找到方成的单位。方成是一家物业公司的管理员,听说妹妹失踪了,既吃惊又难过,他告诉王霄,二十天前晓棠来找过他,问他能不能再考虑一下给她捐一颗肾,方成说,他自己想捐,但老婆不同意,他要捐肾老婆就和他离婚。王霄理解方成的难处,她告诉方成,如果有晓棠的信息,就给她电话,方成说好。

回来的路上,王霄非常自责。在她心里,方晓棠是所有病人的楷模,自立、坚强、做事理性,很多时候,她和何首乌都把方晓棠当作心理依靠。其实方晓棠很可怜,经济上没有任何后盾和援助,要自己挣医药费,还要自己照顾孩子,她活得太难了,而何凝的去世对她来说更是一个巨大的打击。王霄哭着说:"她万一要出了问题怎么办呢?她一个人,该多无助。"

黎大明安慰她说:"你自己也说晓棠姐是一个非常理性的人,她一定是经过深思熟虑,反复权衡利弊后才做出的这个决定,我估计细节问题她应该也考虑到了,所以你不用太担心,咱们二十四小时保持手机畅通,她要真需要帮助会想法联系咱们的。"

王霄说:"我就怕她被坏人控制了,叫天天不应,叫地地不灵,就像电影里被绑架的那样。"

黎大明说:"这是一个大手术,组织者和供体、买受方、医生等得互相联系,大概率会选择在大城市的某个郊区,或交通便利的小镇,不可能在网络不通的山区,只要是在有人的地方,犯罪分子是不敢太猖狂的,因为他们怕报警。"

王霄摇摇头:"这是违法犯罪的事情,晓棠姐敢报警吗?"

黎大明说:"你放心吧,我已经查过资料了,晓棠姐的做法违法但不构成犯罪,犯罪的是中介以及参与手术的医护人员。他们的犯罪情况分两种:供体同意和供体不同意。如果供体不同意,他们会被定刑为故意伤害罪或杀人罪;如果供体同意,他们会被定刑为组织出卖人体器官罪。而单纯的供体和买受方是不构成犯罪的,除非她是一个组织者,并从中获利了,我想晓棠姐事前一定也查过这方面的信息,她不会这么傻的。还有,这种事和绑架完全相反,绑架的人会在拿到赎金后杀人灭口,而这些倒卖器官的犯罪分子会尽力保证供体和买受方的周全,只有他们双方的身体都恢复好了,大家都得到了想要的东西,心理得到了平衡,这场交易才能够被掩盖住,大家都相安无事。"

王霄问:"我曾经在网上看到一些消息,说某人失踪是被人绑架挖了器官,然后抛尸荒野,那这些消息都是真的了?"

"都是假的。"黎大明分析说,"犯罪分子也惜命,无论赚多少钱,他们也不愿冒犯杀人罪的风险。"顿了一下,黎大明又说:"我觉得晓棠姐的危险不在人身安全上,而在手术本身上,毕竟,从医生的医术到医疗设备都没有保障,手术的成功率肯定远远低于正规医院。"

"如果手术失败呢？"

"那就接着透析呗，只是这对她的打击会很大，她心里可能受不了，毕竟为了这件事，她是孤注一掷的！"

王霄的心里稍微轻松了一些，按照黎大明的分析，最坏的结果就是手术失败，白挨了一刀，钱也白花了。她叹了口气说："那就只能等了，但愿她运气好，结果能如她所愿。"

此后，王霄开始了一天天的等待，她每天都在微信上给方晓棠发信息，尽管她一句回复也没收到。

"你到底什么情况？在什么地方？"

"我很担心你，你安全吗？"

"有什么问题随时给我联系，不要自己硬挺。"

"果果很好，你放心。"

"任何时候都可以打我电话，我二十四小时随时可以接听。"

…………

王霄每隔两天就去看一次果果，每次去看果果都会拍一些照片，她想发一些果果的照片给方晓棠，但转念一想，万一方晓棠的手机落在犯罪者手里，岂不是相当于向他们公开了果果的信息，所以她没有发。

方晓棠连续两次没来透析引起了303透析室各成员的疑虑，王霄给大家解释说："晓棠姐去上海了，她一个朋友在那里开了一个培训机构，她去赚钱了，这一轮课程结束就回来。"

陈越问:"那透析怎么办?总不能停止透析吧?"

黎大明说:"在哪里不能做透析,上海这么多医院还能没地方透析?"

饶曼把每个人的脸看了一遍,一脸神秘地说:"暑假都结束了上什么课呀,我觉得是个借口,她该不会是——"

"不是!"王霄没好气地打断了她。

饶曼自讨没趣,不再理睬他们,开始了自己的直播。

丛睿看了看王霄和黎大明,在他们的脸上没找到答案,便在"303难民营"里@了方晓棠:"晓棠姐,真去上海了?"

何首乌去世后,按理说应该把饶曼拉进群里来,可因为大家都不喜欢饶曼,没人提起这事,所以,能看到丛睿这条信息的只有方晓棠、王霄和陈越。一直到透析结束,群里也没有方晓棠的任何回复,陈越和丛睿不时地对视着眼神,两人基本猜到了答案。

自从参加了王霄的婚礼,老孟觉得他和岳明坤的关系算是确定了,便经常到岳明坤的店里来帮忙,岳明坤说:"干脆咱们把证领了吧。你把洗车行转让出去,咱们一起经营我这家店,然后你搬过来住。这样,你不用跑来跑去,我也不需要再找帮手了。"

老孟说:"这是大事,得听听孩子们的意见。"

老孟的闺女没有任何意见,岳明坤却不知如何向女儿开口。老孟说:"要不我先问问大明?年轻人的想法都是一致的,大明要是能同意,王霄也能同意。"

当黎大明把岳明坤和老孟想领证结婚的打算转述给王霄时,王霄难住了,她想了半天说:"我妈这辈子已经遭受了两次打击,和我爸的婚姻失败加上我的病,她不能再遭受第三次打击了,我觉得还是得慎重一些,再等一年吧,确定不是火坑再跳。"

黎大明不同意她的观点:"王霄,你对自己和对妈妈实行双标啊,你决定和我在一起的时候征求谁的意见了?这世界还有比我更深的火坑吗?你不也跳了。老年人的婚姻本来就只有半辈子,你再给打个折,是不是有些残忍?妈妈对待婚姻本来就小心翼翼,她好不容易决定迈出这一步,我觉得我们应该鼓励才是。"

王霄被他说得哑口无言,黎大明从口袋里掏出一张体检单,说:"你看这个,孟叔为了让我们放心,还专门去做了一次体检,各项指标都正常,他这么透明的一个人,你还有什么好担心的?"

"那你说怎么办?"王霄问黎大明。

黎大明说:"抽空请孟叔的女儿过来,两家人凑在一起吃顿饭,这事就算定了,也相当于举行仪式了。"

生病这一年,王霄觉得自己长了十岁,生病之前,她只懂得考场上的争夺、职场上的拼杀和公司内部的那些小剂量的尔虞我诈,生病后的这一年,她看到的、听到的、感受到的太多了,何首乌苦涩的遗憾,方晓棠艰难的挣扎,方晓棠哥哥方成和自己父亲的无奈,更不要提她和黎大明几近崩溃的辛酸和无助,这一切的一切都给她的生命增加了一份沧桑,让她快速成熟。人生苦短,就让妈妈过她自己想过的生活吧。再说,自己的生命朝不保夕,确实也需要给妈妈储备一个亲人。

那天晚饭后,王霄给她妈打去电话:"选个日子和孟叔把婚事办了吧,哪天我去商场给你们挑几件像样的衣服,婚礼现场就安排在咱们家,你和孟叔自己布置一下,让孟叔的女儿、女婿过来,咱们举行个简单的仪式,然后大家一起去饭店吃婚宴。"

女儿的认同对岳明坤来说比什么都重要,她虽然没表现出多兴奋,但内心的那份欣慰与快乐遮掩不住:"一把年纪了要什么仪式,把证领了就行了。"

"那不行,我不能就这么随随便便把我妈嫁掉了,彩礼就不要了,婚宴得有,而且这钱得让孟叔出。"王霄笑了,岳明坤也轻松地笑了。

王霄一边筹备她妈和老孟的婚礼,一边等待着方晓棠的消息,她既等待方晓棠的消息,又盼望方晓棠没有消息,因为她知道,现在没消息就是最好的消息,说明一切都在顺利进行中。当第三天还没有消息,说明肾移植成功,肾功能恢复;第十天还没有消息,说明她扛过了感染关;第十五、第十六天还没有消息,说明她度过了急性排斥期;第十八天之后的任何消息都是好消息,再见到她时,她应该已经不需要透析了。

第四十一章

我知道你们会来

可王霄接到方晓棠的信息是在她妈妈的婚宴上,在方晓棠消失的第十三天。

那天参加婚宴的有十来个人,岳明坤和老孟、王霄和黎大明、老孟的女儿女婿和外孙,以及王霄的两个姨妈,一个堂舅和舅妈。大家都很高兴,气氛热烈又和谐,气氛达到高潮时,王霄的手机"嘀"了两声,她悄悄打开手机,看了一眼,立即把目光投向黎大明。

从王霄瞬间变得惊恐不安的脸上,黎大明就知道是方晓棠来的信息,他从王霄手里接过手机,看到了三条信息。有一条是发在"303难民营"的,只有两个字——"救我"。另外两条是发给王霄个人的,一条发的是位置,另一条还是那两个字——"救我"。显然,方晓棠担心王霄不能在第一时间看到短信,所以又在群里发了一遍,只要王霄、丛睿和陈越有一个人看到,他们就能互相通知。

一刻都不能等,黎大明站起来说:"妈,孟叔,王霄的一个朋友遇到紧急情况,需要帮助,我和王霄得马上离开,实在对不起,不能陪大家了。"得知是方晓棠遇到了问题，岳明坤和老孟都说："你们赶紧过去吧，注意安全。"

王霄当即给方晓棠打电话，电话里的方晓棠非常虚弱，说话很困难，王霄从她嘴里得到的信息是：她现在一个人在一间民房里，四周无人，不知道自己所在的这个地方叫什么名字，光知道是山东南部，她已经做过了移植，但她感觉移植的肾出了问题，她现在心慌、呕吐、全身浮肿，需要立即透析，也许她马上就要昏迷。从方晓棠发送的位置看，是在山东省东南部的一个村镇，距离南京350公里，开车需要三小时五十分钟，这就是所有掌握的信息。

丛睿和陈越都打来了电话，王霄告诉他俩方晓棠目前的情况，四个人约定在医院集中，商量对策。在路上，他们一边开车一边开电话会议，问题的争论点在于：是他们自己开车过去，还是向医院要一辆ICU急救车。黎大明和陈越倾向于要急救车，急救车快，不用等红灯，差不多能早一小时到达，方晓棠能在第一时间透析，而且急救车上不但有血液透析机，还有心肺复苏、体外生命支持等设备，还有急救药物，关键是有医务人员。但丛睿和王霄担心一旦医院的救护车参与，医生可能要报警，方晓棠违法买肾的事情就暴露了。

生命大于一切，四个人还未碰头就统一了意见：由王霄和肾内科的李主任商量，协调院方，派一辆最先进的ICU急救车进行远程急救，费用他们自理。丛睿又提出另一个方案："拨打当地120，让他们出诊会不会更快一点？"

"不会。"黎大明当即否定了,"晓棠姐所在的地方距离最近的县级医院也有一小时的车程,到达医院要两小时,在没有家属在旁边、没有人交费的情况下,医院办理完相关手续后再透析,估计要三小时以后了,而我们最多三小时,而且更有保障。"

四个人几乎是同时到达医院的,停好车后,差不多又过了两分钟,医院的ICU急救车就开到门口了。急救车上除了司机,还有一个医生和一个护士。医生说:"你们不需要去四个人,两个人足够了,回来的时候车上有病人,担架放开,人多会拥挤。"

黎大明说:"我们没有病人具体的位置,到达后可能还要在附近寻找,需要人手,找到病人后,我们可以只留一个人在车上,其他人打车回来。"

"那上车吧,出发!"在医生的指挥下,大家就座完毕,王霄按照方晓棠发来的位置打开手机导航,选择了路途最短的方案,司机打开警报灯,拉响警笛,在蓝光的闪烁中,急救车朝着苏北鲁南方向,飞驰而去……

两小时四十三分钟后,他们到达了一个村镇,导航提示:你已到达目的地附近,导航结束。所有人都懵了:这是一个遍地民房的岔路口,而在两小时之前,方晓棠就不再回复信息了,即使能回复也没有用,她自己也说不出所在的具体门牌号。

挨个房门找,除此之外没有别的办法,黎大明庆幸他们都随车过来了。包括司机,所有人都加入了寻找大军,他们面对面建一个微信群,谁先找到,就在群里告知大家。

五分钟后，丛睿在群里发了信息：我找到了，大家在车上集合。王霄第一个跑到车边等待，她看到丛睿带来一个十来岁的小女孩，小女孩手里举着一个用纸箱做成的牌子，上面用幼稚的笔法写着三个大字：方晓棠。

小女孩急促地说："我等你们好久了，我知道病人在哪里，跟我来……"

尽管心里想过无数遍，但第一眼看到方晓棠的时候，王霄还是惊呆了：她身上盖着一条劣质的花被单，脸肿得像个大馒头，又黄又暗，脚露在外面，也是肿得发亮，看见王霄他们，她用尽力气说了一句"我知道你们会来的"，便昏迷过去。

"电解质紊乱，严重水钠潴留，估计低钠血症，不排除尿毒症脑病，立即透析，担架！"医生又转过脸对护士说，"你先去车上，把机器打开，做好一切准备，心率、血压、血氧全方位监测。"

方晓棠终于开始透析了，看着鲜红的血液从中心静脉导管流出的时候，几个人稍稍松了一口气，黎大明看了看手机，距离他们从医院离开，一共用了两小时五十五分钟。见医生没有赶他们下车的意思，几个人又跟着急救车原路返回了。

方晓棠左下腹长长的、刚拆线不久的伤疤告诉医生她是一个刚刚做过肾移植的病人，而且手术不是在正规医院做的，这是一个典型的通过非法手段进行的移植手术，医生判断这是肾移植后发生了急性排斥反应，新肾功能丧失，没有及时透析排毒导致的体内毒素蓄积和水潴留，现在，除了要透析，回到医院后还要马上进行新肾切除。见根本无法隐瞒，陈越代表大家，如实回答了医生的询问，此时的王霄止不住眼泪，她根本不关心方晓棠要承担什么样的法律责任，她只关心方晓棠能不能活下来，一路上，她紧紧攥着方晓棠的手，不断地呼唤她。

在重症监护室抢救了三天，方晓棠才脱离危险。

再次见到王霄，方晓棠从惨白的脸上挤出一丝苦笑："我错了，不该走这条路，现在可好，肾也切了，家也没了，身体又被折腾一番，估计以后靠透析也活不长了，留着这条半死不活的命有啥用呢？"

王霄说："这么没出息的话怎么会从你嘴里说出来？你方晓棠生过病，离过婚，被人抢过孩子，什么风浪没经历过，这点打击就把你击垮了？'在任何时候都不要放弃努力，再苦再难的人生都值得期待'，这句话是谁说的？在什么地方说的？你忘了？再说了，做过两次移植的大有人在，留得青山在，不怕没柴烧，好好打起精神来，我还指望你继续做我的指路灯塔呢。"

方晓棠含泪笑道："你刚才那句话让我又想起何首乌了，我这次差点就见了她，要真见了她，那家伙指不定怎么埋怨我呢。她一定得骂我，把钱败光了，又把孩子撇下了。"

"那就好好努力，把败光的钱再赚回来。"王霄心疼地安慰她，"别瞎想了，你见不了她。她说过，不让咱们这么早就和她会师，好好调养身体，继续透析等待。还有，那天我们从山东回来以后，医生就报案了，我听说已经立案了，估计很快警方就来找你协助调查,如果案子破了,说不定能挽回一些损失。"

"能吗?"

"应该有希望,你好好想想,看能给警方提供哪些线索。"

果然不出王霄所料,方晓棠转入普通病房的当天下午,就有一男一女两个警察来找她,女的姓叶,男的姓陶。

一进门,叶警官就开门见山地说:"方晓棠,我们是来调查你参与的这起非法移植、买卖器官案的,你愿意配合我们接受调查吗?"

方晓棠早已做好了一切准备,平静地说:"愿意。"

"那好,我们开始吧。"陶警官打开了录音笔。

"你是从什么时候开始有这个想法的?"

"一年以前。"

"这个想法是怎么产生的?"

"这是病友群里公开的秘密,每一个尿毒症患者都知道的移植方式。"方晓棠说,"我生病六年,不可能不知道这个途径,产生这个想法很自然,但人人都知道这是违法的,所以真正打算做的人反而装作不懂。"

"你是怎么和他们联系上的?"

"小名片。你只要有一年以上的病龄就一定收到过小名片,有时候在肾内科的病人洗手间里,有时候直接有人塞在你手里,以前,看到这样的小名片,我都是随手扔掉的,从去年年底我开始关注并收集这样的名片。"方晓棠从抽屉里拿出三张名片,递给了叶警官,"这三张名片上的电话我都打过,对比之后,最终我选定了这个名叫崔成功的人。"

"这些名字都是假的，电话号码也是用过几天就换了，这些信息基本没什么用。"叶警官从一个文件夹里拿出几个打印的人像图片，问方晓棠，"你仔细辨认一下，这几个人里有没有你见过的？"

方晓棠一眼认出了其中一个："我认识他，他姓严，他让我叫他老严，具体叫什么不知道，就是他接我到河南郑州一家医院配型的。"

"你能说说配型的过程吗？"陶警官问。

方晓棠说："和崔成功联系后，他让我等他的电话，三天后，崔成功打电话告诉我，让我坐高铁去郑州，说会有一个四十岁左右姓严的男人到高铁站接我，然后带我去做配型。那时候我还没有交钱给崔成功，我问他配型的钱谁付，他说不用我管，到郑州后一切听老严的安排。我到了郑州后，刚下高铁，就接到老严的电话，他说他在出口处等我，他手里拿一把红色的伞，手机外壳是黄色的，我说我穿一件格子衬衫，背小黄人卡通背包，凭这些特征，我们很容易就找到了对方。老严是很平和的一个人，话不多，他开一辆大众轿车，上车后，他直接拉我去了一家规模很小的医院。所谓配型，就是到窗口抽个血，单子是老严提前开好的，名字也不是我的，叫王云，我知道这里的规矩，不该问的不问。抽过血之后，他又带我做了 B 超、CT 等一系列检查，说是术前检查，做完后，也没等出结果就又把我送回高铁站。就这么简单，前后不到四小时。"

"然后呢？"

"然后就在家里等他们的通知了。"

"谁通知的你?什么时候通知的?"

"一周后崔成功通知的我,说配型成功,有和我相合的肾源,我的身体情况也符合移植条件,让我准备钱和移植前的相关事项。"

"你一共付给他们多少钱?用什么方式付的?"

"价格是在配型之前就和崔成功谈好的,一共四十五万,手术当天付十万,是现金,另外三十五万也是现金,我把这些钱留在了家里,放在家里杂物间角落的一个破旧布袋里,在术后第五天,我把我租住房子的地址、门牌号和钥匙都给了崔成功,并告诉他放钱的地方,他自己去取。这种付款方式也是事先和崔成功商定好的。"

"整个过程中你一共接触过几个人?"

"崔成功、老严、一个医生、一个护士、一个麻醉师和一个护工,一共六个人,护士和护工是女的,医生和麻醉师都是男的,除了崔成功和老严,其他人从始至终都戴着口罩,捂得很严实,我没看到过他们的脸。医生的年龄应该五十多岁,戴近视镜。麻醉师接触的时间太短,感觉不出来年龄。他们说的都是普通话,我判断不出来是什么地方的口音。"

"你拍过他们的照片吗?"

"没有,他们很小心,在公共场所见面一定会避开有监控的地方,我去手术的时候,和他们见面不到十分钟便向他们交出了手机和身份证,这也是事先说定,一直到他们把我转移了地方才把手机还给我。"

叶警官看到方晓棠有些疲惫,便问她要不要休息一下,方晓棠说不累,因为果果下午5点多要来医院看她,她不想让果果在她的病房里看到警察,所以她想快点结束谈话。

叶警官说:"那就讲讲手术的过程吧。"

方晓棠喝了一口水,接着说:"接到崔成功的通知后,我便开始做准备工作。第一件事是安顿好孩子,我知道手术的风险大,甚至死在手术台上的可能都有。第二件事是准备钱,我按照崔成功的要求,取出了十万现金带在身边,剩下的三十五万放在家里。第三件事就是准备个人的生活用品等。"

"对不起,我想打断您一下。"叶警官说,"据我所知,尿毒症患者通过透析可以长期存活,甚至有人靠透析活了三十年。您有一个年幼的女儿,父母健在,明知这种违法的手术风险很大,为什么还要去冒这个险?"

方晓棠苦笑一下,说:"活三十年的是特例,活多少年算是长期存活?目前尿毒症透析患者的平均生存期是六到八年,我已经透析七年了,体质在逐渐下降,我预感透析这条路快走到头了,如果没有父母和孩子这些牵挂,我会选择透析下去,活到哪天算哪天,正因为我上有父母,下有女儿,我才下决心孤注一掷去拼一把。"

叶警官向方晓棠点点头:"我明白了,您继续。"

方晓棠接着说:"我一个人带着钱和生活用品到达了崔成功指定的地方——山东临沂火车站,老严和崔成功两人接的我。那是我第一次见到崔成功,他很瘦,很黑,身高一米七五左右,四十五六岁的样子。他们开的还是老严的那辆车，一上车，崔成功就递给我一副墨镜，我戴上后，眼前一片漆黑，原来镜片上被涂上了墨汁，我明白这是不让我知道手术的地点、地名，崔成功说这是行规。车从临沂火车站出发，凭我的感觉应该是往东南方向行驶的，辗转两小时后停车，下车后又穿过一条小巷子，上了楼梯，等我摘下眼镜后，我发现我在一个摆满医疗机器的、大约有180平方米的空无一人的平层居室里面。我问崔成功手术就在这里做吗，他说是的。他还说，别看面积不大，但是所有医疗器械和药品都是按照正规医院的标准配置的，医生也是大医院的专家，让我尽管放心。从我进来的那一天到后来他们把我转移到那间民房，这期间我一直住在那个房间里，一日三餐有人送，送餐的是个和我年龄差不多的女人，她也是我后来的护工。"

陶警官问："你到那里多久之后做的手术？"

方晓棠说："手术安排在第二天，医生、麻醉师、护士和供者都是第二天上午才到位的，我没有和供者打过照面，他被安排在另一个房间里，但从声音里能听出是一个年轻的男性。医生、麻醉师和护士都戴着厚厚的口罩，绿色的手术服，看不清脸。除了没有签手术同意书，其他流程和大医院基本一样。"

"上了麻醉之后，我就什么都不知道了，我醒来的时候应该是晚上7点左右，因为窗帘外已经没有光线了，天黑了，我看到我的左下腹被厚厚的纱布缠绕着，有可以耐受的疼痛感，稍微动一下，疼痛感加剧，我知道我左侧那颗只占坑不中用的废肾旁边，已经装上了隔壁男人的一颗健康的肾脏。护士告诉我，到目前为止，排尿量非常理想，手术应该是成功的。排尿量是判断手术是否成功最重要的指标，护士把导尿管尽头的尿袋提起来让我看，足足有600毫升，我好激动，要知道，在这之前，我二十四小时的排尿量是低于100毫升的。"

方晓棠接着说："到第二天下午4点，也就是手术后第二十四小时，我的排尿量达到2000毫升，医生宣布我的手术成功，他向护士下达了医嘱单，交代我接下来要用的抗生素以及抗排斥的药物便离开了，我当时既兴奋又有些恐惧，毕竟我是刚移植二十四小时的病人，怎么能离开医生呢？可是我又觉得让医生在这里看守我几天是不现实的，护士看出了我的担心，告诉我说他们都是这么处理的，有什么问题会及时和医生联系。此后一周，我的情况都很顺利，术后第五天，我把租住房子的地址、门牌号和钥匙给了崔成功，付清了剩下的三十五万。第八天，我停止了输液，护士交代我如何服用口服药后也离开了，只剩下护工在那里负责我的一日三餐和打理卫生。"

叶警官问："供者是什么时候离开那里的？"

"术后第三天吧，我是凭着声音判断的。"

"你是什么时候离开那里的？"

"第十一天。"方晓棠回答说，"第十天的时候，护士来了，说是要给我做检查，从我的胳膊上抽走了两管血。第十一天，崔成功来了，他说从我的检查结果看一切都很好，再监测两天我就可以回家了,现在有新的病人要手术,需要把我转移到其他地方,我有些不情愿,但没得选择,我知道他们是不可能让两个病人碰面的,只能同意了。于是,他们就把我转移到了另一间民房里,途中还是戴着那副不透明的墨镜,跟我一起过去的还是那个护工。"

"到了那里的当天晚上,我就隐约感觉到身体有些不舒服,我便让护工给崔成功打电话让他把我的情况转达给医生,崔成功回电话说医生认为是我手术后第一次下床走路劳累导致的,休息过后就好了。可是第二天,我的情况并没有好转,而且尿量明显减少,我担心是新肾出了问题,便用护工的手机给崔成功打电话,强烈要求医生过来一趟或者把我带到大医院检查。崔成功答应让医生过来,可一直等到晚上,医生也没有来,崔成功给我的解释是医生有手术,今晚来不了,只能等明天,让我把抗排斥的口服药加大一倍剂量。第三天,我开始全身浮肿、呕吐,我猜测可能是急性排斥反应,新肾已经不排毒了,我需要立即透析。我不断地给崔成功打电话,他说让我再坚持一会儿,医生上午就能到,好不容易等到上午11点,可我等来的不是医生而是崔成功,他带来了我的证件和手机,随后,崔成功以要去接医生为理由,护工以要去给我准备午饭为理由,两个人一起消失了。"

"然后你就联系了自己的朋友,是吗?"陶警官问。

方晓棠接着说:"我等了半小时没等到任何人,我拿起自己的手机发现早就没电了,我强忍着下了床,找到我的手机充电器,给手机充上电,然后打崔成功和护工的电话,两个电话竟同时打不通了,我的大脑一片空白,我知道我被他们骗了。我不能在这里等死,于是我联系了我的朋友王霄他们并给他们发去了我的位置,我担心他们找不到我所在的房子的具体位置,在等待的过程中我又抓住了一把笤帚,并用笤帚杆不断地敲打玻璃窗,终于有一个小姑娘听到了,剩下的事估计报警的医生都给你们说过了,整个过程就是这样的。"

讲完这一切,方晓棠很累,叶警官说:"今天就这样吧,你赶紧休息,我们回去听录音整理,有什么需要补充的我们再来找你。"

方晓棠说:"叶警官,我还想问一下,如果案子破了,我的钱还能要回来吗?或者能返给我一部分吗?"

叶警官顿了一下,摇了摇头,明确地说:"不能,你虽然不构成犯罪,但也是一名违法者,你的行为属于违法交易,而且是在明知违法的情况下进行的交易,按国家规定,所有追回的款项都要上缴国库,你虽然损失惨重,但在法律意义上,你不算是受害人,所以从犯罪分子手里追回的钱无法返还给你。"

"我明白了。"方晓棠脸色惨白,连起来送他们出门的力气都没有了。

一周后,叶警官又一次来找方晓棠,她拿出一张照片问方晓棠:"这个人是不是你说的崔成功?"方晓棠只看了一眼,就肯定地回答:"就是他。"

叶警官告诉方晓棠,这个化名为崔成功的人真名叫宗清海,老严的真名叫李俊,两人都是惯犯,包括这一次,宗清海和李俊是五起组织买卖人体器官案的主犯嫌疑人，早被警方列为追查对象了，现在两人已经落网，参与手术的医生、麻醉师、护士和护工也都被拘捕归案。

尽管王霄、丛睿和陈越尽力隐瞒，但因为警察的两次出现，方晓棠的事还是在病区里传开了，对方晓棠来说，尴尬已经无所谓了，费用才是她目前面临的最迫切、最棘手的问题，长途ICU急救车、移植肾的切除，再加上重症监护室住了五天，费用已经达到了十几万，这些钱都是王霄代交的，方晓棠知道自己存在她那里的十万元已经远远不够了。

丛睿和陈越每人给方晓棠送来一万元，方晓棠拒收了："都是用来救命的钱，我不能收，缺口就暂借王霄的，我慢慢还吧。"

陈越说："我现在在一个朋友的公司里做兼职，每个月能多挣几千，经济上没困难，丛睿的你可以不收，但大哥的心意你得收下。"

"不行，你上有老下有小，比我也轻松不到哪里去。"方晓棠坚决不收。

一天透析后，王霄在医院停车场见到了饶曼，饶曼说："我等你多时了。"

王霄很奇怪地问："你找我？啥事？"

饶曼从包里拿出一个小袋子，递到王霄手里，说："这是五万，你替我给方晓棠。"

"我不明白，你为什么要这样做？"

"我总觉得她之所以走了这条路,我那天在透析室说的话多少起到了推波助澜的作用,我心里愧疚。"

"那我明确地告诉你,方晓棠是个很有主见的人,她选择这条路和你没有任何关系,甚至说,有可能在认识你之前她就做了这个决定。"

饶曼说:"那就算同病相怜吧,我和她的情况太相似了,她还比我多一个女儿要养,她更需要钱。"

"连丛睿和陈越大哥的钱她都不收,她会要你的钱吗?"

饶曼说:"有一个办法可以让她收下这笔钱。"

"什么办法?"

"你就说,这笔钱是犯罪分子的家属给予的补偿。"

自从目睹饶曼在303室和护士吵过的那一架后,王霄就对饶曼充满反感,除了偶尔在不得已的情况下和她说一两句话,出了透析室两人从来没打过交道,饶曼的这个举动太让王霄感到意外了,饶曼年收入不到二十万,既要治疗又要生活,五万元对她来说不是个小数,她愿意送给方晓棠,而且是匿名赠送,除了善良和仗义,王霄找不到第二种解释。

王霄有些感动,同时也有些内疚,一直以来,因为大家忘不了何首乌,整个303室都排斥饶曼,现在仔细想来,饶曼也很可怜,来303室透析这么长时间了也没有见过她的任何家人,吃饭都是靠外卖。

王霄把钱还给饶曼,说:"你也不容易,而且一切都得靠自己。"

饶曼诚恳地说:"我赚钱多少比方晓棠容易些,我也特别想尽一点心意,你就帮我这个忙吧。"饶曼几乎是哀求了。

再拒绝就有些伤她的心了,而且此刻的方晓棠也确实需要帮助,王霄给了饶曼一个紧紧的拥抱:"饶曼姐,对不起,我以前对你不了解,不够友好,现在,我向你道歉,也替晓棠姐谢谢你。"

饶曼说:"道歉不用了,以后拿我当朋友就行,被你们几个孤立的滋味可真不好受,明天,把我拉到群里吧,我知道你们有个群。"

"好,303难民营欢迎你的加入!从此,我们是生死之交!"两人伸出手响亮地击了一掌。

第四十二章

这是无法改变的规律

饶曼给了王霄一个思路。第二天,王霄辗转找到了叶警官,交给她十五万元,请求她说:"方晓棠太需要帮助了,这是我和一个病友给她凑的钱,但她不接受。叶警官,您能不能帮我们一个忙,就说这笔钱是犯罪分子的家属给予的补偿,托您转交的。"

叶警官也知道方晓棠的状况,想了一下,说:"这个忙我可以帮,我什么时候交给她合适?"

"明天上午您能抽出时间吗?她明天上午在医院七楼肾内科303透析室透析。"

"好的,我明天上午向队里请个假。"叶警官答应了。

第二天上午,叶警官出现在303透析室时,方晓棠吓了一跳,还以为是她的案子没有完结。叶警官说:"方晓棠,你运气还不错,宗清海的家属为了能减轻量刑,拿出十五万元补偿你,我给你送来了,你写个收据吧。"

透析室的所有人都为方晓棠欢呼,方晓棠激动得热泪盈眶:"真是天无绝人之路,总算解了我的燃眉之急了。"丛睿说:"我就说嘛，峰回路转，否极泰来，股票跌到底，还会触底反弹呢。"陈越也感慨："是啊，山重水复疑无路，柳暗花明又一村。"

看着他们兴奋的样子，饶曼和王霄相视而笑，一言不发的黎大明也在笑，他猜这里面必有玄机，方晓棠不是法律意义上的受害者，宗清海的家属即使赔付应该也减轻不了量刑，这十五万元应该另有出处，而且他猜王霄一定知道真相，但不管钱来自何方，有叶警官参与，一定是合法渠道，重要的是方晓棠的难题解决了，压在大家心里的石头落地了。

晚上回到家，王霄告诉了黎大明这十五万元的真相并问他是不是感到意外时，黎大明说："不意外，只是感慨，你给晓棠姐十万元是出于友谊，很正常，我也猜到了。饶曼这五万元更多是出于善良和同感心，而且愿意匿名，所以我觉得饶曼更让人感动。"

王霄说："我也这么认为。"

黎大明接着说："'钱乃身外之物'这句话很多人都挂在嘴边，但真正能把钱看作身外之物的人可能只有两种。一种是像我这样的，马上就要和所有人、所有物，当然也包括钱说'拜拜'的人，带不走，用不到，可不就成了身外之物；另一种就是那种超级大富豪，钱多得一辈子花不完，对他们来说，钱就是一堆数字。但饶曼不属于这两种，她对钱的需求反而比正常人更大。生活中，真正愿意对别人出手相助的人都是那些对同样的经历、同样的苦难感同身受的人，当然，人本身善良和有一定经济能力是前提条件。"

"大理论家，你该吃药了。"王霄一边给黎大明倒水，一边笑他说,"你这个人啊,对任何一件事你都能从中总结出一堆理论来。"

黎大明接过水杯,在唇边试了试,又放在桌子上:"等水凉一凉再吃。"

王霄端起杯子喝了一口:"水温正好呀,再等就凉了。"

"那我现在就吃。"说完,黎大明端起水就把药吃了。

王霄猛然一惊。她悄悄从冰箱里取了一个冰块,用丝巾包好,放在黎大明的手心里:"猜猜这里面包的什么?"

隔着薄薄的一层丝绸,黎大明竟然没有感受到它的冰冷,他拿在手里掂了半天,说:"你新买的硬盘?"

王霄从丝巾里抽出冰块放在了黎大明面前,大滴大滴的眼泪流了下来:"你已经失去了对温度的感应,是不是?"

黎大明知道瞒不下去,只得坦白:"你不用紧张,我只是对冷热的敏感度降低了而已,这比看不见、听不见、动不了要强多了,脑功能受限是早晚的事,先从温度感应开始应该算是最理想的了。"

明知道这一天早晚要到来,也以为自己已经做好了足够的心理准备,可真来到了,王霄觉得自己突然没有了招架之力。一晚上,王霄都在哭,哭着拖地,哭着刷牙,哭着收拾屋子,哭着交代黎大明,以后喝粥、喝水和洗澡,必须等她试过温度之后再喝再洗,防止烫伤。不许他自己使用吹风机,需要吹头发由她来给他吹。

黎大明说:"好好好,以后我接杯水刷个牙也找你审批,行不行?"

第二天,医院刚上班,王霄就拽着黎大明找到了何琳,何琳开了检查单让黎大明做了一个加强的脑部核磁共振，结果出来后，何琳看着片子，咬着嘴唇，默不作声。王霄怯声问道："是不是又变大了？"

何琳叹了口气："这是无法改变的规律，随着瘤体的变大，在它的压迫下，视力、听力、肢体的运动功能、语言功能等会陆续出现障碍，症状类似于渐冻症，但比渐冻症发展得要快。"

"如果我们冒险切除主瘤体，能有百分之几的希望？我是说活下来的希望，哪怕他瘫了，傻了，失明了都行。"王霄望着何琳的眼睛说。

"零。"何琳肯定地说，"这次复发的肿瘤是弥漫内生型，肿瘤和脑干完全长在一起，也就是说脑干里有肿瘤，肿瘤里有脑干，怎么切？连脑干一起切？根本不可能的。"

见王霄要哭，何琳说："要不，我再加一种叫蟾毒色胺的药试试？看能不能起到减缓作用。"

黎大明想说"不加了，这个药以前用过，我早对它产生抗体了"，但转念一想，加就加吧，王霄需要心理安慰，也许何琳正是出于这方面的考虑才提出的这个方案。

真正的倒计时序幕拉开了。

黎大明开始了国宝级的生活，不但他喝的水，吃的包子，啃的玉米棒子，王霄都要亲口尝一尝，就连盛在盘子里的菜，王霄都只允许他吃外层的，唯恐里层的太热了，烫伤他。黎大明洗澡之前，王霄会把水温调到最适宜的状态，而且每过三分钟就要进淋浴间重新去调一下水龙头,黎大明说:"王霄,我严重怀疑你是想借机偷窥我,调戏我。"王霄会趁机往他的屁股上甩一巴掌:"我就是要偷窥你调戏你,咋了,婚礼都办过两次了,我没有这个权利吗?"黎大明无时无刻不在给王霄制造轻松快乐的氛围,王霄也尽力去配合他,可关上浴室的门,王霄就得满屋子找纸巾擦眼泪。

老黎也知道了大明失去温感的事,王霄本不想告诉他,但考虑到他也需要心理缓冲,就没瞒他。老黎和王霄同一个模式,一家人在一起时有说有笑,一个人待在屋里时默默流泪。

黎大明内心很平静,对死亡这件事,他已经想了无数遍,死亡是什么?死亡就是结束,就是消失,他的精神和他的肉体都会消失,当然,捐给别人的那几个器官除外。死亡本身不可怕,可怕的是一天天逼近死亡的过程,因为在这个过程中他会思考、会推想,这就很折磨人。世上没有了黎大明,地球还会转它的圈儿,他的死亡唯一能影响的就是王霄和老黎。当然也有好的影响,那时候王霄大概率告别了尿毒症,成为一个健康人了。

丛睿在"303难民营"里投放了一枚百万吨级的巨型原子弹:我可能有希望移植了!

此消息一落地,群里立即炸开了:"真的假的?""哪来的肾?天上掉下来吗?""开这样的玩笑,要赔偿我们精神损失费的。""快给大家说说怎么回事。"

丛睿回复大家说:"我爸为了能给我捐肾,这些年戒烟戒酒,天天吃药、锻炼,终于将重度脂肪肝转化为中度了,医生说照这个速度,再过一年基本可以够捐献标准了。"

"太好了!"

"太好了!"

"太好了!"

"叔叔万岁!"

群里又沸腾起来!虽然这个好消息尚带有不确定性,但每一个人都激动万分,为了表示庆贺,陈越在群里连续发了三个红包。

王霄突然想起了何首乌,她想,如果何首乌还活着,知道丛睿有望移植,会有怎样的反应呢?一定也会和大家一样,为他热泪盈眶吧。

算上饶曼,算上已经去世的何首乌,王霄觉得他们 303 难民营里的这六个人就像六只在温水锅里被煮着的青蛙,何首乌死了,她和丛睿两个有望爬出锅沿,饶曼、晓棠和陈越在继续加热的温水里还能扑腾多久?而她要爬出锅沿,就要和她心爱的大明诀别,一想到这儿,王霄就觉得剧痛瞬间传遍全身。

晚上,偎依在黎大明的臂弯里,王霄问他:"告诉我实话,怕死吗?"黎大明说:"这问题我早就回答过你了,在参加完许峰葬礼回来的路上,你忘了?"

王霄说:"此一时彼一时,我问的是现在。"

"不怕。"黎大明说,"我现在心里很踏实,OPO 已经通过,你和老黎亲如父女,我没有了后顾之忧。"

王霄说:"就没有遗憾吗?没有将要面对离别的痛苦吗?"

"你说的这两个都有,但是我心里都能接受。"黎大明又开始了上升到理论高度的分析,"先说遗憾吧,虽然我的人生只有三十年,而且这三十年还经历了很多痛苦的事情,失去母亲,生过重病,但我仍然认为我的人生是有质感的,特别是你出现以后,让我的人生甚至变得完美。亲情、友情、爱情,都拥有了,一句话,此生值得,所以没有太多的遗憾。至于离别的痛苦,那是我自己的选择,当初接受这份感情的时候就做好了承受这份痛苦的准备,享受了爱情的蜜糖,就得承受离别的苦涩。你也一样,不过,我不允许你伤心太久,明年的这个时候你必须把我忘掉,让生活回归正轨。"

王霄亲了亲他的鼻尖,转了话题:"你后悔吗?"

"不后悔。"

"我也不后悔。"王霄叹了一口气,"如果说后悔,那就是后悔我们不该浪费了那么多时间,如果我们从领证的那一天就在一起,该多好。"

"你知足吧。"黎大明说,"我们自从相识就形影不离,有些两地分居的夫妻,结婚十年相聚的日子都不如我们这几个月在一起的时间多呢,这样算,我们也相当于老夫老妻了,不亏了哈。"

王霄说:"你真是个阿Q,或者,你说的不是真话,你就是想让我心里舒服点。"

黎大明笑着说:"我真是这样想的,要不,今天晚上再减少点损失?"

王霄立刻明白了他的意思,脸一红,说:"好。"

第四十三章

我的眼睛看不见了

黎大明每时每刻都在注意着自己身体的变化，他不知道下一步要来的是什么，是聋，是瞎，是哑，还是瘫？如果能选择的话，他选择把视力和双手的运动功能留到最后，听不到声音，说不出话都不要紧，只要他还能看到，他的手还能动，就可以通过手机和王霄交流。

可这一次老天爷没遂他的愿，他第二步失去的是视力。

那一天早上，黎大明醒来后，眼前只有微弱的光，他以为天还未亮，便随手摁下卧室灯的开关，平时贼亮贼亮的卧室灯像大雾天气中的汽车雾灯，若隐若现。黎大明心里"咯噔"一下。他揉了一下双眼，又慌忙摸索着找到手机，他的手机没有设密码，抬起就唤醒，现在，手机就在眼前一尺的距离，他竟然连手机的轮廓都看不清！

黎大明期盼这次还和以前一样是间歇性失明，可是十几分钟过去了，眼前的状况没有任何改变。

"你醒啦？赶紧洗漱去，马上开饭了。"王霄模糊的影子出现在眼前，"大白天的，开什么灯啊，不晃眼吗？觉得暗把窗帘打开不就行了？"说完啪的一声关上了灯并拉开了窗帘。

"老婆，我的眼睛看不见了。"黎大明平静地说。

"啊？"王霄手里的毛巾掉在了地上。

过度惊吓使她脸色惨白，她战栗着缓缓走过去，轻轻把黎大明的头抱在怀里："别怕，从现在开始，我寸步不离你。"

黎大明清晰地感觉到王霄的颤抖，他攥着她的手，温顺地偎依在她的怀里，说："只是失明而已，没有其他感觉，我不怕，你也别怕，不过从今天开始，我要过衣来伸手饭来张口的日子了。"

失明所预示的信息远比失明本身更可怕，王霄感觉自己像是置身一望无际的大海边，她看到面目狰狞的死神从远处的海岸线一步一步走来，她想阻止它的脚步，想让它停下来，哪怕慢一点，但她做不到，她只能眼睁睁看着这个凶神恶煞一点一点逼近，然后，伸出魔爪。这种无助的、绝望的、束手待毙的感觉并不陌生，在何首乌去世之前她经历过。

那天，王霄一个人去做了透析，透析结束后，她没有立即回家，而是去了何琳的办公室。见只有她一个人，何琳猜她是来咨询的，便拉了一把椅子给她。

王霄直言道："何琳姐，我还是不死心，我知道您的导师王乃琛教授是中国脑肿瘤领域的权威，他医学界的朋友遍及世界各地，都是全球顶级的医学专家，我想求您把大明的片子传给他，让他再为大明分析分析，还有没有别的路可走。"

何琳叹了一口气，说："实不相瞒，早在黎大明刚查出来复发的时候,我就把他当时的片子传给王教授了,他说除了药物维持,尽量延长生存期,一点好办法都没有。既然你不死心,我就再求他一次,大明近期的片子我电脑里都有,我晚上就传给他,如果他圈子里的人都没有办法,你就是走遍全世界也无济于事。说实话,这种病别说有重大突破,哪怕出了一条有可行性研究方向的报道,在业界都会引起很大的反响。所以,我可以去求他,但你不要抱希望,等我电话吧。"何琳说完,拍了拍王霄的双肩。

"好。谢谢何琳姐。"王霄哽咽着点点头。

第二天,王霄没有等来何琳的电话,只等来了何琳发来的一个字"唉!"和一个流泪的表情。

明知道所做的一切都是无用功,茫茫大海中根本不存在一棵救命稻草,但王霄还是忍不住拼命去找寻。从病友那里得来的不靠谱的中医疗法,只要没有副作用,她都逼着黎大明去试一试。家里天天弥漫着中药味,什么三七、蝉蜕、槐米、川芎,五花八门的中药摆满了餐厅,一日三餐,什么九香虫、海龙、文蛤、海蜇,都是一些稀奇古怪的食材。

"老婆,今天又炼的什么仙丹?让我摸摸,哇!蝉猴,这个有营养,能搭配点蒜泥就更妙了。下一顿吃什么?"

"血鳝鱼,煮的,可能会有点腥味。"

"没关系,反正什么味我也吃不出来,你们吃的时候调碗料汁,多放点姜水就好,蘸着吃。"明知没有任何作用,只要不会加重肾脏负担,黎大明总是乐呵呵地吃着喝着。

王霄做不到和黎大明寸步不离，因为她每周要做两次透析，每次四小时，减去每次来回路上耽误的两小时，她每周要有十二小时不能和黎大明在一起。这十二小时，有老黎照顾黎大明，王霄是不需要担心的，但为了能时刻看到黎大明的状况，能时刻和黎大明对话，王霄在家里装了摄像头，这样，黎大明在干什么她看得清清楚楚，她打开手机上的软件就能和黎大明对话。

　　这十二小时之外的每一分钟，王霄都和黎大明一起吃一起睡，为他穿衣，为他喂饭，就连去厨房洗个苹果，王霄也会一边洗一边大声和他聊天。即使这样，王霄仍然觉得难以减轻黎大明 5% 的痛苦。陷入无边的黑暗中再也爬不出来是什么样的感觉？王霄无数次闭上眼睛去感受黎大明的那份无助与绝望，每当她撑不下去睁开眼睛的那一刻，她就忍不住想哭——只要她不出声，爱怎么哭就怎么哭，因为黎大明再也看不见她的眼泪了。

　　如果能把她的一只眼睛分给黎大明，王霄是愿意的。如果能把她的寿命分一半给黎大明，王霄也是愿意的。可是这世上能分享的东西很多，钱、房子、车……不能分享的东西也有很多，比如疾病，比如寿命，比如失明的痛苦。黎大明安慰王霄："你不要替我难过，虽然是瞎子，但我是全天下最幸福的瞎子，有名校硕士美女二十四小时相伴，陪吃陪睡，全方位服务，这待遇，让我瞎得心甘情愿。"

　　葱兰花又长出了新的花骨朵，王霄把它抱到黎大明面前，让黎大明摸一摸它小小的蓓蕾，黎大明轻轻抚摸着，欣喜地说："真好啊，它又要开了。"

第四十四章

他会不会痛啊?

随着时间一天天过去,黎大明眼前仅有的光感也一点点消失殆尽,这说明视觉神经被完全压迫了,这也说明瘤体变得更大了。作为一名资深的脑肿瘤患者,黎大明知道随着肿瘤体积的不断增大,颅内压持续升高,一系列占位效应会随之而来,体现在症状上就是头痛、头昏、恶心、呕吐,以及各种感觉障碍。为了解决这个问题,医生的办法是静滴甘露醇注射液。甘露醇可以帮助达到脱水、降低颅内压的目的,但持续使用后,药效会逐渐减弱直至消失,原有的症状则会卷土重来,甚至加重。最终,无法控制增速的瘤体会压迫到静脉窦或脑脊液的循环通路,造成脑积水、脑疝,直至脑功能完全丧失,也就是死亡。不出意外,这应该是他将要走完的一系列程序。

黎大明在签完遗体器官捐献协议后上网查过有关的捐献资料,他知道不同器官的移植都存在一个严格的最佳时刻,肾移植必须在供者死后二十四小时内,肝移植在供者死后十二小时内,心脏只有六小时,眼角膜只有五小时,每一次器官移植都是和时间的搏斗,他必须给摘取和运送他各个器官的医生们留出足够的准备时间,他必须给准备移植他各个器官的人包括他的老婆王霄留出移植前充足的准备时间,所以,他务必死在医院里,在所有人都做好了充分的准备之后心脏再停止跳动。那么,为稳妥起见,他应该在意识清醒之前住进医院。

自从黎大明失明后,王霄就习惯上了一个动作:和黎大明十指相扣。似乎这样就能把黎大明看不见的痛苦通过手心的温度传递给她一些。黎大明打趣说:"王霄,我要是长了灰指甲,那一定是被你传染的。"王霄说:"我巴不得你能把这可恶的肿瘤也传染给我呢,那样咱俩就能同归于尽,一起上西天。"

黎大明说:"那不行,你得好好活着,你活着我就还活着,以后,你要对生命更加深情厚谊,要活出两条生命的意义和价值,活出三生三世的感觉。老婆,你的担子还很重呢。"

"可是,"王霄的眼泪又不争气地出来了,"用你的死换来我的活,你知道这对我来说有多残忍吗?"

黎大明看不到王霄的眼泪,但他能听出她的哽咽,于是,他又开始了恨铁不成钢的说教:"王霄,你这个傻瓜,你什么道理都明白,怎么就过不了心里这个坎呢?你不要我的腰子,我就能活命吗?没有你,我的这颗腰子就得腐烂成泥,就得化作灰烬。"

"可是——"

"可是个啥?"黎大明打断她,"你移植了我的肾,你的身体是我生命的载体,我们俩就真正做到了合二为一,这就是我们俩白头偕老的方式，和别人不一样的方式。"

见王霄不说话，过了一会儿，黎大明吻着她的手，换了一种哀求口气，说："老婆，答应我，让我安心离开。"

"我答应你，带着你一起活着，照顾好爸爸。"王霄泣不成声。

两人的说话声传到了厨房，传到了老黎的耳朵里。老黎正在洗碗的手停住了，为了装作听不见王霄的哭声，他打开了油烟机。收拾完厨房，老黎又在厨房里洗了把脸，然后悄悄回了自己的房间。

害怕那一天的到来，但又明知道那一天很快会到来，所以，王霄的每一天都在心惊胆战中度过，她连出门取个快递，中途也要和黎大明打个电话，黎大明虽然看不到，但他总能通过触摸屏幕上的位置接通电话，每当这时，黎大明总会说："老婆，拿完快递再往南多走二十步，给我买十个鸭爪，五个麻辣味的，五个酱香味的。"

王霄回到家，把买来的鸭爪放在茶几上，然后用湿毛巾给黎大明擦了手，给他戴上卤鸭店提供的一次性塑料手套，再拿起一个放到他的手里，说："你又没有味觉，麻辣的和酱香的有什么区别？为什么非要买两种？"黎大明一边啃着鸭爪一边说："感觉不一样呀，麻辣的有嚼劲，酱香的肉松软，各有特色。"

看着黎大明吃得满脸酱料，又一副十分满足的样子，王霄想哭又想笑，她拿起一块肉塞进他的嘴里："尝尝这只原味的爪子。"

黎大明在嘴里嚼了嚼，说："不对，这不是鸭爪肉，这是鸭舌，你怎么欺负瞎子呀。我虽然吃不出来味道，也看不见，但我的舌头触觉灵敏，能判断出来它的形状，大花痴，你骗不了我的。"

黎大明想用快乐的事情充斥着这些艰难的时光，王霄又何尝不懂得他的用意呢。

黎大明时刻在警惕着自己身体的变化，每天睁开眼的第一件事是用指甲敲打一下放在床头的杯子，测试自己的听力有没有变化，然后运动四肢、脖子看看还听不听大脑指挥，最后再判断有没有头痛、头晕、想呕吐的感觉，如果一切和昨天一样，那今天又是平安的一天。

不平安的那一天终于来了。

那一天正赶上王霄的透析日，黎大明早上醒来只是感到有些头晕，并没有其他症状，怕影响王霄透析，他没说。

中午，王霄做完透析回到家，推开门便吓得魂飞魄散：黎大明趴在沙发上，脸色发白，不停地呕吐。"大明，你怎么了？哪里不舒服？"王霄飞奔过去，捧起黎大明的脸，"刚才在视频里你不是还好好的吗？"

老黎说："你走了以后他就开始头痛，考虑到你在透析，大明不让我告诉你，呕吐是刚刚开始的。"

"马上去医院。"王霄拿起手机拨打了120。

黎大明知道这是颅内压升高导致的。仅仅是头痛和呕吐，两三天内他是不会有生命危险的，但确实到了他设定的住院标准了，所以他乖乖地顺从了王霄的安排。

在何琳的帮助下，黎大明第一时间做了一个加急的CT，结果和何琳预测的一样,是颅内压升高导致的占位效应。

"立即住院。"何琳开了住院通知单。

趁王霄去办理入院手续,黎大明偷偷对何琳说:"何医生,我求你一件事。"

"说吧。"

黎大明说:"我现在到了最后关头,多活三天两天没有任何意义,所以我求你在用药上一定要坚持一个原则,那就是保护好那几个要捐献的器官。移植手术,器官紧缺,费用昂贵,每个患者都很不容易,有的家庭为了一台手术甚至要倾家荡产,所以,咱们一定要对受捐者负责,既然捐了,就要捐高质量的,以保证每一个接受器官的人手术成功。"

何琳感叹说:"黎大明,你是一个天使,放心吧,用药的时候,我会把这些因素考虑进去的。"

住院之后,虽然头痛和呕吐的症状有所缓解,但黎大明的脑部功能还是日渐衰减,他的听力下降,肢体的协调性变差,吞咽肌也时不时出现间断障碍,表现出来的症状就是喝水端不住杯子,吃饭的时候经常被噎着,有时即使用很大的声音叫他,他也完全听不见。眼看着他身体上的零件一个个开始不听指挥,王霄心如刀绞。

入院第四天,利用王霄去透析的机会,黎大明让老黎拨通了方晓棠的电话:"晓棠姐,你能避开王霄接我的电话吗?"

正在透析的方晓棠立刻明白,黎大明有事求她,还要瞒着王霄。方晓棠看了一眼正准备上机的王霄,对黎大明说:"我今天应该能提前半小时结束透析，结束后我去找你，咱们见面商量。"王霄问她透析后要去见谁，方晓棠说，一个家长，想找她给孩子补习物理。

方晓棠比王霄早半小时结束透析，出了透析室，她急匆匆赶到脑外科病房。看到大明的状态，方晓棠哭出了声。黎大明说："晓棠姐，现在不是哭的时候，我有重要的事要拜托你。"

方晓棠擦干眼泪："你说，我听着呢。"

黎大明说："我估计，王霄很快会收到 OPO 的入院通知，要求她做移植手术前的准备工作，主要是各种检查。可现在，除了透析，她寸步不离开我，我担心她到时候不配合。晓棠姐，你得硬拉着她把各项检查做了，否则，等我呼吸停止后她再去做术前检查就来不及了。那时候，我十有八九已经陷入昏迷，就算意识清醒也可能说不出话了，后面这些事都得指望晓棠姐了。"

方晓棠抓着黎大明的手说："放心吧，到时候我叫上丛睿和饶曼他们，就是抬也把她抬去做检查。"

果然如黎大明所料，三天后，王霄接到了 OPO 秘书处小韩的通知，让她办理入院手续，做移植前的各项检查。王霄的头摇得像拨浪鼓："不，黎大明不会死，他还有希望。"而此时的黎大明已经出现语言功能障碍，虽然说不出话，但意识清醒，他费力地在王霄的手心上写了六个字——"去检查，我等你。"王霄崩溃大哭，眼泪滴在他的手背上，他用力把手抬到嘴边，亲吻了王霄的泪滴，然后用力推她。

老黎指着监测仪上忽上忽下的心率数据说:"王霄,你快去吧,你不去,大明心里不安呀。"

在方晓棠和丛睿的"挟持"下,王霄完成了移植前必须做的所有检查项目。再次回到黎大明身边,王霄伏在他的耳边哽咽:"大明,我按你的要求,做完了所有检查,医生说我符合移植条件,你该放心了吧,我答应你,好好地保护我们的腰子,和它白头偕老。"老黎站在旁边泣不成声。

第二天凌晨5点,黎大明最后一次和王霄十指相扣后就再也没有了意识,任王霄怎么呼喊,怎么捏他的手指,他都没有了任何回应。在王霄不理性的、疯狂的坚持下,何琳联合胸外科、呼吸科医生进行了最后的抢救,但抢救无效,黎大明于上午9点心脏停止跳动。

因黎大明签过捐献协议,在医生宣布死亡的那一刻,便开始了遗体器官捐献程序,家属无权接触遗体了。接到器官捐献办公室的电话,器官获取组织第一时间来到抢救室,接走了黎大明的遗体。目睹黎大明被工作人员推走,王霄发出撕心裂肺的叫喊:"他会不会痛啊?"

方晓棠抱着她说:"王霄,你不能等,你必须立即去做准备,去手术室等待大明,和大明在手术台上会合。"

第四十五章

原谅我防了你一手

王霄睁开眼,发现自己在一间陌生的房间里,白色的墙壁,蓝色的窗帘。她身上插着好几根管子,有两根连着身旁的监测仪,一个穿着绿色手术衣的护士一边整理着她的床铺,一边笑盈盈地看着她:"王霄,你醒来了?"

"这是病房吗?"王霄问。

"这是手术观察室,你三小时前结束了肾移植手术,现在刚从麻醉中醒来。"

王霄掀开被子,一眼看到左下腹隆起的纱布绷带,顿时,疼痛直抵心脏,王霄不由得伸出双手紧紧护住伤口,眼泪喷涌而出。

护士说:"别哭呀,医生说供体的血管非常好,你的手术非常成功,新肾一到体内就开始工作了,目前排尿量已经达到了近1000毫升,这是超级理想的状态,你应该高兴才是啊。还有,你手术室外的家人正通过监控看着你呢,看到你哭,他们会担心的,快别哭了,你可以通过这个摄像头和他们打个招呼。"

王霄顺着护士手指的方向看去,右前方的墙壁上有一块显示屏，妈妈、孟叔、老黎、晓棠、丛睿、饶曼、陈越，还有果果都在显示屏里，虽然没有声音，但图像很清楚，妈妈和老黎不停地抹着眼泪，方晓棠看着她笑，果果向她挥着手，丛睿向她竖起两个大拇指。王霄下意识地搜索黎大明的身影，虽然她明知道黎大明不可能出现在屏幕里。

过了三天的多尿期，王霄的尿量完全保持在正常人范围之内了，而且血肌酐、尿蛋白、潜血、尿酸和血糖等各项指标全部符合标准。医生感慨地对王霄说："你的手术这么成功，80%的因素取决于你爱人提供了一颗绝好的肾源，听说他以前是个脑瘤患者，一个脑瘤患者，在用药的情况下，能把肾保护得这么好是极其少见的，他生前一定在这方面下了不少功夫。所以，你一定要好好保护它，让这颗肾和你终身相伴。"王霄点点头，她心里默默对自己说，当然终身相伴，我答应过他，要带着他一起活着。

每一个肾移植者最害怕的就是手术后的排斥反应，可王霄一点都不担心，她和黎大明怎么会相互排斥呢？事实上，王霄几乎是以零排斥的状态度过了凶险重重的排斥期，刷新了无血缘关系肾移植最轻排斥程度的纪录，医生最后解释为这是感情和心理因素起到的作用。

移植后的第三周，王霄的病房来了一个不速之客，一个二十多岁的小姑娘找到了王霄："您是王霄女士吗？"王霄说："是。"

小姑娘说："我是上海国际医学中心的工作人员，10月9日您向我们单位生殖中心提出申请，要求在您爱人黎大明死亡后立即提取并冷冻保存他的精子,用于您两年后做试管婴儿胚胎移植。对吗?"

"是的。"王霄肯定地说。

"很遗憾,我们提取精子失败,今天我是特意亲自上门来通知您的,并请问您愿不愿意使用我们精子库提供的精子。如果不愿意,我们将退回您剩下的费用。"

"为什么提取失败?为什么?所有证明材料我都提供齐全了,而且我是提前九小时给你们打的电话,上海到南京,九小时还不够吗?"情绪激动让王霄完全失态:此生,她再也不可能有一个和黎大明的孩子了。

小姑娘赶紧辩解:"失败的责任不在我们,我们是提前五小时到医院的,原因是供体也就是您爱人生前有遗嘱:任何人不得以任何方式提取他的精子。"

"遗嘱?我怎么不知道?"王霄惊呆了!

"遗嘱是 OPO 的何超主任提供的,有遗嘱在,我们确实没有办法提取。还有,您爱人给您留了一封信,何超主任委托我们转交给您,我们本来应该当时就通知您的,何超主任说您在手术恢复中不宜情绪激动,他交代我们二十天以后再联系您,所以才拖到现在。"小姑娘从文件袋里抽出了一个牛皮纸信封,交到了王霄手里,"何超主任说,您看了这封信,就不会怪我们了。"

王霄含泪拆开了信封。

王霄,原谅我防了你一手,我猜到你会委托精子库的人在那一刻提取我的精子,所以在签订捐献协议的时候就立了遗嘱。生一个没有爸爸的孩子,将你和一段旧情永久地绑在一起,以后的日子可想而知会是多么艰辛与沉重,这是我不愿看到的结果,也违背了你的初衷。未来的路很长,你一个做过移植手术的人,需要轻装上阵。

没有共同的孩子,我们也是血脉相连。至于老黎,他早已视你如亲生女儿,将来,你的孩子就是他的亲外孙或外孙女。

老婆,我懂你,你不愿接受我从这个世界消失,所以想生一个可以传承我基因的孩子。你别忘了,我的眼睛仍然在看着这个世界,我的心仍然在某个角落感受着这世间的美好,我的每一个活在别人身上的器官都是我留在世间的气息,也是我留给你的念想,我相信有一天,你会和它们重逢的。

热爱生活是对生命最大的尊重与回馈,我的大花痴,开心地生活吧,你的快乐就是我的快乐,你的精彩就是我的精彩,带着我去迎接你新的未来、新的爱情。

大明

于 2017 年 8 月 16 日

王霄放声大哭:"黎大明,你这个浑蛋!你这个自作主张、自以为是的浑蛋!"

第四十六章

你在有限的时间里，给了我永恒

今天是何首乌去世一周年纪念日。

王霄买了鲜花和祭品之后犹豫要不要叫上方晓棠一起去墓地。叫上她一起去吧，看到何首乌，她一定难受；不叫上她吧，何首乌的忌日，她和果果在家里一定也难过。想来想去，王霄决定，先去墓地祭奠何首乌，然后去看方晓棠母女。

可是，王霄在何首乌的墓地遇到了方晓棠和果果。王霄苦笑着问方晓棠："自己带着果果来了，怎么不打电话叫我一起来？"

方晓棠也笑了："你不也没打电话约我吗？咱俩想到一起了，你怕我看到何首乌心里难受，我怕你看到我心里难受。"

看到墓碑前有两束鲜花，一束蓝色玫瑰，一束风信子，王霄问："你买的？"方晓棠说："我来的时候就有这两束花了。"

王霄拿出何首乌生前最爱吃的红丝绒蛋糕，摆放在何首乌的笑脸前，说："何首乌，你艳福不浅啊，死了还能收到花，不过，不用等这两个人了，在那边该找就找，尽情放纵，别亏了自己啊。"

王霄问方晓棠，303 室的几个人都怎么样了？方晓棠说："饶曼远游去了，她说趁着还能动弹去外面看一看，一边透析一边旅行，活到哪天算哪天，这样死了也不留遗憾。丛睿爸爸的脂肪肝还没有达到捐献标准，手术还得再往后推迟。陈越大哥还和原来一样，一边透析，一边赚钱，最近好像又跑起了保险业务。"

"你呢？"王霄问，"你最近检查身体了吗？"

方晓棠支开了果果："不瞒你说，我现在情况不太好，股骨头坏死、贫血、高钾血症、心衰、心包炎，五种并发症，快到头了。"

"你别吓我。"王霄极力控制着不让眼泪流出来，作为曾经的尿毒症患者，她当然明白出现这些并发症意味着什么。

"从生病到现在，活七年了，超过平均数了，还有什么不满意的，现在多活一年赚一年，我想得开，就是放不下父母和孩子。"方晓棠接着说，"我爸妈那边还好，我哥和我嫂子虽然不是多孝顺，但还说得过去，我不是太担心。最让我放心不下的就是果果，真到了那一天，果果回到程乾身边是必然的。王霄，我还是得求你，到时候你得常去看看她，管束她，教育她，别让她走向邪路。我把监督的任务交给你了，这事我没法拜托我哥，他连自己的孩子都管不好，我只能求你，谁叫咱俩是好姐妹呢。还有，叶警官交给我的那十五万，我怀疑这钱是你出的，因为宗清海的家属始终没有找我写谅解书，他们要是真赔了钱，一定会找我的，没有谅解书是无法减轻量刑的，这点常识我还是有的，告诉我实话吧，你不说我找叶警官也能问出来。"

见无法隐瞒，王霄只得说出了实情。方晓棠说："这就对了嘛，你和饶曼的钱我不还了，说实话，我也还不起了，但你得让我知道，让我心里有数，至少我要跟饶曼道一声谢。"

王霄说："你要真有那一天，我收养果果行吗？反正这辈子我也不打算再结婚了。"

"不行。"方晓棠拒绝得很干脆，"程乾不会同意的，就算程乾同意我也不会同意，以后，你得有你自己的生活，大明为什么不愿意留下他的精子？傻子都明白，他不想给你未来的生活留下任何隐患，他希望你未来的婚姻一帆风顺，你要是执意当一辈子寡妇，那你可真是辜负他了。"

王霄说："能遇到黎大明，这份感情也够我回味一生了，我不再需要一场婚姻了。"

方晓棠叹了口气："唉！我怎么劝你都没用，你和黎大明就是两个千古奇葩。"

两人在何首乌的墓前聊了好久才离开，王霄把她们母女送到租住的房子里，临走时，王霄说："需要钱就跟我说，没有什么不好意思的，现在我们包子店效益好着呢，拿我当朋友就别见外。"方晓棠把她推出门外："放心吧，我才不傻呢，借你的钱又不需要还，我不借白不借。赶紧回家休息吧，你这移植还不满一年，不能累着。"关上门，方晓棠再也控制不住，当着女儿的面，痛哭失声。

从方晓棠家里出来后，王霄没有直接回家而是去了他们家的包子店，今天是月底，她得把账算一下，把几个员工的工资结了。

包子店就叫"黎香阁"，投资规模五十多万元，十来个员工，老黎是法人代表。这个老板身份是王霄给老黎硬安上的，目的就是让老黎在这座城市扎下根来，果然，忙碌是治疗伤痛的一剂良药，自从他们的"黎香阁"开张，老黎的失子之痛才算有了缓解。

王霄到店里时，见老黎还在后厨忙碌，王霄没打扰他，自己找到了账本和计算器开始清算账目。算了两遍，最终数据都是九万九千二。王霄觉得不对，便问还在后厨忙碌的老黎："爸，这个月的账目不对呀，利润九万九千块，怎么突然多出这么多？前几个月的利润不都维持在四万到五万吗？"

老黎从后厨出来，一边擦手一边说："生意还和前几个月一样，多了五万是因为你郭姨把上次借咱们的钱还了。"

王霄埋怨老黎说："都说过这钱不用还了，您怎么还收了呢？郭姨家这么困难，还不知从哪儿凑的这五万呢，都快一家人了，怎么还那么见外？"

老黎一脸无辜地说："因为你交代过我这钱不要还了，所以我没收。正因为我不收，她替咱交了这个月的货款了，成本里少了五万，所以这笔钱都滚到利润里了。"

"怪不得。"王霄又说，"爸，和郭姨的事你得主动点，我已经跟郭姨的儿子和儿媳谈过了，他们两口子都没意见，您赶紧和郭姨把证领了吧，让郭姨搬过来，省得她每天来回跑这么远。"

王霄嘴里的郭姨是他们店里的员工，王霄给老黎物色的老伴。郭姨名叫郭美英，丈夫去世多年，和儿子、儿媳妇一起生活，郭姨是"黎香阁"刚开张时第一批招进来的员工，她敦厚善良，勤劳又沉稳，王霄一开始就对她很有好感。

老黎搓着手红着脸说："这才认识不到一年，还是再等等吧。"

"还等啥呀？你和郭姨彼此满意就够了。"王霄说，"我都想好了，等郭姨搬过来，一切稳定了，我们就着手开分店的事。到时候我在分店旁边租套小房子，搬过去，你和郭姨住家里；我管新店，你和郭姨管老店。"

老黎坚持说等忙完分店的事再考虑领证，王霄考虑到老黎应该还需要心理准备，便同意了。

王霄有自己的打算，等老黎和郭姨结婚后，她的这套两居室就留给老黎和郭姨养老，她先租房住，等将来有了更多的钱，她就在附近买套小公寓，自己住，这样既给了老黎和郭姨空间，又方便照顾他们。

老黎提醒："王霄，别光说我，你也得考虑自己的终身大事了，都快三十的人了。"

王霄一看大事不好，老黎要转换话题，她赶紧找了一个理由："哟，我忘了，晓棠姐的外套还在我车上，外套口袋里可能还有钥匙，我得赶紧给她送去。爸，我先走了，钱都在卡里了，下午您去对面银行把钱取了，把他们几个的工资结了，密码你知道的。"说完，把卡往老黎手里一塞，一溜烟跑了。

车里当然没有方晓棠的外套。去哪儿？王霄开着车在街上毫无目的地乱窜，不觉间竟然来到了陵园路。

王霄一个人漫步在长长的梧桐大道上，一切都和原来一模一样,绿化带里还在开着各色的月季花,老树王的枝条上还飘着她系的红丝带,就连枝头上的百灵鸟,王霄都觉得还是上次的那几只,只是身边没有了她的黎大明,不,她的黎大明还在,王霄不由自主地把手捂在左侧小腹上。

"大明,你看到了吗?这就是你给我打造的生活:再也不用透析,再也不用担心在哪一次透析反应中突然挂掉,嘴里也不再呼出难闻的氨味,一个被所有尿毒症患者羡慕的肾移植成功者。可是,我并不快乐。"

风吹过,红丝带随风飘起来,宛若黎大明无声的回应。

黎香阁的第二分店在王霄的筹备运作下很快营业了,效益比老店的同期稍差一些,但不要紧,顾客不多,可大都是回头客,王霄相信很快会好起来。其实王霄并不在乎赚多少钱,只要老黎满意就行,而老黎又是一个要求不高的人。老黎和郭姨的婚礼也提上了日程,王霄开始给他们张罗准备。

一天下午,王霄正坐在桌子上看着窗外出神,一个电话打了进来,王霄以为是哪个供货商,她随手按下了接听键。

"是王霄吧,我是OPO的何超,何琳的父亲,你还有印象吗?"

是何主任!王霄紧张得一下子站起来,与何主任有关的那一定是大明的事,大明已经去世一年了,还会有什么事呢?王霄颤巍巍地问道:"何主任,是有关大明的事吗?"

"是的,"何超说,"黎大明在去世前求我帮忙做一件事,希望一年后能促进移植他角膜和心脏的两名患者与你相见,现在已经过去一年了,你可以提出申请了。"

王霄问:"不是说受捐者和器官捐献者及家属要执行'双盲原则',永远不能相见吗?"

何主任说:"是,按照我们国家的现行法律,器官移植的供者和受者之间是实行'双盲原则',不允许相见的,但也有特例,如果要见面必须满足三个条件。"

"哪三个条件?"

何主任说:"第一个条件是移植手术一年以后,第二个条件是双方都同意见面,第三个条件是要获得伦理委员会和红十字会器官捐献管理中心的批准。这三个条件,第一个已经满足了;第二个我已经和两名受者联系了,他们都有这个心愿;关于第三个,伦理委员会批准是没问题的,红十字会那边有3%的开放率,主要是用于器官捐献和移植的宣传,黎大明捐献了七个器官,除了给家属的一颗肾,还盲捐了六个器官,是一位非常高尚的捐献者。我们OPO打算以黎大明为典型进行遗体器官捐献方面的宣传,以宣传需要向红十字会提出申请,我觉得被批准的可能性很大。"

何主任又解释说:"咱们国家每年约有三十万例病患等待器官移植,但能获得移植机会的幸运者只有一两万,这里面还包含大部分的亲属之间的活体器官捐赠,真正来源于遗体捐献的少之又少,有些人为了等待救命器官,等了十年也没有如愿。而与之对应,我国公民逝世后自愿捐献率只有百万分之三。器官来源不足,是器官移植无法普及的最大原因，如果有充足的器官来源就不会催生出这么多违法的器官交易，也不会有那么多像方晓棠那样的受害者。我们计划以黎大明为捐献者形象做一个系列的宣传活动，普及器官捐献的知识，希望能引起全社会对器官捐献的关注。如果你同意相见，并愿意配合宣传，我就替你申请，你找时间过来签个字就行。"

"我同意相见，我也愿意配合。"

王霄突然想起了黎大明信中的一句话："我相信有一天，你会和它们重逢的。"原来他早就给自己铺了一条回家的路。

何主任又说："王霄，还有一件事，我想征求你的意见。"

王霄忙问："什么事？"

"我们将要开展的这个以遗体器官捐献为主题的宣传活动是长期的，需要大量的志愿者参与，我考虑到你既是器官捐献的接受者，同时又是器官捐献者家属，是个非常难得的特殊志愿者形象，如果你能参与进来，我们的宣传影响力将会大很多。可这是项公益事业，会占用一个人大量的时间和精力，而且没有报酬，只能是自愿，你愿意参与吗？"

王霄说："何主任，您让我考虑一下好吗？"

何超说："这个不着急，你慢慢考虑。"

一个月以后的一天，王霄再次接到何超主任的电话，何主任说，红十字会批准了，现在供受双方的资料可以公开了。移植黎大明心脏的是一个十九岁的女孩，叫罗青青，大一学生，本市人。移植黎大明两个角膜的是一个和黎大明同龄的男青年，叫楚风，三十岁,杭州人。罗青青和楚风都希望尽快见到黎大明的家人,时间和地点由王霄决定。

王霄说:"那就明天下午吧,地点就在我们家。"王霄确信,大明一定想回家来看看。

听说"大明"要回家了,老黎激动得老泪纵横。第二天早上5点,老黎就去了菜市场买菜,虽然吃这些菜的不是他儿子黎大明,但这些菜将会化作营养物质输送到大明的心脏和眼睛里,这就足够了。

王霄也早早起床打扮自己,收拾整理屋子,她得让大明的眼睛看到她最漂亮的样子,看到他们的家和他离开时一样,让大明的心感受到家还和原来一样温馨。

时间在王霄和老黎紧张的期待中到了下午1点45分,王霄家迎来了四个客人:OPO的秘书小韩、主任何超、黎大明心脏的接受者罗青青和双角膜的接受者楚风。

敲门,开门,倒水,让座,何主任向双方介绍,这一切过程王霄完全不知道是怎么完成的,是谁完成的,她被空气中弥漫着的一股强大的气息包裹着、控制着,她傻傻地站在那里,怔怔地看着两张陌生的面孔。

罗青青一把抱住了她:"王霄姐姐,我们已经从小韩姐姐那里知道了你和大明哥哥的故事,今天我带着大明哥哥的心来看你了。"

"青青,能见到你,真好。"

罗青青把她的手拉到自己的前胸，说："我知道你想念大明哥，你把手放这儿，感受一下它跳动的频率，它现在跳得很剧烈呢。"

王霄和罗青青交流的时候，楚风在和老黎交谈。楚风握着老黎的手："叔叔，我可以经常来看望您吗？我想，这一定也是大明的心愿。"

"当然可以。"这样的要求老黎无法拒绝。

楚风接着说："还有，我可以叫您爸爸吗？"老黎的眼泪滴在楚风的手上，楚风也泪花晶莹："爸爸，以后，您就叫我大明吧，我只要来到您面前，我就是大明，您的儿子黎大明。"

"哎，大明，我又有儿子了。"老黎和楚风紧紧抱在了一起。

"还有我，我也要叫爸爸，而且，我还多了一个哥哥一个姐姐。"罗青青也加入进来，三个人抱在了一起，老黎一边笑一边抹眼泪，小韩举起相机捕捉到了这一珍贵的瞬间。

王霄开始仔细观察楚风的双眼，深邃，清澈，锐利，又那么温暖，千真万确，这是大明的眼睛，他还在看着这个世界，锦里的万家灯火，雅西高速上的腊八斤特大桥，陵园路上的梧桐树，还有他们心爱的葱兰花，他都可以看到，他还可以看到她的样子。

拍摄工作完成后，为了不打扰他们团聚，何主任和小韩提前离开了。

罗青青是个自来熟的姑娘，何主任和小韩在场的时候她多少还受点拘束，他们俩离开后，她更加放松了。她把每个房间都打量一遍后，她说她感觉这个家好亲切，没有一点陌生感，就像曾经来过。她在书房里看到一把吉他，便抱起吉他问王霄："这是大明哥的吗？"王霄说："是的。"

罗青青激动起来："天哪，怪不得我移植后喜欢上了吉他，原来是和大明哥有关呀，国外的医学杂志报道说心脏有记忆功能，很多心脏移植者的爱好、习惯甚至性格都开始变得和供者相似，在我身上真的验证了。我看黎叔叔做了好多菜，不，是爸爸做了好多菜，等吃饭的时候，王霄姐，你仔细观察一下，看我爱吃的菜是不是也是大明哥哥爱吃的。"

王霄笑了，这个罗青青，天真烂漫，俏皮开朗，说话憨直可爱，性格像极了黎大明。王霄问她："会弹莎拉·布莱曼的《斯卡布罗集市》吗？这是大明喜欢的一首曲子。"

罗青青说："你想听吗？只是我弹得不好，肯定赶不上大明哥。"

王霄说"想听"。罗青青轻轻拨动起琴弦，旋律回荡，还是莎拉·布莱曼的这首歌，还是这把古巴桃花心的古典红棉吉他，王霄出神地看着她，恍若隔世。

被罗青青的琴声吸引，楚风也来到了书房。看到楚风，罗青青停了下来，不好意思地笑笑："不弹了，弹得越多露馅儿越多。"

楚风一眼看到了窗台上的葱兰，他凝视了半天，问王霄："我没猜错的话，这是一盆野生的葱兰，开白色的花。"

"对。"

"一定不是买来的，因为花卉市场里没有这样的葱兰。"

"对，是从野外移栽的。"

"一定是大明移栽来的。"楚风肯定地说。

王霄问:"你怎么知道是大明而不是我?"

楚风打量着窗台说:"女孩子如果爱养花一般会养好多盆,摆满窗台,而这满屋子只有这一盆葱兰,可见你并不是一个爱养花的人,但你把这盆葱兰养得这么好,说明你很珍爱它,那么这盆葱兰一定有着特殊的意义,我猜应该是大明送你的。"

王霄故意说:"阳台也有好多花呢。"

楚风说:"阳台的花我都看过了,都是老年人喜欢的花,应该是爸爸种的。而爸爸不会把一盆野生的葱兰移栽到家里来,所以,这盆葱兰一定是大明栽的。"

"是的,是我们领结婚证那天,大明送给我的。"看着楚风的双眼,王霄百感交集,它一定认出了这盆葱兰,这双眼睛虽然长在楚风身上,但那是大明的眼睛啊,它怎么可能认不出这盆葱兰呢?

罗青青说:"还有,我早就注意到客厅墙上的那九朵和真花一样的干玫瑰了,背后一定也有故事吧?"

王霄说:"也是大明买的,我把它做成了永生花。"

楚风提出想看看大明的样子,王霄从电脑里找出了他们在四川时拍的照片和视频,看着黎大明灿烂的笑脸,听着他快乐而张扬的笑声,王霄禁不住又潸然泪下,罗青青和楚风也红了眼睛。

"王霄,大明离开一年了,但我看得出你还没有走出来。"楚风说,"虽然任何感谢的话说出来都很苍白,或许会让你更伤感,但我还是想当着你的面说出来:谢谢你和大明给了我一双眼睛,和生命一样珍贵的眼睛。"

"不，"王霄说，"我应该感谢你让大明的眼睛还留在这个世界上，让我和爸爸还能有机会看到。"

王霄的话让楚风更加感动，他接着说："以后，你，我，还有青青，我们就是血脉相连的兄妹，情同手足，我们共同照顾爸爸，好吗？我想，这一定也是大明希望看到的。"

"对，以后咱们三个就是亲兄妹，加上爸爸，我们就是血脉相连的一家人。"罗青青补充说。

"不，"王霄说，"爸爸有我照顾就够了，你们尽管放心，也不要有任何心理负担。大明请求何主任安排我们见面，初衷是给我和爸爸一份安慰，如果给你们带来心理负担，他一定不会安心的。"

罗青青说："才不，现在，大明哥的心在我这里，他是怎么想的我最有发言权，他就希望我们成为一家人，永远相亲相爱。"

王霄和楚风都被她逗笑了。

"开饭了，你们过来吧。"厨房里传来老黎的声音，罗青青和楚风应声跑过去，一个拿碗筷，一个端菜汤。

吃完饭，在罗青青和楚风的要求下，他们一起去了黎大明的墓地。

罗青青把一束百合花放在黎大明的墓碑前，说："大明哥，我来自我介绍一下，我叫罗青青，今年十九岁，因为你送了我一颗心，所以我才有机会认识你，以后我就是你的亲妹妹了。旁边这一位是咱们大哥，他叫楚风，你双角膜的接受者，他和你同龄，比你大三个月,所以你也得叫他哥。我知道,你最担心的就是爸爸和王霄姐,现在有了我们俩,你就放心吧,以后,我们会照顾好他们的。"

罗青青絮絮叨叨说完后,楚风蹲下身,注视着墓碑上黎大明明亮的双眸,说:"大明,感谢的话哥就不说了。目前,咱们还有三个没有联系到的亲人,有生之年,如果能遇到他们,我会带他们来见爸爸和王霄。"

一片落叶被风刮到了楚风的手里,楚风不知道是不是大明给他的回应。

王霄说:"楚风哥,青青,我想向你们俩提出一个请求:和我一起去一趟日本,去看一看大明的偶像——建筑大师安藤忠雄的作品'光之教堂''水之教堂'和'头佛',这是大明生前没有完成的愿望,也是我们没有成行的蜜月之旅。"

"大明喜欢安藤忠雄的作品?"楚风问。

"是的,大明的梦想是当一名建筑设计师。"王霄说。

"好啊,"楚风激动地说,"去日本看安藤忠雄的作品也是我多年前的计划,真没想到竟然能和大明的心愿重合。大明的梦想是当一名建筑设计师,而我学的就是建筑设计,是大明在冥冥之中选择了我。"

"什么时候去?如何办理签证?需要准备哪些材料?"罗青青已经有些迫不及待了。

王霄说:"如果你们都有时间,那就下个月,办理签证的事情交给我。"

"就下个月。"楚风和罗青青异口同声。

三个人一起离开了墓地,楚风和罗青青并排走在前面,王霄在后。香樟树下,秋风四起,红叶满地,深秋的韵味十足,王霄想起黎大明说过的一句话:"我们谁也无法掌控生命的长度,但我们可以在有限的时间里,给予彼此一份永恒。"

望着罗青青和楚风的背影,王霄做了一个决定,她给何超主任发了一条短信:"何主任,我决定了,愿意长期参与器官捐献的宣传活动,一个月以后,我去报到。"

至此,王霄终于找到了她的生活方向。

[全文完]

两个太阳

作者_胡敏

产品经理_王奇奇　　装帧设计_孙莹　　产品总监_邵蕊蕊
技术编辑_陈皮　　责任印制_梁拥军　　出品人_李静

物料设计_孙莹

果麦
www.guomai.cn

以 微 小 的 力 量 推 动 文 明

图书在版编目（CIP）数据

两个太阳 / 胡敏著. -- 天津：天津人民出版社，2024. 12. -- ISBN 978-7-201-20831-2

Ⅰ. I247.5

中国国家版本馆CIP数据核字第20248MH227号

两个太阳
LIANGGE TAIYANG

出　　版	天津人民出版社
出 版 人	刘锦泉
地　　址	天津市和平区西康路35号康岳大厦
邮政编码	300051
邮购电话	022-23332469
电子信箱	reader@tjrmcbs.com
责任编辑	康嘉瑄
产品经理	王奇奇
装帧设计	孙　莹
制版印刷	河北鹏润印刷有限公司
经　　销	新华书店
开　　本	880毫米×1230毫米　1/32
印　　张	12.25
印　　数	1—5,000
字　　数	250千字
版次印次	2024年12月第1版　2024年12月第1次印刷
定　　价	58.00元

版权所有 侵权必究
图书如出现印装质量问题，请致电联系调换（021-64386496）